Marie Rouanet, *auteur-compositeur de chansons en langue d'oc, ethnologue, réalisatrice de films documentaires, chroniqueuse et historienne, décrit avec acuité la vie des hommes et des femmes du Midi. Elle vit en Aveyron, près de Camarès, où elle se consacre essentiellement à l'écriture.*

Né en 1941 en Rouergue, ***Henri Jurquet*** *a été élevé par sa grand-mère Apollonie, au rythme du monde rural. Après ses études, il quitte Sévérac-le-Château pour Paris où il crée une entreprise d'édition de presse. Il s'occupe aujourd'hui de communication politique et économique des régions ainsi que de cultures minoritaires en France et en Europe.*

APOLLONIE

DU MÊME AUTEUR : Henri Jurquet

Le Briquet à essence, les Presses du Languedoc, 2003.
Mission sur Anse-Bertrand, America, 1994.

53, rue Fernand-Forest – Z.A. de l'Artière – 63540 Romagnat
Achevé d'imprimer en France en mai 2006
Dépôt légal : mai 2006
ISBN : 2-84494-386-1

MARIE ROUANET
HENRI JURQUET

APOLLONIE

De Borée
Terre de poche

À la mémoire d'Apollonie,
sortie de son royaume de silence ;
à Julia, pour toujours maintenant
plus jeune que son fils ;
à Henri de Corbières ;
à Rose, tendre comme une clouque[1]
qui me fit place sous son aile ;
à son mari Joseph, roule[2]*, bougnat et paysan*
pour lequel on plaçait des feux rouges dans Paris ;
à Odette dite, ici, Aude, ainsi qu'à France ;
à Roger, mon frère, à sa femme Geneviève ;
au Raynaldou, gardien de l'angélus et des morts ;
à la mémé du moulin de la Tourre
vive et menue comme un merle auprès du feu ;
aux religieuses du couvent de Lunet ;

---

1. Cloca *[clouco] : poule en train de couver ou en train de s'occuper de ses poussins. Elle gonfle ses plumes d'air, double presque de volume, offrant le maximum d'espace tiède à ses petits dont elle s'occupe sans faiblir. Elle est la tiédeur et la vigilance maternelles.*

2. Rol *[roul] : nom du dernier vacher d'une vacherie qui « roule » çà et là pour contenir les veaux. Ce travail était réservé à des enfants (dix, douze ans).*

à Pierre Charrié qui maintenant
du haut du firmament garde son troupeau
et veille discrètement sur Rascoual ;
au professeur Paul André Chaptal, à son équipe ;
et au docteur Christophe Piot,
que je remercie de tout cœur ;
à Rosa dans l'éternité ;
à Élise et à son Tonin, génie des eaux
et coiffeur des jardins ;
aux habitants de Corbières et de Lunet ;
à tous ceux qui firent l'âme ;
à tous ceux qui encore la gardent ;
à ceux qui en seront comptables demain,
Magali, Martine, Nadine, Sébastien…
et tant d'autres,
je dédie ce livre, humblement.

LORSQUE NOUS MOURONS, notre âme, *tota espaurugada*[1] s'en va à la rencontre de Dieu. Notre mémoire, elle, s'incarne dans la peau d'un cheval.

En quelque sorte nous avons deux âmes. L'une serait ce souffle originel de Dieu, pur, « à son image », l'autre serait notre part charnelle devant nécessairement s'incarner pour se parfaire.

La plupart des gens dont il est question ici, le monde même dont je parle, ont rendu leur âme divine à ce Dieu qu'ils ont eu toute la vie au-dessus de leur tête, présent dans le ciel qui touchait les monts et se couchait sur les plateaux.

Leur deuxième âme, celle de leur vie quotidienne, elle s'est incarnée en moi.

Je ne suis ici que le cheval.

Reste à parfaire.

---

1. Tota espaurugada *[touto espaouruqado] : effrayée. Les textes cathares parlent ainsi de l'âme quittant le corps et cherchant tout de suite une chair en train de naître, bête ou individu, où s'incarner.*

REPÈRES GÉNÉALOGIQUES

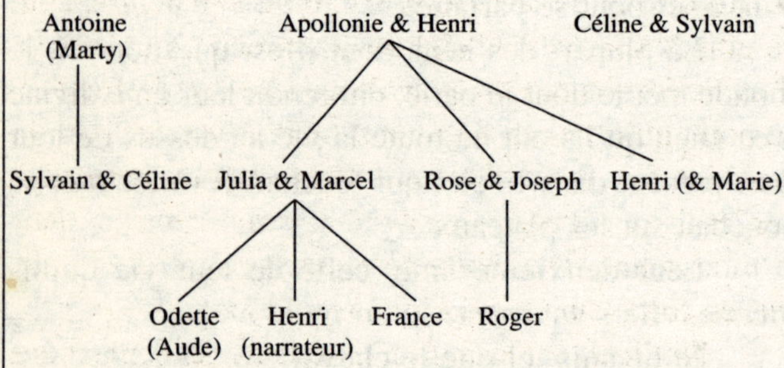

PRÉAMBULE

La création du monde

IL Y EUT UN PREMIER MATIN.

Au-dessus de la terre brûlante qu'agitaient encore de grands spasmes, le ciel fut d'un bleu à peine bleu. Il avait été longtemps noir de cendres et de fumées, au point qu'on ne distinguait ni nuit ni jour, et pour la première fois il fut comme la dernière eau de rinçage des lessives, celle où on a agité la boule « pliée » dans la mousseline. Des bulles d'air essayaient de se tracer, en force, un chemin à travers la lave.

Ni l'herbe ni les bois n'existaient. Seulement des crevasses et des monts jetés vers le ciel.

Puis, comme le sang fuit vers le soir les joues des enfants qui ont trop couru et les laisse au seuil du sommeil pâles, las et sensibles au froid, la terre se refroidit lentement. Très lentement. Aussi la première pluie qui tomba des nuages devint-elle vapeur d'eau avant de toucher le sol. La première neige fondit sur les roches tièdes comme sur la mer.

Il y eut des saisons. Un cycle ou des milliers de cycles de saisons. Toutes semblables et grises jusqu'au jour où le feu reflua vers le cœur.

Alors la terre fut assez froide pour que l'eau ruisselle enfin et que s'établissent les courants nécessaires, les veines du sol, les sources profondes, les coulées, les gouffres, les itinéraires du ciel, les vents et les nuages. La neige cristalline demeura enfin.

Ce fut le premier hiver.

Les roches éclatées s'effritèrent en morceaux de plus en plus fins que l'air et les eaux accumulèrent dans des fentes, des abris, des vallées douces comme des creux de chair.

Après le temps des volcans vint celui où les pentes de l'Aubrac furent le rivage de la mer. À la hauteur où planent aujourd'hui les rapaces passaient des calamars géants.

Puis vint le temps des fougères arborescentes et des arbres gigantesques.

Car de part et d'autre d'un invisible plan de symétrie un grand éclatement avait formé les couples, comme le raconte le plafond de bois peint de Cheylade. Prédestinés les uns aux autres, il leur fallait avant de se trouver, franchir l'espace de la voûte et le temps, rond lui aussi. Affrontés et superposables, en place de part et d'autre du miroir vertical qui les sépare et leur montre leur double, ils s'étaient mis en marche dès l'ordre donné par Dieu.

Mon pays avait déjà sa forme. Il y changerait peu de chose jusqu'au moment où j'y naîtrais.

Ruisseaux, torrents, boraldes[1], sources, rancs[2] et sucs[3] étaient déjà en place. Il ne restait qu'à les nommer. Il ne restait à accomplir que cet enchaînement de milliards de hasards ou de grâces, de la première vie aux premiers hommes et des premiers hommes jusqu'à moi.

Ils arrivèrent un jour portant le feu dans des paniers d'abarine[4] rouge. Ils venaient d'ailleurs. Une grande errance les avait menés ici, pleins d'expérience et de savoirs. Ils taillaient le silex, polissaient la pierre et savaient en faire des masses solides, utilisaient les os et les bois de cerf. Ils avaient déjà

---

1. Boraldes : *vallées creusées par les torrents qui descendent du plateau d'Aubrac pour se jeter dans le Lot. Le mot vient certainement du roman borral (bruyant) et fait allusion au bruit de ces torrents.*

2. Rancs : *roches escarpées.*

3. Sucs : *sommets de montagne. C'est le faîte de la colline opposé à la combe. On dit aussi « puech » ou « serre ».*

4. Abarina *[abarino]* : *osier. Pelé il est blanc. Si on lui laisse l'écorce, il est d'un beau brun rouge. Planté près des fontaines, taillé régulièrement, il sert à la fabrication de toutes sortes de paniers. Il sert aussi de lien pour lier les fagots de bois.*

une économie agricole organisée autour des bœufs, des moutons, des cochons et des chèvres, autour des céréales qu'ils cultivaient. Leur pain, levé à la levure de bière, servait de plats et d'assiettes. Ils le mangeaient à la fin du repas, tout imbibé de jus divers.

Ils étaient agiles, solides et très petits. Ils riaient avec de grands rires sonores et leurs mains à peine plus grosses que des mains d'enfants savaient tout faire.

Ils s'installèrent à mi-pente, entre la vallée d'Olt[1], abritée et douce, et le rude plateau d'Aubrac. Entre le printemps et l'hiver, à portée de toutes les saisons, car lorsque les fraises commencent à mûrir le long du Lot, il y a encore de la neige et de la glace sur les plateaux. Des vallées ils craignaient les brouillards malsains, le côté accessible, donc vulnérable, l'eau trompeuse dès qu'elle est profonde, l'eau qui monte brutalement et noie hommes et bêtes, loge les divinités du fond de la terre et les âmes des morts. Du plateau élevé ils craignaient le vent que rien n'arrête, ce vent terrible qu'ils appelaient bise et qui peut empêcher d'avancer tant il est fort, le froid de glace et la proximité des dieux imprévisibles du ciel.

---

1. Olt *et* Lot *: désignent la même rivière, affluent de la Garonne.* Olt *est le nom roman (vieux provençal).*

Sagement, comme l'aigle bâtit son nid à mi-falaise, ils s'installèrent à mi-pente, pour profiter des forces contradictoires et en même temps s'en protéger. Là, de l'œil, ils surveillaient le haut et le bas.

Vivre dans un pays de creux et de bosses et qui de plus est élevé vers le ciel crée une certaine race d'hommes. La tête surveille aussi bien les crêtes lointaines que les chemins qui montent vers le village, elle surveille les clochers, l'avancée des nuages qui dit les vents, les sons qui cheminent dans l'air, qu'à ces hauteurs rien n'arrête et dont l'intensité renseigne sur l'humidité de l'air. Le pied, lui, repose de manière incertaine sur un sol qu'on ne peut oublier puisqu'il est nécessaire de s'y accrocher, un sol qui par l'orteil rappelle la tête à l'ordre, l'ordre de la terre nécessaire à laquelle rien n'échappe. Appesantis par la nécessité de tenir, les hommes sont petits, râblés, marchent en posant le pied bien à plat, en écartant les jambes.

Quant à leur ventre, leur foie, leur cœur, ils sont au carrefour du haut et du bas. Aux gens de la plaine, il manque le rappel incessant de l'orteil sans lequel on est volontiers évaporé. On a ici envers eux une grande méfiance car les gens des vallées sont beaux parleurs, longilignes, menteurs, voleurs de gibier et paresseux par manque d'habitude de l'effort.

Ainsi furent les premiers des miens. Le monde qu'ils avaient choisi en pesant d'impondérables critères qui m'échappent aujourd'hui, car on dit volontiers que ces terres sont malcommodes, était tout en crêtes et combes, pentes et creux. On ne faisait qu'y monter et descendre et pendant des millénaires on allait y vivre et y respirer dans une dialectique du haut et du bas. Chez moi, il n'y a rien de plat, sauf la montagne[1], l'Aubrac, comme une plaine, comme une mer élevée, où la verticalité des vaches elle-même se voit de loin, où tout groupe, toute palissade d'enclos peut se repérer à des kilomètres. Aussi on rêve un peu, dans les pays pentus comme le mien, de ces terres horizontales plus faciles pour la marche, plus faciles à cultiver.

À Corbières, où qu'on aille, à Lunet, à Verlac, chez les voisins de Rascoual, à la messe à Saint-Martin, il y a toujours le moment où l'on monte, le moment où l'on descend, celui où l'on saute le ruisseau, celui où on est à l'abri dans la vallée, celui où, arrivé sur une croupe, on se trouve exposé à tous les vents croisés. Ainsi on est à la fois plus menacé et mieux défendu, car l'organisme profond s'habitue à

1. *La* Montanha *[mountagno] : littéralement, la montagne. Désigne les pâturages qui règnent au-dessus des bois. Ici, le plateau d'Aubrac.*

ces alternances. Elles font partie de sa respiration intime. Les miens acquirent ainsi des jambes de chèvres, un équilibre exceptionnel, une légèreté de danseurs de corde. Leur cœur devint solide et lent, leurs poumons plus vastes. Leur œil qui balayait d'immenses horizons s'ouvrit largement.

Comme tous les habitants des hauteurs ils surent avant les autres que la terre était ronde comme la courge, le fil noué, la miche, la pascade[1], la lune et le ventre des femmes. Ils comprirent qu'il fallait la féconder et se concilier les forces viriles des crêtes, du vent, du ciel. Ils élevèrent des menhirs. Ils rendaient leurs morts à ce ventre entre quatre pierres dressées de chant, peints de rouge et d'ocre, la tête tournée vers le levant, avec ce joli geste pensif et un peu distant que l'on voit aux momies.

Et cela dura si longtemps que ce sol qui est mien est pétri de chairs d'hommes et de femmes.

---

1. Pascada *[pascado] : espèce de crêpe épaisse – on n'en fait qu'une pour tous, que l'on débite en petits triangles – à base d'œufs, de farine, d'eau, de lait. Les proportions varient suivant la richesse de la ménagère en œufs et lait. En général, cette « omelette à la farine » permet d'économiser les œufs, on peut la faire avec un seul, et de proposer, grâce à la farine et au lait, un plat complet qui remplit l'estomac.*

La ronce, l'épine noire, le *fraisse*[1], le châtaignier, les genêts, les blés et les seigles sont traversés de cendres et d'âmes passées à travers la sève, transmuées à travers des millions de récoltes. L'air lui-même en est rempli.

Et ceux qui vécurent là furent nourris de ces hommes anciens où ils étaient déjà en gestation, avant de devenir eux-mêmes un jour, nourriture.

C'est ainsi que je fus brodé dans le secret des hommes et de ce territoire.

Puis je naquis.

---

1. Fraisse *[frayssé] : frêne.*

I

Au cœur de la maison, la femme

10 mai 1910

CORBIÈRES CE N'EST PAS UN VILLAGE, c'est seulement un groupe de maisons, sans église, donc sans cimetière et sans clocher, sans école encore à cette date. De loin, on voit autour du village des éboulis de basalte d'un gris profond et bleu et tout un jeu de jardins en terrasses et de pièces de terre inclinées, petites, de géométries étranges le plus souvent, mais bien rangées les unes dans les autres.

D'habitude ces hautes terres sont pleines de fleurs, douces de l'herbe verdelette, des genêts, des orchidées sauvages, des chatons aux arbres, des cerisiers que l'on sait déjà fleuris le long de la vallée d'Olt. Mais cette année ne ressemble pas aux autres. Après un hiver pluvieux – on n'avait pas enregistré de telles chutes d'eau depuis quarante ans – un hiver doux et humide qu'on sait être défavorable aux froments et aux seigles, en avril la neige s'est mise à tomber dru, jusqu'à douze centimètres.

Dans le pays-bas[1], le froid et la neige ont fait beaucoup souffrir les vignes. Celles d'ici sont intactes, mais non pas les arbres fruitiers, poiriers, pêchers, abricotiers, amandiers, où la sève montait déjà, folle et toute rouge. Après la neige du 1er avril, dans une laiterie on a enregistré une diminution de la production d'au moins un quart, comme si les bêtes ne reconnaissaient plus la nature. Et le froid a continué, étonnant. Au début du mois de mai, dans toute la France, il a fait un temps d'épouvante. On commença à s'inquiéter de ce signe du ciel. Il y a eu des tempêtes de neige, des orages, un froid terrible qui a fait « éclater » les arbres. La lune rousse était passée, cette lunaison d'avril qui brûle les plantes pendant la nuit, et pourtant les gelées sont venues après.

---

1. Pays-bas *: c'est le nom que l'on donne à la plaine qui s'étend des Cévennes à Sète, le long du littoral. Ses habitants sont les « païs-bassols ». Il y a toujours eu des rapports et des rivalités entre les gens des montagnes (voir plus loin, gavach) et ceux des plaines. À ceux de la plaine on reprochait leurs mœurs dissolues, leur paresse, à ceux des montagnes leur côté « arriéré » et leur avarice qui fait l'objet de nombreuses plaisanteries.*

Aujourd'hui à Corbières, c'est encore l'hiver. Il ne s'agit pas de ces neiges tardives qui saupoudrent le paysage, révèlent la moindre randaille, la moindre branchette des arbres, les ombelles sèches au bord de la route, chaque petit caillou du sol, chaque crête de roc, qui ne noient pas le paysage mais le soulignent et l'exaltent, de ces neiges qui sont de joyeuses plaisanteries et fondent bientôt en lumière sous le ciel. C'est de la neige épaisse où il faut tracer des chemins. Elle efface les formes. Les enfants descendent à l'école à Saint-Martin en emportant leur chaufferette et à la pause de midi, lorsqu'ils ont vidé leur petit panier, le maître leur fait faire la ronde pour se réchauffer et les incite à jouer à la corde. On connaissait cela pour le gros de l'hiver, mais pas pour le mois de mai.

Comme l'air est immobile on vient d'entendre sonner l'angélus à Saint-Martin. La pendule le long du mur, au pied de l'escalier, en accord avec Dieu, vient de sonner 7 heures.

Il fait tout juste jour, mais c'est un jour clair qui vient des fenestrous[1] à cause de la neige. La lampe à pétrole est allumée, le feu fait une grande clarté mouvante dans la cuisine.

---

1. Fenestrons *[fénestrous] : petites fenêtres. Le diminutif* on *[ou] et* ona *[ouno] est très abondamment utilisé pour « diminuer » substantifs et adjectifs.*

Ce matin, Apollonie Cayzac, née Sales, ne s'est pas levée. Depuis minuit, elle est entrée dans les douleurs. Elle va mettre au monde son premier enfant.

C'est une jeune femme aux larges yeux, au visage bien carré à la bouche grande, garnie de fortes dents.

Elle a vingt-quatre ans. Sur l'oreiller immaculé : une longue et grosse natte de cheveux noirs ; la natte de la nuit. Aux tempes de son visage, hâlé mais pâle, en fines gouttes, une sueur légère.

Marie, sa mère, est allée très vite ce matin prévenir une femme experte, celle qui « prend les enfants », qui « sait », et qui demeure en haut du village. On craint que la sage-femme qu'Henri, le mari d'Apollonie, est descendu prévenir à Saint-Geniez, ne puisse être là où arrive trop tard à cause du mauvais temps. Mais Césarine a mis au monde des dizaines d'enfants et on peut lui faire confiance.

Au passage, Marie a annoncé dans quelques maisons sur son chemin que « c'est commencé depuis minuit ». On s'est informé. On s'est signé. Ces femmes auxquelles elle s'est adressée venaient d'allumer le feu et n'étaient pas encore peignées. Elles ont accueilli cette nouvelle avec gravité. Trop de dangers sont là pour la mère et l'enfant, pour qu'on soit joyeux et léger. Il meurt tant de femmes en couches que le personnage de la mairastre[1] ayant épousé un veuf chargé de famille est présent partout dans les chants populaires et les contes où Jésus-Christ, d'ailleurs pris de pitié pour les *angetas*[2], ressuscite la maman. Mais la vie n'est pas la légende dorée... Il meurt aussi tellement d'enfants dans les premières années de la vie qu'on a coutume de dire, à propos d'une femme, « elle en a mis *tant* au monde, il lui en reste *tant* de vivants ».

Apollonie porte une camisole de grosse toile de lin, large et propre, mais usée.

Elle a près d'elle sa belle-mère, Julia Gay, chez qui elle loge depuis son mariage.

Vers 4 heures du matin, Julia est allée prévenir en hâte, quelques maisons plus loin, dans *l'ostal vielh* des Marty la mère d'Apollonie, puis elle a fait lever sa belle-fille après avoir allumé une exceptionnelle flambée de petit bois pour la réchauffer. Apollonie s'est assise en gémissant sur une chaise basse près de la cheminée et les deux vieilles femmes ont agencé le lit. Le grand-père Cayzac laisse faire les femmes. Il est allé jusqu'à l'étable où il y a toujours de l'ouvrage.

---

1. Mairastra *[mayrastro] : marâtre, fait sur maire [mayré], la mère.*

2. Angetas *[andjétos] : petits anges ;* et *[ét] et* eta *[eto], autre diminutif usuel de l'occitan.*

Sur le matelas de laine, Marie a posé un papier fort de marchandise qu'elle s'est fait donner voilà longtemps par un épicier de Saint-Geniez. Il s'agit de ces papiers des grands sacs où arrivent les marchandises reçues en gros. Par-dessus elle a disposé une bonne épaisseur de toiles diverses et grossières, rapiécées, les plus vieilles, les plus abîmées des armoires.

Entre ces pièces, quelques journaux qu'elles se sont fait mettre de côté par les personnes qui les reçoivent. Il y a peu d'abonnés. On n'achète le journal que lorsqu'on est concerné par une nouvelle, soi-même, ou le pays proche. C'est rare. Mais en plusieurs mois, en les récupérant ici et là, il est possible d'en entasser suffisamment. Ils feront avec le papier fort une sorte d'alèse. Par-dessus tout cela on a mis le drap le plus ordinaire, presque bon à faire des torchons.

Il s'agit de protéger à la fois la toile à matelas et la laine de l'intérieur, la précieuse laine du troupeau familial. Une année, au mois de mai, on a gardé la laine de la tonte au lieu de la vendre. Pour une fois, on acceptait de ne pas en faire quelques pièces d'or. Elle était réservée pour le confort de la maison. On a mis la laine à tremper dans un badiniou[1] d'eau,

---

1. Badinion *[badiniou] : baquet de bois servant à de multiples usages.*

additionnée de « lessif » de cendres. Elle a été battue, rincée au ruisseau, séchée au soleil.

Puis la matelassière est venue, avec sa cardeuse et ses tréteaux, dans une remorque tirée par un âne. Elle s'est installée à l'ombre, dans le *campet dels fraisses*[1]. Elle a commencé par carder la laine avec cet outil qui va et vient comme une énorme mâchoire remplie de dents – les textiles commencent toujours leur vie dans la violence, battus, mâchés avant la grande paix des écheveaux ou de la toile. Même la soie débute par la mort nécessaire de la chrysalide dans sa chambre blanche. Devant la cardeuse montait un tas de laine, légère comme les fruits des chardons et dont de petits flocons panaient dans le vent. Puis la femme a étalé la toile sur les tréteaux et elle a commencé à coudre avec sa gigantesque aiguille. Refaire un matelas c'est long et coûteux. Il s'agit donc de le protéger du sang, de l'urine, des excréments qui vont couler avec l'enfant.

Déjà dans l'armoire sont prêts pour tout à l'heure, si tout se passe bien, le drap brodé, le drap de montre et la taie assortie, chiffrés S.C. (Sales-Cayzac).

---

1. Campet dels fraisses *[campet dès frayssés] : le petit champ des frênes. On l'appelait aussi le pradelon [pradelou], le petit pré.*

Ils orneront la mère et l'enfant lors de la visite des voisins.

Près du lit où est allongée Apollonie, Marie et Julia attendent. Marie égrène le chapelet.

En ce matin de 1910, que savent les trois femmes réunies dans cette maison des événements du monde ? Elles qui sont pourtant, avec tout ce village et tout ce pays, la fine trame de l'histoire. Trame bien serrée, bien régulière, tissée droit d'ordre, de travail, de sueur, d'économie, de devoir accompli au jour le jour, et trame pourtant inexistante, transparente, impalpable. Des multitudes de vies humbles, forment la toile de fond des événements mémorables, ceux dont on parle, dont on parlera, ceux que retiendra le futur. C'est un vécu qui semble ne compter pour rien.

Que savent-elles exactement toutes les trois de ce qui occupe ce matin tous les journaux du pays : des élections à la Chambre des députés, des luttes verbales et violentes à Rodez entre Montservin et Rénaldy ? De la conquête de l'air qui échauffe tant les imaginations, de l'aviateur Winezur qui sur son monoplan *Antoinette* a fait au-dessus de Strasbourg un très beau vol de deux cents mètres de haut, battant ainsi les records des Allemands ? De la mort du roi d'Angleterre Édouard VII ? Des trésors de Troie exposés à Paris ? Peut-être n'en savent-elles rien, peut-être très peu de chose, de minuscules échos presque évanouis. Par contre, elles savent que c'est aujourd'hui la foire de Sainte-Eulalie-d'Olt, ce devrait être du moins la foire la plus importante de l'année, la foire des brebis, mais qu'avec ce temps il n'y aura pas grande foire, peut-être même qu'elle n'aura pas lieu. Elles savent aussi qu'à Decazeville un terrible accident au puits de Bourrau a projeté la cage du monte-charge dans le ciel comme un jet d'eau, cassant les chaînes au ras de la poulie.

Elles savent si dans telle ferme on sauvera Baptiste du refroidissement qui l'a cloué au lit, l'imprudent, si cette jeune mère tuberculeuse s'en sortira ou si elle est « perdue », où on en est du pain et de l'huile de noix et de la réserve de fourrage.

Marie et Julia se ressemblent dans leur mise et leur attitude. Elles sont du même milieu : de tout petits paysans qui exploitent leur bien en famille. Chez les Sales où il y a eu treize enfants, on est peut-être un peu plus pauvre. La maison des Cayzac est considérée comme plus luxueuse, plus confortable, mieux exposée. Marie a mis sa robe du dimanche qu'un grand tablier de toile claire protège, pour faire tout à l'heure bonne figure après la naissance. Julia porte une jupe ample brun foncé, coulissée à la taille, et par-dessus une sorte de blouse large, ras du cou, serrée à la taille par le tablier. L'une a un chignon, l'autre un foulard noir noué sur la nuque. Toutes deux portent des bas de laine et des sabots de noyer. Malgré la soixantaine, Marie est encore fraîche. À quarante-six ans elle a eu son treizième enfant, une petite fille, Céline, qui apparaît déjà comme la plus jolie de toutes.

Les deux familles sont chrétiennes, fidèlement, imperturbablement, scrupuleuses sur les pratiques, scrupuleuses sur l'esprit.

Julia Gay doit être la marraine. On attend un garçon bien sûr, que l'on nommera Henri comme son père. Dans nos pays on attache une extrême importance à la naissance d'un garçon pour la lignée, pour le nom. Le garçon est l'enfant par excellence, si bien qu'on appelle « enfant » en occitan le nouveau-né mâle. On donne d'autres noms affectueux à la petite fille. D'une femme qui a eu d'abord un fils, puis une fille, on dit qu'elle a « bien travaillé ». Ne pouvoir engendrer que des filles – elle s'en croit responsable – rend la femme honteuse, envieuse des faiseuses de mâles.

Jusqu'au moment où s'est déclenché le processus des douleurs, Apollonie a été très inquiète sur le sexe de l'enfant à naître. Elle a même prié. Elle écoutait les commentaires sur la forme de son ventre, sur son visage. Le ventre arrondi c'était une fille, le ventre pointu un garçon. Et son ventre lui semblait rond. Lorsqu'on avait un masque, c'était aussi le signe d'une fille, mais, là, elle n'avait pas de masque.

Maintenant elle n'y pense plus. Toute à la souffrance qui l'habite, occupée à être courageuse, « vaillante » comme l'on dit, il ne s'agit pas d'être de ces femmes douillettes qui crient pour un rien. Oh, celle-là, elle est « pénible » ! dit-on admirativement d'une femme. On veut exprimer par là qu'elle supporte la peine, l'effort. Ce qui préoccupe Apollonie et l'inquiète, c'est ce mauvais temps de tempête de neige. Elle a peur. *« Mamà es que nevà encaro*[1] *? »* demande-t-elle. Et sa mère sort sur le seuil, regarde un ciel qui sur le sol blanc semble gris de fer, rentre et dit, pour l'apaiser : « *Non ! t'en fagues pas*[2] », et elle ajoute qu'il ne faut rien craindre, qu'elle-même a accouché treize fois et assisté ses sœurs. Mais tout le monde a présent à l'esprit ce qui arriva à Naves, il y a soixante ans, pour Chandeleur, à la suite de chutes importantes de neige accompagnées de vent violent. Un mélange énorme de boue, de cailloux, de neige, glissa du flanc de la montagne, sur le village, et noya quatre maisons, les écrasa. Onze personnes furent tuées, parmi les cinq personnes sauvées, certaines durent attendre les secours plus de quarante-huit heures car la tempête continuait. L'horreur vécue par

---

1. *[Mamà es qué nèbo encaro ?] : Maman, neige-t-il encore ?*

2. *[Nou, t'en fagués pas.] : Non, ne t'en fais pas.*

ces gens en pleine nuit hivernale fait peur aux habitants des pentes. Parmi les survivants, un enfant de sept ans avait dû être amputé d'une main. On le connaît dans le pays, on l'appelle : *lo Manche*, le Manchot. Il fait frémir les gens à raconter son histoire : les cris des gens ensevelis qu'on entendait à peine dans la violence de la tourmente, la difficulté des recherches dans les amas de terre et de neige. « Lo Manche » montre encore à qui veut le voir le *clapas*[1], cette sorte de couloir qui sépare en deux le village et où on n'a jamais reconstruit par superstition. « Lo Manche » raconte aussi pourquoi s'est déclenchée l'avalanche. Il y avait à la Moulières une femme « légère ». Elle allait chercher de l'eau à une source qui jaillissait au milieu d'un pré, la *toupine*[2] de cuivre sur le *cabessal*[3]. Elle avait du mal à marcher dans une neige profonde et grasse, et tout d'un coup elle dit méchamment : « *Ten ! serià*

---

1. Clapas *: monceau de pierres. Il peut s'agir d'une maison effondrée, d'une coulée naturelle de blocs de lave, ou de ces tas au bord des champs qui s'amoncelaient à mesure que l'on dépierrait. Ici, c'est à la fois les pierres qui coulèrent avec l'avalanche et les pierres des maisons démolies.*

2. Toupine *[topina, toupino] : pot de terre à deux anses. Le topin (toupi) n'a qu'une queue.*

3. Cabessal *[cabeçal] : bourrelet qui sert à porter un fardeau sur la tête.*

un jorn a far correr los curats » (« Tiens ! ce serait un jour à faire courir les prêtres »). Elle voulait dire par là qu'il serait amusant de les appeler pour les voir peiner dans la neige. L'idée que le prêtre est un oisif, un fainéant (*de qu'es aquo ? qu'entreten força fenhants*[1], cette devinette désigne l'Église), cette idée court dans tout le comique populaire et surtout bien sûr chez les « rouges », anticléricaux.

À peine a-t-elle prononcé ces mots que l'avalanche la pulvérise. Ce n'est pas n'importe quelle femme, elle est à la fois mécréante et lubrique, faite, donc, pour attirer le mal venu du ciel.

Combien de fois Apollonie avait-elle entendu ce récit ? Petite fille, il fut pour elle encore plus terrifiant après ce qui lui était arrivé un mercredi des Cendres où elle se rendait à la messe avec un de ses frères. Elle avait une dizaine d'années. Tout d'un coup, à grand fracas, du haut du serre, une sorte de torrent de neige et de cailloux passa près d'eux, écrasant tout, pliant les arbres dans un bruit de bois brisé et de rocs entrechoqués. Par bonheur, ils n'étaient pas au centre de l'avalanche mais sur le bord. Le frère et la sœur s'accrochèrent à un arbre. Depuis elle a une peur profonde de la neige,

1. *[Qu'es aco qu'éntréten fosso fegnants ?] : Qu'est-ce qui entretient beaucoup de feignants ?*

mauvaise sous ses airs de douceur. Elle ne fait plus confiance à la terre en pente, elle craint le vent qui accumule les amas de cette chose qui paraît légère et qui fit pourtant, sous ses yeux, craquer d'énormes arbres, comme des allumettes.

Aujourd'hui où elle a mal, elle a peur. Peur de ne pouvoir fuir. Elle serait bien incapable de se lever, là, maintenant quoi qu'il arrive tant cette douleur la coupe en deux au bas des reins et l'écartèle déjà entre les jambes. Elle a peur de la mort. Mais les deux femmes sont rassurantes auprès d'elle, si paisibles que sa peur se calme un peu entre les douleurs.

Elles parlent doucement entre elles de la layette et du berceau. Elles ont mis de côté de doux tissus légers. Elles ont préparé des aiguilles fines, finottes, des boutons de nacre irisée qui tiennent sur l'ongle du petit doigt. Elles ne coudront que lorsque l'enfant sera né, car on ne prépare rien, ni lit ni linge, avant l'accouchement, de peur que cela ne porte malheur. On a juste là sous la main de quoi vêtir le nouveau-né : une petite chemise brodée d'une croix et bénie par le curé, une brassière de laine, quelques langes, un bonnet si petit qu'il garnit le poing fermé.

Le berceau est resté chez Marie. C'est un berceau bas, très simple, monté sur un fond arrondi que l'on peut poser sur une table ou mettre par terre et bercer du bout du pied, assise sur une chaise. Il a été lavé et ciré, on l'amènera après la naissance. En attendant, on mettra le bébé contre sa mère.

On fera très vite, dans une journée, la simple literie miniature : la paillasse remplie de balle d'avoine – ç'aurait pu être du maïs – un minuscule oreiller ; un protège-matelas ; un seul drap, celui du dessus qui sera taillé dans un vieux drap devenu doux d'usure ; un petit édredon de balle d'avoine très léger et très chaud, et un couvre-pieds tiré d'une couverture en piqué abîmée, rouge d'un côté, fleurie de l'autre, garnie de laine entre les indiennes.

Depuis les grands travaux d'août, Apollonie pensait bien qu'elle était enceinte. Cette lourdeur de tout son corps. Ces haut-le-cœur. Il fallait préparer tant de nourriture pour les hommes au travail, la porter dans les champs, être à l'heure et vaillante ! Dans tous les champs travaillaient les groupes d'hommes et ils plaisantaient toujours la dernière des femmes à porter le panier du repas. Apollonie, toute jeune mariée, ne voulait pas être en reste, mais elle avait chaud. Le zénith est terrible ici, tout près du ciel. Les travaux d'août sont d'autant plus pénibles pour la femme que continuent lessive, couture, volaille, bétail et jardin.

Mais Apollonie était heureuse de ce secret entre elle et elle-même. Voilà un an qu'elle était mariée. Elle était féconde, comme les autres. Elle n'aurait pas besoin d'aller dans la grotte de Sainte-Eutarsie près de Bozouls, ni à Sainte-Foy de Conques toucher en secret avec son époux un certain *barrou* de porte, autant de démarches qui emplissaient le ventre des femmes, démarches réprouvées des prêtres, même si elles avaient lieu autour des saints. On parlait en secret de pratiques plus sauvages qu'elle n'aurait pas osé accomplir : de hautes pierres anciennes auxquelles il fallait se frotter, à califourchon. Enceinte, elle échappait à tout cela pour entrer dans un ordre béni des hommes et de Dieu.

En cette fin d'août, Apollonie se sentait dolente et nauséeuse. Elle passait de l'eau fraîche, souvent, sur ses avant-bras, sur son cou, sur sa nuque que dégageait le gros chignon. Elle avait le teint plein de sang, de ce sang qui ne coulait plus. Et le mois d'août est long.

Enfin arrivèrent les premiers orages, violets, violents, chauds. Tellement chauds que les enfants se laissent tremper en renversant la tête en arrière. Ils crient : « De l'or ! de l'or ! », essaient de boire les gouttes et se font mouiller, torse nu, loin de leur mère, sous le regard des femmes, des jeunes filles, des jeunes femmes. Si elles ont été surprises par la pluie au jardin ou dans les champs, elles se sont mises à l'abri de l'eau tiède dans un *membre*[1], après avoir couru, le tablier relevé sur leurs sabots de noyer, montrant leurs chevilles fines dans des bas de coton blanc – l'été le coton ajouré de dessins se substitue à la laine – qu'elles ont tricotés elles-mêmes, avec une subtile magie de zigzags, de losanges, de torsades, de trou-trous.

On reste en général très peu de temps jeune femme, à mi-chemin entre la communauté des jeunes filles et celle des mères. Encore libre de son temps comme avant le mariage, et déjà ornée d'un homme et d'un intérieur. Un an, deux ans, dure cette situation où on a encore le corps svelte des jeunes filles. Après commence le cycle des maternités, des allaitements, qui ne s'arrêtera qu'avec la vieillesse, au rythme d'un enfant tous les deux ou trois ans. Ainsi, toute sa vie elle la vit le corps investi, ventre puis seins. Mais c'est une chose qui est dans « l'ordre des choses » et au bout de deux ans, on commence à craindre la terrible malédiction de la stérilité.

Apollonie n'a pas eu le temps d'avoir peur d'être l'arbre sans fruit, la brebis sans agneau.

---

1. Membre *[mémbré] : petite construction d'une seule pièce que l'on peut trouver dans les champs ou aux abords des maisons.*

En août, la terre a tellement soif qu'après l'orage tout est à nouveau sec et chaud. Mais une certaine lueur verte dans l'herbe, une certaine qualité de l'air, une vigueur du jardinage, une fraîcheur des matins et des soirs, les jours raccourcis disent qu'imperceptiblement, on a basculé dans l'automne.

Apollonie est lasse, mais contente.

Pour le dépiquage, un jour où elle n'a rien pu manger depuis le matin tellement les choses lui donnent le « vomi », il y a tant de bruit dans la salle, tant de chaleur, qu'elle sent sa vie, toute sa vie la fuir, refluer vers le centre de son corps, et qu'elle s'appuie un instant à la pierre d'évier, pâle dans la lumière dorée du fenestrou. Personne n'a rien vu, sauf sa belle-mère :

« *De qu'avetz ?*

– *Una moraison de còr.*

– *Sai que, i auretz fach*[1] », ajoute-t-elle avec un sourire.

Ce n'est que le jour des morts, après l'office, pendant la visite au cimetière qu'elle fait au bras de

---

1. *[Dé qu'avèz ? – Uno mourèsou dé cor. – Say qué, i auréz fatch.] : « Qu'avez-vous ? – Une mouraison de cœur. – Sans doute vous y aurez fait. » La mouraison est une sensation à mi-chemin entre l'évanouissement et la faim. C'est un peu « le cœur qui se meurt ». « Vous y aurez fait » est traduit littéralement, cela signifie « ça y est, vous êtes arrivé à vos fins ».*

son mari, qu'Apollonie commence à annoncer la future naissance autour d'elle.

Ses seins sont gonflés et elle a déjà senti, deux ou trois fois dans son ventre ce saut étrange, vif et furtif comme celui d'une truitelle dans le courant.

C'est un jour où l'on parle de la mort, mais si intimement liée à la vie qu'elle ne sent aucun contraste entre la vie en elle et le discours du prêtre, entre le cimetière et l'annonce de la naissance.

D'ailleurs les morts sont-ils tous tellement morts ? En chaire, tous les dimanches, le prêtre débite des listes où l'on reconnaît au passage la famille, les cousins, les voisins. Les gens, de leur vivant, ont payé pour être ainsi nommés au moment du *Memento*. Parfois, après leur mort, on trouvait l'argent tout prêt, dans une enveloppe, pour cet usage, cela faisait partie de leurs dernières volontés. Les morts, on parle d'eux souvent. Ils sont présents dans la chronique orale du village. On dit « le pauvre pépé », « la pauvre Marthe », cela veut dire que pépé et Marthe sont morts. En sortant de l'église, le jour de la noce, on fait une visite au cimetière sur les tombes des familles pour présenter, en quelque sorte, le jeune couple aux aïeux.

Marie parle souvent du drame qui l'endeuilla en 1881. Son mari et deux de ses enfants furent atteints de l'épidémie de typhoïde. Antoine avait trente et un ans, le petit François six ans et Élise pas tout à fait trois. Marie raconte qu'elle ne s'est pas mise au lit pendant deux mois. Pas vraiment, veut-elle dire. Pas en se déshabillant et en dormant tranquillement. Apollonie se souvient de ces jours, du chagrin qui s'abattit sur la maison quand mourut Élise d'abord, le 20 novembre, et François le 10 décembre. Le père était encore couché lorsqu'on enterra ses enfants. Quand il se leva enfin, juste pour Noël, il avait les cheveux tout blancs.

Apollonie a souvent vu depuis ces cercueils à peine plus grands que des bottes et ces enfants de cire couchés dedans. On ne tient pas les enfants éloignés de la mort. On les amène faire la visite dans les cuisines closes où l'on a recouvert d'un linge les récipients d'eau pour que l'âme ne vienne pas y trébucher et s'y noyer, dont on a voilé les miroirs, pour que l'âme ne vienne pas s'y mirer et s'y perdre. Est-ce un souvenir de Narcisse ? Cuisines où toujours quelque prieuse est agenouillée, souvent une aïeule, près du cierge de la Chandeleur, de l'eau bénite, du buis béni le jour des Rameaux, présent entre les mains de tous lors du récit de la Passion et pieusement accroché aux crucifix et aux images pieuses de la maison.

Pour les enfants comme pour les jeunes filles, on ne pose le couvercle du cercueil qu'au moment de le mettre dans la terre et, dans la lumière du jour, les petits, « pliés » dans leurs langes, la tête couverte du bonnet brodé, translucides, un peu bleutés comme les faïences blanches, semblent dormir. Leurs couleurs sont les mêmes que celles des angelots de biscuit mat que l'on suspendra à leur tombe au retour de Lourdes.

La mort lui est familière.

Apollonie a fait, au bras de son mari, cette visite au cimetière. Il faisait peut-être très beau. L'automne, vers cette époque, a d'extraordinaires grâces. On appelle cela « l'été de la Toussaint » qui sera suivi peut-être de celui de la Saint-Martin et plus tard encore de celui de la Saint-André. Ce qui se passe à ce moment-là de tendresse joyeuse entre deux jeunes époux qui attendent leur premier enfant, nul ne le sait exactement. Les hommes de ce pays sont de peu de paroles.

Cet Henri, élevé comme ceux de son temps, dans l'austérité de la religion chrétienne, dans une extrême méfiance à l'égard de la sexualité, dans la retenue de toute manifestation sentimentale, devait se taire comme si Dieu punissait les paroles inutiles.

Qu'il soit satisfait d'être bientôt père, il n'en faut pas douter. L'Église n'enseigne-t-elle pas que seule la procréation justifie la fornication ? Avoir des enfants, n'est-ce pas d'une certaine manière le rachat de la chair, de ses inévitables faiblesses, même si le lit conjugal est béni, même si une longue habitude des pratiques religieuses tient cette chair en laisse.

En tout cas, il se sent lui aussi dans l'ordre des choses, dans l'ordre de Dieu.

Parle-t-il avec sa femme des détails de cette naissance ? Peu, probablement. L'enfant, c'est son domaine à elle. Même si c'est un fils, il restera à elle jusqu'au moment où on lui coupera les cheveux, où il entrera dans la société des hommes. Si par contre c'est une fille, elle restera toujours liée à sa mère. Elles partageront le ménage, le tricot, la couture, le jardinage, et certains travaux agricoles, le sarclage des pommes de terre, leur récolte, les foins, les châtaignes, toute leur vie jusqu'à la mort.

Dans notre pays, ce sont les femmes qui sont la parole, qui sont la mémoire. C'est elles qui tiennent les maisons, les arbres généalogiques oraux, les cousinages, les parentés. Elles parlent. Beaucoup de travaux les réunissent.

La lessive est un moment important de rencontres, un moment important de parole et aussi d'observations.

Avec le linge, on montre tant de soi ! On peut observer bien des choses des autres. On y lit clairement l'état des toiles, la fortune, le contenu des armoires, la quantité, la qualité des raccommodages, la finesse des fils, des cotons, des ornements, c'est là que l'on voit si concordent ce qui est dit et la réalité. Et l'on sait que cela concorde très rarement, soit qu'on veuille avoir l'ait de posséder plus, soit qu'on veuille paraître plus pauvre que ce qu'on est. La lessive montre la fréquence à laquelle le linge est changé. C'est un moment où se révèle l'intimité, donc un lieu cruel, impitoyable. Et même si plusieurs femmes ne se retrouvent pas ensemble à la fontaine du Terron ou à celle du Puget, elles sont bien obligées d'étendre leur lessive comme un livre ouvert, et les autres femmes ne manquent pas d'y lire. Ne disent-elles pas parfois, tant l'observation est minutieuse, qu'une telle doit être enceinte, car on n'a pas vu sécher ses linges ? Ou que telle autre au contraire ne « voit » plus, qu'elle a atteint l'âge stérile parce que, depuis plusieurs mois, n'ont pas apparu ces rectangles plus petits que des couches d'enfant, trop réguliers pour être des chiffons ?

« Voir », c'est l'expression par laquelle on interroge une femme sur ses règles, « est-cc que vous *voyez* encore ? » demande le médecin, demande l'amie. « Je ne *vois* plus... », « Elle *voit* toujours malgré son âge. »

La « fatigue », c'est-à-dire tout le travail de la chair du porc, rassemble aussi les femmes pendant plusieurs jours. Dans sa cuisine, quand on charcute, on révèle toute son économie culinaire, l'avarice ou la prodigalité qui fait choir les maisons, la mesure est délicate pour n'être accusée ni de l'une, ni de l'autre. On révèle la propreté de sa cuisine et de ses ustensiles. On affiche si on est sale ou soigneuse, grossière ou délicate, si on est gaspilleuse ou si on sait bien « profiter » les choses. Avec le porc, on révèle aussi, à qui sait lire, ses relations avec les gens. Il est d'usage de donner un morceau à ceux qui sont venus aider ou à ceux qui font visite les jours qui suivent. D'après le morceau que l'on reçoit, on peut évaluer en qualité et en quantité son lien avec la maison. Le filet est signe étroit, il engage d'ailleurs à savoir « rendre » ce qu'on a reçu, il est invitation : gare si elle n'est pas entendue. Par contre, recevoir un morceau d'ase, l'estomac rempli d'un mélange de poumon, de couenne et de gras, exquis au demeurant mais peu prisé, est signe de relation distante. Ne parlons pas de la saucisse blanche à base de pain, d'œufs, d'un peu de lard et de viande, elle est si méprisée qu'on l'appelle entre soi « la saucisse des cousins ». C'est elle que l'on donne à ceux qui viennent de Paris ou de la ville et qu'on considère, quand ils ne sont pas riches, un peu comme des pique-assiette.

Au moment même où se font les observations sur l'intimité la plus quotidienne : le corps, la table, le lit, on ne parle pas de cela, mais des gens et de bien d'autres choses.

On parle en cousant, en rapiéçant, en reprisant, en crochetant, en repassant, en rinçant, en épluchant.

Les femmes tiennent en cercle autour d'elles, par la parole, les filiations et toutes leurs subtilités. Ce qui est du sang et ce qui n'est qu'alliance, les morts, les mariages, les naissances, les lieux, les propriétés. Et en plus la chronique du village, avec celle des fermes lointaines. Le plus souvent, elles privilégient leur côté à elles, la mémoire de leur famille, de leur parenté, négligeant le côté de leur mari, et comme leur mère a fait de même et transmis sa propre mémoire à sa fille, les femmes négligent même le côté paternel. Pas tout à fait. Assez pour qu'on retienne peu. Si bien que les chroniques des familles sont celles de la lignée des femmes, riches en détails, longues, hautes en couleur, comme inépuisables.

Apollonie a près d'elle à la fois sa mère et sa belle-mère, c'est-à-dire les mémoires des deux côtés : elle est surtout attentive à ce que raconte sa mère et dans deux générations on saura plus de choses sur les frères et sœurs Sales que sur les frères et sœurs Cayzac, et sur Julia Gay presque rien, sauf son état de belle-mère.

Elles transmettent les astuces pour coudre, jardiner, laver, tricoter, conserver, changer le fond d'un pantalon usé, utiliser les restes, saler, économiser sur un plat, soigner sans avoir recours au pharmacien et à plus forte raison au médecin, faire le pérail[1], bleuir le linge. De tout cela elles parlent. Elles sont le lien et le lieu.

Elles ne parlent pas toujours entre elles en toute franchise. Il y a des réticences, des mensonges, des jalousies, des secrets que l'on veut garder pour soi. La recette est alors transmise incomplète, on ne donne pas le détail essentiel, on oublie la proportion, on n'alerte pas sur le moment délicat. Exprès, pour que l'autre, si elle n'est ni l'amie ni la sœur, n'accède pas si facilement au secret qui rend supérieure.

À cette école des autres, dans cette culture orale, il faut que chaque femme applique son jugement critique, regarde de qui lui vient le conseil, apprécie, et vérifie par expérience si la pâte est bonne, si l'oreillette est fine, la salade pommée, le linge blanc, le pérail lisse, pas careillé[2]. Il faut qu'elle compare, soupèse, évalue.

Apollonie, parce qu'elle est jeune, reçoit une multitude de savoirs divers dans lesquels elle trie. L'école des autres est pleine de vivifiantes

---

1. Pérail *[peralh] : fromage blanc.*

2. Careillé *[carelhat] : se dit du caillé lorsqu'il est plein d'yeux, spongieux, au lieu de présenter une pâte homogène.*

contradictions, développe le jugement critique, affine la connaissance des cœurs.

Parce qu'elle est enceinte pour la première fois, elle reçoit les avis de celles « qui sont passées par là ». Ce sont des récits effrayants, souvent, dramatiques parfois. Des enfants étranglés par le cordon, des fièvres, des morts, des seins crevés d'abcès, des mamelons crevassés. Des cris de femmes. Des flots de sang.

Au cours de ces réunions on a souvent évalué en souriant les beaux seins d'Apollonie qui laissent présager un lait abondant. Ce lait qui est la fierté et l'angoisse des femmes. Il est ce don gratuit dont la qualité et la quantité sont imprévisibles. Il est une fierté et une réelle richesse potentielle. On peut le vendre très cher. On peut en faire profiter un orphelin ou un enfant dont la mère en serait dépourvue. Une femme est glorifiée par le fait qu'elle est bonne nourrice, une autre méprisée parce que son enfant est maigre et ne « profite » pas. On dit méchamment derrière son dos que son petit ne se « fait » pas, que son lait est mauvais. On cherche les causes dans sa généalogie, dans les vieux péchés, dans la mauvaise santé de la lignée ou de l'individu dont pourtant personne n'est responsable.

Le lait apparaît si miraculeux que l'on craint pour lui, toujours, les sortilèges, le mauvais œil des mauvaises gens. On le protège comme on peut, par des précautions particulières et aussi par des dévotions. Quand, par exemple, un bébé est au sein, il faut bien cacher ses pieds, car si une sorcière les voyait, le lait serait tari. Sainte Brigitte est priée, qui fut vierge et put pourtant nourrir un enfant. La fille de sa mairastre vint déposer dans son lit le fruit de sa propre faute. Brigitte fut accusée d'être fille-mère et chassée de chez elle. Dieu qui protège les innocents lui donna du lait… Quant à sainte Agathe, qui fut martyrisée : on lui coupa les deux seins et, le torse sanglant, elle les portait sur un plateau, nimbés de lumière ; elle protège les nourrices.

Apollonie n'a pas peur : dans la camisole, ses seins sont durs, roses et veinés de bleu.

La neige a un peu cessé de tomber, mais il fait toujours gris. Celle qui « prend les enfants » est arrivée, ainsi que Germaine, la sœur d'Apollonie. Comme prévu, Henri n'est pas encore remonté avec la sage-femme. Elle sera là pour la délivrance et la toilette de la mère.

À chaque effort Césarine met la main dans Apollonie et elle l'aide, comme on le fait pour les vaches et les brebis. On a mis un second oreiller sous sa tête et Césarine a demandé que Marie, Julia et Germaine tiennent fermement les genoux pliés d'Apollonie.

Quand il faut pousser, elle lui dit en appuyant fort sur son ventre : « Allons ! Courage. » On l'exhorte entre les efforts et l'on couvre sa nudité. Elle serre ses fortes mâchoires. Ses cuisses sont parcourues de longs tremblements comme on en voit aux croupes des juments. Et elle a mal.

« Allons, dit la femme, encore un petit effort, je vois les cheveux, ce petit est tout brun. »

Le jour de l'avalanche de la Moulière, on sortit des décombres une femme enceinte.

C'est alors l'imprévisible sensation non pas d'éclatement comme on l'aurait cru, mais un glissement rapide, comme une truite géante et chaude, qui passerait de son ventre à ses cuisses.

La femme sortit hagarde des décombres, elle avait tenu pendant deux jours la main de sa fille aînée de dix ans.

« Nous y voilà ! »

« C'est une fillotte. »

Elle a marqué un temps d'arrêt et donné ce gentil diminutif.

Quelques jours après la femme accoucha. Et l'enfant naquit deux fois. De la nuit, des ruines, de la neige, mêlée de terre, de rocs et d'eau, de la fureur du ciel d'abord ; puis du ventre de sa mère.

Oui, une petite fille très brune de teint et de cheveux, qu'il faut claquer longuement avant qu'elle n'ouvre sa minuscule bouche et ne pousse un très petit cri d'oiseau. « Elle fait ses six livres », dit-elle en la soupesant et elle ajoute aimablement : « le *masclou*[1] sera pour la prochaine fois ».

On a essuyé la fillette avec un chiffon imbibé d'huile. On l'a « pliée » dans les linges préparés. Elle est couchée contre sa mère.

Six livres pour un premier enfant, ce n'est pas mal, Apollonie le sait, mais comme elle trouve les doigts menus ! Et comme les yeux sont grands et noirs ! Elle revient sans cesse à ce petit visage. À qui ressemble-t-elle ?

Déjà on s'affaire dans la chambre. On range. On a ôté les draps tachés, changé les linges souillés. Ils trempent. On est habitué au sang. Il est présent à tous les moments de la vie quotidienne. Sang de la naissance, sang du porc, sang de la volaille, des lapins, sang des femmes, sang des saignements de nez. Il n'est pas évacué encore dans des conduits qui noient tout et le mènent loin des êtres. Il n'est pas nié. On le délaie d'eau et on le laisse sur place pénétrer dans la terre. Ainsi s'en va une partie du sang du porc ou de l'agneau. On le lave sur le linge des femmes, sur les torchons, sur les draps, car il est fréquent que la femme tache son lit à une époque où l'on n'a pas encore inventé de bloquer ce flux à sa source,

---

1. Masclou *[masclon] : le petit mâle (mascle).*

au fond du ventre. Le flot arrive imprévu, entre les cuisses, tachant la nuit la chemise et les draps, le jour le haut des cuisses, le haut des bas, juste au-dessus de la jarretière. Le sang de la naissance, comme celui de la mort des bêtes, vient au sol.

Moment de paix. Les grand-mères ont fait le signe de la croix. Le jour se lève en grand.

La fillette s'appellera Julia comme sa marraine.

Julia prépare le café fort, celui où la paume qui mesure les grains s'est faite un peu plus large, à cause de la joie, et l'omelette que mangeront les femmes présentes, avec un verre de vin pour celles qui aiment ça, et la goutte d'eau de noix. Après, elles iront répandre la nouvelle de maison en maison.

On est allé chercher les grands-pères. Aussi bien est-ce l'heure de déjeuner. On ne parle pas de la déception d'avoir une fillette. Il n'en sera plus question : l'avenir est devant. De toute façon, pour la première naissance, c'est sans gravité. Il y a une petite fille. Qu'elle soit bénie de Dieu !

Henri arrive, trempé de neige. Il a les joues toutes glacées quand il s'approche d'Apollonie et l'embrasse sur le front. Que lui dit-il tandis que les autres se sont approchés discrètement de la table ? On ne le sait. Nul ne le sait, même pas moi qui sais tant de choses. Sûrement les phrases banales avec lesquelles le peuple dit ce qu'il sent. Phrases souvent toutes faites que l'on trouve dans le peu de lettres qu'il a envoyées ou reçues, costumes de l'émotion, toujours taillés pareillement. Commodes et pudiques formules.

Deux jours après, sans attendre le dimanche, Julia est baptisée à l'église de Saint-Martin. La marraine, dont on ne sait presque rien, puisque la chronique de la famille n'a pas gardé sa mémoire, a signé le registre d'une grande écriture solide, grasse et gaie.

Apollonie reste huit jours au lit, reçoit une visite du médecin. Il s'assure qu'elle n'a pas de fièvre, regarde la tension des seins parce qu'il craint les abcès, jette un coup d'œil au bébé. C'est fini. On ne le reverra qu'en cas de malheur pour la mère ou l'enfant.

Il continue à faire mauvais. Pour les Rogations, cette année-là, on est plus pieux qu'à l'ordinaire. De l'église de Saint-Martin on monte jusqu'à Corbières, jusqu'à la croix, en demandant au ciel de préserver les biens de la terre. À la croix attendent les bêtes : vaches, bœufs, chevaux, ânes, mulets, moutons. On fait bénir du pain, du sel, du grain qu'on donnera à manger au bétail pour le préserver des maladies, et même des pommes de terre pour donner aux cochons. On mettra quelques-unes de ces pommes de terre bénies dans celles de la semence. Les gens mangent un peu de pain béni pour se préserver des maux de gorge.

On parle beaucoup dans *La Croix de l'Aveyron* du miracle de la Sainte-Épine dont on raconte tous les détails. Chaque fois que le Vendredi saint coïncide avec l'Annonciation, à Andria le sang se ranime sur l'épine. Ce fut le cas cette année le 25 mars. Cette année est de si grand froid que l'on n'est pas loin de croire à quelque punition du ciel. Les souffrances du Christ viennent des péchés des hommes. Les fortes têtes des partis rouges ont affirmé que devant le miracle il fallait « surveiller de près les curés et leurs supercheries ». Ce qui intéresse les gens d'ici, c'est qu'il y a tout près d'eux, à Sainte-Eulalie-d'Olt, une relique de la Sainte-Épine, et ils se sentent concernés par le prodige. On parle aussi de l'assassinat de la fille de La Loubière près de Rodez – une jeune fille de quinze ans a été étranglée avec une chaîne de montre et violée. On transportera la guillotine à Rodez pour exécuter l'assassin sur les lieux de son crime. Des cartes postales circuleront avec la tête terrible du criminel, les lieux et l'arrivée de la guillotine. Le froid, le sang de Dieu, l'assassinat : les gens ont cru se retrouver aux époques terribles de la Bête.

Mais bientôt le beau temps l'emporte sur l'hiver.

C'est dans la joie de tous que va grandir la petite fille. Cette première enfance est lumière. On a tous les égards pour l'enfant petit. Jusqu'à quatre ou cinq ans il fait un peu ce qu'il veut. Il est choyé, gâté, amusé. On ne le laisse pas pleurer, ni la nuit ni le jour. On le console, on le prend dans les bras, on le berce, on lui donne à manger s'il le réclame. La mère le met au sein pour le calmer dès qu'il pleure un peu trop, que ce soit de faim, de coliques ou de mal de dents.

Il n'a pas encore commencé à devenir grand. Devenir grand ce sera travailler, entrer dans le dur cycle des travaux à accomplir, qui commence très tôt vers sept ans, huit ans, par le placement, quatre ou cinq mois dans une ferme, du printemps à l'automne. Cela commencera par le chemin de l'école, la course au catéchisme, les levers à l'aurore, les multiples travaux à faire quel que soit le temps. On ne lui épargnera pas les efforts même s'il fait très froid, même si ses jambes sont maigrelettes, même si l'on interrompt ses jeux. C'est la vie. Il doit apprendre. Il faut l'« enseigner ». Alors qu'on passait de la propolis sur ses joues de quatre ans pour qu'il n'ait pas de dartres, on n'aura aucune pitié pour les engelures de ses pieds et de ses mains. Ou du moins elles ne sauront le dispenser du travail, même si on le soigne avec les eaux grasses avant de les donner au porc. On jugera très sévèrement les parents trop indulgents, les accusant de fabriquer des fainéants et surtout des fainéantes, estimant au contraire ceux qui sont sévères et exigeant. Comme ce temps de dureté viendra, on se dit peut-être que l'enfant peut en profiter quand il est tout petit et on lui accorde ces années de vacances, d'attention, de tendresse exprimée par des gestes et des mots, comme si on devait le préparer à la vie entière. Le jeu domine, jusqu'à quatre ou cinq ans il est toute la vie. Jamais comme en ce premier âge on ne sera attentif à l'enfant. Plus tard c'est lui qui devra s'adapter, les câlineries cesseront, il sera presque totalement sevré d'étreintes, de caresses. On considérera que « ce n'est plus de son âge ». C'est seulement avec les premières amours que les jeunes gens et les jeunes filles retrouveront la douceur, pour un temps très court d'ailleurs, car ni les amourettes, ni la vie conjugale ne s'expriment en baisers : on n'étreint pas sa femme au grand jour, le rapprochement est réservé au secret de la nuit et des rideaux de lit. Quelques petits écarts à la pudeur sont concédés aux très jeunes mariés. Après, la femme s'épanchera avec ses bébés – elle a toujours eu, d'ailleurs, elle, des plus petits à câliner, des tiédeurs à serrer contre elle. Elle a été moins privée que les garçons de la douceur des contacts physiques.

Julia tète joyeusement. Elle trotte bientôt. *Tei tè, bavarot que tombarás al fuoc*, « tiens toi, petit baveur, sinon tu tomberas dans le feu ». Elle est « l'œuf blanc, la poule noire », « la toupinette », « l'aucelou », « la cabridette », « *lo passerat* ». On dit dans la maison qu'il n'y en a pas « un morceau pour chacun ».

Marie ou Julia ou un grand-père ou l'autre prennent le bébé sur les genoux pour le faire sauter *Arri, Arri mon chaval*[1]. L'enfant caracole, va au trot, au pas, au galop, au galop. On fait semblant de la laisser tomber par terre et on la rattrape au dernier moment. Julia rit, en redemande et chantonne le refrain. Car Julia a très vite parlé comme une pie, ou plutôt comme une bergeronnette. Elle parle patois comme tout le monde. On ne la gronde pas encore. On la reprendra systématiquement et sévèrement quand elle commencera à aller à l'école. La mémé prend la main de l'enfant et l'amuse avec ces comptines qui jouent avec les doigts.

Cinq sous
Une oumeleta d'uoùs
Un quarton de vin
Duis la manòta del companhon
Ticon, ticon, ticon[2].

---

1. Arri, arri, mon chaval / Que deman serà Nadal / Al pas, al tròt, al galòp *[arri, arri, moun chaval / qué déma séra Nadal / al trot, al pas, al galop] : « Va, va, mon cheval / Car demain, ce sera Noël / Au pas, au trot, au galop. » Ce jeu de nourrice, très répandu, présente de multiples variantes.*

2. *[Cinc soous, / uno aouméléto d'yoous, / un cartou de bi / din la manoto del counpagnou / ticou, ticou, ticou] : « Cinq*

À chaque vers on caresse la paume offerte. *Para la man, pichona*[1] et à *ticon*, *ticon*, on en chatouille le creux avec l'index.

« Encore », dit le bébé.

Dins aquela planeta
Passèt une lebreta
Lo primier la vejèt,
Lo second l'afustèt,
Lo tresieme la tuèt,
Lo quatrième la manjèt
E lo pichonet, diguèt :
Piu, piu, i a pas res per ieu[2].

La *planeta,* c'est le creux de la main que l'on caresse. *Lo primier*, *lo second*, *lo tresieme* ce sont les

---

sous, une omelette d'œufs, un quart de vin, dans la main du petit compagnon. » Encore un jeu dit « de nourrice ». On en notera l'abondance.

1. Para la man *[paro la ma] : « Tends la main. » C'est la formule avec laquelle on invite le petit enfant aux jeux sur les doigts et la main.* Pichona *[pitchouno] : petite.*

2. *[Dins aquelo planéto / passèt uno lébreto / lou primié la béjèt / lou segoun l'afustèt / lou trésième la mandjèt / é bu pitchounet diguèt : / Piou, piou i a pa rés per iou] : « Dans cette petite plaine / Passa une levrette / Le premier la vit / Le deuxième la visa / Le troisième la tua / Le quatrième la mangea / Et le petit dit : / Piou, piou, il n'y a rien pour moi. » Encore un jeu sur les doigts, un peu plus complexe que le précédent. À la différenciation des doigts, il s'ajoute toute une histoire et une intéressante hiérarchie.*

doigts, pouce, index, majeur, que l'on saisit et secoue l'un après l'autre. *Lo pichonet* c'est le petit doigt. On lui fait picorer le creux de la main.

« Encore ! » dit la fillette en riant et en tendant la main.

Quand le grand-père Antoine a le temps, il raconte la grande histoire de Gargantua qu'il mime du plat de la main tendu vers la lumière. La chair devient transparente et rouge et il fait trois points sur chacun de ses ongles qui devient un petit visage. Tout un théâtre est ainsi dans les doigts. Il s'agit de l'histoire toujours réinventée, toujours différente, du grand géant très brave, Gargantua, dont le fils Pichot Nanet est tout petit et très faible, de l'ogre ce grand *gusas* (grand gueux) qui fait prisonnier le géant. Du chien Leca-Plats (lèche-plats) et de Tua Pesolhs, l'autre fils, très fort mais peu intelligent[1]. À un moment il s'agit de mimer le combat de deux chiens. À chaque main on met les doigts l'un sur l'autre et on dirait deux têtes qui s'affrontent. On peut faire intervenir un canard ou un oiseau. C'est l'imagination et les gestes du conteur qui comptent.

---

1. Petitet, Joan Catet, rei de totes, leca-plats, tua pesolhs *: [pétitét, Djan Catet, réy de toutes, lèco-plats, tuo-pésouls] : le tout-petit, Jean le cadet, le roi de tous, celui qu'on trempe dans une sauce, celui qui tue les poux, désignent aussi, dans un autre de ces jeux, les doigts et leurs particularités.*

Les enfants n'ont pas de jouets, de jouets achetés, mais on leur en fabrique, on n'oublie jamais de les distraire, de leur raconter des histoires. Ce sont les vieux qui s'en chargent souvent, plus disponibles : des pépés qu'ils vont retrouver dans les prés où ils gardent les bêtes, des mémés au coin du feu près desquelles ils se serrent en quémandant l'histoire aimée. Devenus plus grands ils seront capables de fabriquer à leur tour les modestes petits objets dont ils tirent leur joie. Capables d'en inventer peut-être.

Henri taille pour sa fille un petit bœuf dans une branche de frêne et comme elle est une fillette il lui dit que c'est une vache et dans une branche plus petite il fait un petit veau qu'il pose près de sa mère. Au printemps il lui taille une caramelle[1] et dans l'écorce du châtaignier un grand cornet,

---

1. Caramèla *[caramèlo] : flûte. Petit instrument de musique rustique, fabriqué au moment de la sève montante dans un rameau de frêne (fraisse), de châtaignier (castanhier), de noisetier (avelanier), de sureau (sambuc). Les enfants frappent l'écorce avec le manche de leur couteau pour l'aider à se décoller et ajoutent des formules incantatoires, psalmodiées qui, toutes, invitent la branchette à se désaber (à séparer le bois de l'écorce) en la menaçant. À Corbières ils disaient :* Saba, saba, desaba-ti, se te desabes pas te fotrai un cop de pè pel cuol *(« Sève, sève, détache-toi, si tu n'enlèves pas ton écorce je te donnerai un coup de pied au derrière »).*

dont la spirale à son sommet est « cousue » d'une branchette plantée comme une épingle. Il s'amuse à lui en faire de très gros « plus gros que ta jambe » lui dit-il. Quand il a un peu plus de temps l'hiver il lui fabrique un *estrebelhon*[1] dans une noix. C'est une petite merveille qui virevolte. Il choisit une grosse noix. S'il en trouve une, il prend celle où un écureuil a fait un trou, juste au milieu de la demi-sphère de la coquille, cela arrive. Il fait un autre trou symétrique avec le poinçon de son laguiole et vide patiemment l'amande par ces trous, dans lesquels il fait passer une branche de buis bien droite. Au sommet il fixe une hélice de buis, jolie et lisse comme les graines de l'érable. Il s'y applique longtemps. Il racle et donne la forme au beau buis jaune. Julia le regarde et ce regard n'est pas le moindre de ses bonheurs. Même s'il sait que sa fille ne partagera que peu de moments de sa vie, même s'il sait qu'elle va rentrer dans la communauté des femmes, même si pour la prochaine fois il attend un garçon, ce fils que tout

---

1. Estrebelhon *[*esterbèl *ou* estrebèl*] ou encore « ratecate » : moulinet à simple ou double et même triple hélice, fabriqué à partir d'une noix. Le tableau de Bruegel (XVI*[e] *siècle) sur les jeux d'enfants en montre un, ainsi qu'une Vierge à l'enfant de l'école hollandaise (XVI*[e] *siècle).*

homme espère, il prend un grand plaisir à réjouir la jolie fillette rieuse. Il en est fier. Après la palette, l'estrebelhou est fini. Il suffit d'un autre trou, d'une ficelle que l'on glisse et qu'on attache à la branchette centrale pour avoir un petit moulin qui tourne lorsqu'on tire sur la ficelle avec un mouvement de yo-yo ou de miroir aux alouettes, un mouvement bien souple du poignet.

Julia a trois ans lorsqu'il lui naît une petite sœur : là, la déception des parents est plus cruelle. Apollonie la ressent un peu comme une injustice, comme une vague punition. Henri manifeste-t-il son mécontentement, comme le font certains hommes de son temps ? Il y en a qui restent des mois sans parler à leur épouse. Certains la battent même en lui disant « ça t'apprendra ». On raconte de Joseph de V… qu'à la naissance de son troisième enfant, lorsqu'il était entré dans la cuisine et qu'on lui avait dit que c'était encore une fille, il s'était contenté de déclarer, sans même saluer sa femme : « Elle ne pouvait pas faire moins ! »

Si Apollonie est déçue, Julia est contente. On lui confie le berceau pour qu'elle le berce du bout du pied. On lui met dans les bras ce gros saucisson immobile, langé très serré et qui ne risque pas de gigoter. Elle l'embrasse, elle s'habitue, on l'habitue à son rôle futur. À la suite de sa mémé elle chantonne *Som, som, veni, veni veni*[1] ou une autre berceuse.

Quand son petit frère Henri naît enfin, trois ans plus tard, Julia est déjà une grande fille.

Elle a commencé à aller à l'école. Par bonheur, depuis 1914 les enfants ne vont plus jusqu'à Saint-Martin, ils ont l'école à Corbières. Mais tous les jours entre midi et deux heures ils doivent aller au catéchisme. Ils avalent vite leur soupe et courent dans le chemin pour n'être en retard ni à l'église, ni à l'école. Ils courent plus vite à l'église parce que ça descend : *A la davadalda totes los sants adujan*[2], leur disent les adultes en riant. En hiver ils rentrent souvent les pieds mouillés et glacés, on pense autour d'eux que cela les forme, même si on prend soin de réchauffer leurs sabots d'un peu de braise et de leur faire mettre des chaussettes sèches. On ne penserait pas pour les épargner à les dispenser du catéchisme quotidien, contrepoids de l'école sans Dieu, morale nécessaire, habitudes excellentes sur lesquelles ni les parents ni le prêtre ne transigent.

---

1. Som, som, veni, veni, veni / Som, som, veni d'endacom *: « Sommeil, sommeil, viens, viens / Sommeil, sommeil, viens d'ailleurs. » Berceuse très répandue dont on connaît de multiples variantes sur l'ensemble du territoire de langue occitane…*

2. *[A la dabalado, toutés bus sans adudjou] : « À la descente on est aidé de tous les saints. »*

On fait prier les enfants pour les soldats, pour la France. Car de grands malheurs ont secoué le ciel du monde, en pleine moisson il y a deux ans. C'est la guerre, c'est la revanche.

On parle beaucoup des Allemands aux enfants. Ils sont des espèces d'ogres. Ils incarnent les forces du mal. Dans la bouche du prêtre, ils sont le diable.

Est-ce pour cela que Julia est devenue si grave, si raisonnable, comme on dit, quand naît son petit frère, ou alors sa gravité date-t-elle de la mort de son père, un mois à peine après cette naissance ? Grave, mais gaie, joyeuse comme les fillettes de son âge, ses petites compagnes d'école, Séraphine, Élise, Louise, avec lesquelles elle joue à la dînette, au *coberton*[1] à *cotelon morron*[2]. Elles se mettent devant un mur,

---

1. Coberton *[coubertou] : petit couvercle. Jeu d'enfant exécuté avec un couvercle que l'on fait tourner et qu'il s'agit de saisir.*

2. Cotelon morron *[coutelou-mourou] littéralement : petit couteau, petit visage. Un enfant sort, les autres assis en cercle se font passer de main en main, ou font mine de se faire passer, un petit couteau, invisible dans leurs mains rapprochées. Celui qui est sorti doit observer les gestes et deviner où se trouve le couteau. Quand il pense avoir trouvé, il interroge :* As lo cotelon, morron ? *(« As-tu le couteau, petit visage ? »). L'autre répond oui ou non. S'il dit oui, le chercheur lui dit alors :* Lèva-te e cerca lo *[lèbo-té e cèrco-lou] (« Lève-toi et cherche-le »). C'est à l'enfant démasqué, alors, de « sortir » et de chercher.*

mur de jardin, mur bordant une rue ou le *campet dels fraisses*, dans les creux entre les pierres cela fait comme des étagères, les pierres qui ne sont pas d'aplomb sont des rebords et elles installent là des tessons de vaisselle. Elles sont très heureuses s'il court sur les débris une frise brune ou bleue, elles trouvent que c'est joli. Un fond de bol devient un plat. Elles trouvent près des maisons de la vaisselle cassée, même si à Saint-Geniez il y a un raccommodeur qui recoud les plats avec des agrafes et une sorte de plâtre. Elles arrivent à se faire donner une fiole de remède vide ou une boîte, rarement, car ces choses-là on les garde à la maison pour les faire resservir. Les plus gâtées peuvent se faire prêter pour quelques heures la plus petite des casseroles ou le plus petit des pots bruns vernis. Pour « faire semblant » d'avoir de la salade, il y a toujours à leur portée quelques herbes à hacher. Les gousses sauvages de genêt ou de vesces deviennent des haricots et l'illusion est presque parfaite puisqu'elles peuvent les égrener. Le buis, lorsqu'on laisse au bout d'une branchette une de ses feuilles concaves, donne des cuillers. Quant aux couteaux, elles ont toutes un canif dans la poche, un *sanagrelh*[1] dont les adultes se moquent. Elles se font des habits avec des feuilles de

---

1. Sanagrelh *[sano-grél] : châtre-grillon, un de ces couteaux d'enfant à la fois petit et peu efficace.*

châtaignier cousues l'une à l'autre d'une paille ou d'un éclat de bois. Les glands sont des toupies, leurs capsules de petits couvercles. Avec une poignée de glands on peut faire tout un service à café ou un troupeau de porcs. Déjà les petits garçons de leur âge suivent les hommes aux champs. Elles, tout en jouant avec ce que leur donnent les bords des fossés et des sentiers, travaillent dans la maison. Elles aident leur mère toutes, dans de multiples petits travaux, à toutes on confie les bébés et lorsqu'elles s'amusent à deux ou trois il est bien rare qu'il n'y ait pas un berceau près d'elles. Elles participent aux épluchages nombreux – puisqu'on fait beaucoup de confitures, puisqu'il faut écosser les haricots secs qui iront dans des sacs de toile, puisqu'il y a ce porc, devenant si délicat à mesure qu'il engraisse qu'il faut lui éplucher les pommes de terre et les châtaignes –, aux cueillettes dans le jardin, au balayage, à la vaisselle, aux rangements. On les appelle, on les tire de leurs jeux quand il faut écosser les petits pois ou cueillir les haricots du jardin ou aider à rincer la lessive. Parfois, surtout au début, elles font perdre un peu de temps aux femmes, mais cela fait partie de leur éducation, et on les contraint, même si elles rechignent. Mais Julia est « sage », femme, et s'est révélée si adroite que tout le monde s'émerveille. Tout ce qu'elle touche devient gracieux et joli entre ses mains.

À six ans, vêtue de noir, elle porte le bébé à sa mère lorsqu'il pleure, attend qu'il ait tété et le ramène à la maison. Avec sa mère elle porte le repas aux coupeurs d'herbes. Elle est peut-être heureuse quand on dit à Apollonie « vous avez de la chance d'avoir une fillette si raisonnable ». Et il est vrai que sa mère s'appuie un peu sur cette enfant, plus grande que son âge. Comme partout on le fait avec les filles aînées. Si la mère meurt, la fille aînée devient souvent, et à un âge tendre, treize ou quatorze ans, maîtresse de maison à part entière. Tellement chargées de famille que certains destins de célibataires sont ainsi scellés.

Déjà Julia a commencé à coudre, à tricoter avec sa mère et sa grand-mère, à repriser des chaussettes, et à l'école on va compléter cet apprentissage féminin. Les filles y apprennent à faire des boutonnières, à poser des pièces, à broder au point de croix. Elles ont toutes un ouvrage en train dans un petit sac de toile, et elles le prennent si on les envoie cueillir des mûres ou ramasser des *muscadels*[1], pour ne le sortir parfois qu'un instant. Les petites filles apprennent ainsi à ne jamais avoir les mains vides, sauf à la messe. C'est une honte pour elles d'être désœuvrées, sans occupation de leurs doigts. On doit croire que lorsque les mains agissent, l'intelligence est en

---

1. Muscadels *[muscadèls] : mousserons.*

sommeil. C'est la grande erreur des riches et des puissants d'ignorer que tout travail intelligent ou tranquille de la main est une fabuleuse opération intellectuelle, soit qu'il oblige à résoudre sans cesse de multiples problèmes, rapiécer, cuisiner, coudre, jardiner, soit qu'il libère la réflexion, j'épluche et je m'interroge sur les autres, je tricote là où c'est tout droit et où je pourrais le faire les yeux fermés et je pense à tel héritage, à l'achat de telle terre, à l'avenir de la fille, à la dot, au départ au couvent, à la prospérité du voisin. Elles vont cueillir les châtaignes, on leur confie la deuxième cueillette, moins importante, et le soir leurs mères vont chercher les paniers trop lourds. Elles vont, en groupe, cueillir la mousse pour faire la crèche de Noël à l'église, arrangent les fleurs dans les vases, avec les femmes, pour le reposoir de la Fête-Dieu.

Car toute leur vie, plus encore que celle des garçons, est rythmée par une religion riche en pratiques nombreuses, variées, et en rites somptueux. C'est elles, demain, qui seraient les gardiennes du feu, de la table, mais aussi et surtout de la foi. C'est elles qui « crieraient » la prière le soir en famille. C'est elles qui feraient réciter le catéchisme et les prières avant même que l'enfant sache lire, c'est elles qui raconteraient sainte Brigitte ou sainte Germaine de Pibrac, laissant aux hommes le pur légendaire de loups et d'ogres ou l'histoire grande. Il est donc nécessaire qu'elles soient plus armées que les hommes. D'autant plus que maintenant elles deviennent savantes, ce qui risque de les éloigner de la droite ligne. Certes un mot d'ordre tacite est donné aux maîtres : que les garçons sachent convenablement lire et écrire, et encore pas trop. Certains maîtres trop zélés, dangereux pour l'ordre social, disparaissent, mutés ailleurs : il ne s'agit pas de former des esprits critiques, frondeurs, ferments de révolution. Point trop ne faut de science, mais les fillettes, on trouve que c'est toujours assez pour elles, qu'elles n'ont nul besoin de beaucoup de savoir : on dit cela pour ne pas dire qu'on en a peur et qu'on se serait bien passé de les voir accéder aux mystères des livres, de l'écriture. Peut-être l'« Institution », l'État qui sont hommes se disent-ils que ces femmes si savantes de millions de choses qui leur échappent menaceraient leur pouvoir le jour où elles ne seraient plus tenues dans l'ignorance du jeu social, qu'elles y deviendraient à toute vitesse très fortes. Et comme ils avaient raison ! À peine « enseignées », elles se sont mises à tenir la correspondance familiale, les comptes sur de petits carnets soigneusement remplis de jolies écritures, leurs doigts si agiles depuis des siècles surent très vite dessiner les lettres. C'est pourquoi la religion va lourdement peser sur elles, essayer de compenser toutes ces nouveautés et elles seront astreintes aux pratiques régulières comme aux dévotions non obligatoires, chapelets, rosaires, chemin de croix, salut du Saint-Sacrement, adoration, et dévotions diverses.

L'année liturgique est longue, si variée dans sa continuité qu'elle pourrait à elle seule occuper le temps. Il y a toujours quelque chose à faire à l'église. Le catéchisme chaque jour, avec la sévérité du prêtre sur la leçon, il faut la réciter par cœur, et puis à chaque moment toutes les fêtes rustiques et mystiques, toutes les couleurs qui passent, noir, violet, rouge, rose, blanc, comme un arc-en-ciel dans les ornements. Aucune fillette ne perd de vue, lorsqu'elle a l'aiguille en main, la pensée de broder un jour pour le prêtre ou l'autel une de ces toiles soyeuses, si chargées de dentelles et de broderies qu'on ne voit plus le riche tissu : une chape, une nappe d'autel. À Notre-Dame-des-Buis on montre cette nappe faite par une jeune fille en l'honneur de la Vierge, ouvrage d'art, merveille sortie de doigts comme les leurs.

Huit jours avant Noël, chaque soir les cloches sonnent nadalet. Apollonie sort sur le seuil, avec ses filles « pliées » dans des fichus et elles écoutent dans la nuit la joie de Dieu. Noël c'était un pantin de pain, une orange. Ce fruit étonnant comme un soleil, on disait à l'école qu'il pouvait en pousser en France,

« mais pas ici, il fait trop froid ». C'était un fruit d'hiver et ceux qui étaient descendus aux vendanges dans le pays-bas, à Laurens, à Roquebrun, avaient vu des orangers où elles pendaient encore vertes.

On se contentait de respirer l'orange, de la soupeser dans la main. On posait le fruit sur la cheminée et là le plus souvent il séchait. On ne le mangeait que s'il commençait à se gâter. Quand il séchait il devenait dur et sa couleur changeait, mais en le serrant dans les mains on retrouvait un peu de son odeur. Si prodigieuse toutefois qu'elle soit, l'orange n'était rien comparée au bonheur.

Pour Noël il n'y a pas grand-chose à faire à la terre. On peut profiter de la chaleur de la cuisine, on peut se serrer en famille les uns contre les autres. Le soir de Noël à Corbières, les Sales et les Marty se réunissent pour attendre minuit. Quelques parents éloignés arrivent dans la soirée. L'oncle d'Aubignac entre tout glacé avec sa femme et son fils, Sylvain. Est-ce là, dans la belle nuit d'hiver, que cet enfant regarde amoureusement sa tante Céline ? Elle a treize ans de plus que lui, elle est fraîche et ronde ; est-ce en souvenir de ces marches dans la neige, et de tant de travaux qui les réunirent, des battages sur l'aire, de Sylvain qui pouvait porter un sac de cent kilos sur ses épaules, sous le regard de Céline enveloppée dans son grand tablier blanc, les joues rouges du travail du four, allumée comme une lampe ; est-ce à cause de cet amour presque incestueux qu'il ne se mariera pas et épousera plus tard, bien plus tard, Céline devenue veuve ? La dispense fut accordée pour ce mariage parce que Céline était arrivée à l'âge de la stérilité. La neige d'hiver fut au centre du destin de Céline. Un matin, il a neigé toute la nuit, son premier mari prépare son fusil pour aller à la chasse au lièvre. Il va suivre les traces dans la neige fraîche jusqu'au moment où il le tirera. C'est alors que le coup part et foudroie leur enfant. Mais c'est demain, il n'y a pas encore de drame pour elle quand l'oncle d'Aubignac, qu'on appelle dans tout le pays le châtelain, arrive à Corbières pour la veillée de Noël, et « prend un air de feu », près de la cheminée.

C'est bientôt l'heure de partir en cortège à l'église et d'affronter la bise d'hiver. Elle est si terrible que l'église paraît tiède en comparaison du froid du dehors.

Pour les fillettes, ce qui est la chose la plus belle, c'est l'enfant de cire. Elles n'ont jamais vu une poupée qui lui soit comparable. L'enfant est beau, bouclé. Il porte une chemisette de satin, galonnée d'or. Il a les bras ouverts. Les gens chantent de vieux noëls en langue d'oc. Aucune fête de l'année n'a plus inspiré le petit peuple, et dans l'humble langue qui était celle de sa vie quotidienne.

Cet Évangile qui parle des bergers, d'une étable, d'une naissance d'enfant pauvre est fait pour lui, il s'y reconnaît. Ces bergers auxquels les anges viennent parler, sont ceux de leur terre, ceux qu'ils connaissent et lorsque dans les chansons, comme dans l'Écriture, les bergers s'effraient et s'étonnent, lorsqu'ils disent : « que peut-il être arrivé pour qu'on nous appelle depuis le ciel ? À quoi sommes-nous bons, nous, de beau et de grand[1]… ? » Leur étonnement est celui du petit peuple émerveillé de la bonne nouvelle, émerveillé de la naissance, comprenant les saints mystères peut-être pour la première fois de l'année liturgique. La Sainte-Trinité, l'Ascension, la Passion, il y croit parce qu'il a la foi. Mais la naissance, et surtout la naissance d'un fils, il sait ce que cela comporte de miracle et de joie. L'étable c'est toujours un peu la leur, la

1. Nadal de requista *: « Noël de Requista ». Créé dans les années de la fin du* XIX*e siècle par un étrange autodidacte (voir l'article de Jean Delmas, archiviste de l'Aveyron, paru dans* La Revue du Rouergue*), Paul Bonnefous. Il se répandit largement et les gens le chantèrent comme un chant populaire anonyme, le croyant, souvent, plus ancien qu'il n'était. C'est ce qui arriva à la Bressairole de Justin Bessou, très vite sentie, elle aussi, comme populaire, malgré la notoriété de son auteur. Ce « Noël de Requista » est un dialogue d'anges et de bergers où ces derniers n'arrivent ni à comprendre ni à croire ce que l'on attend d'eux. Ils objectent et questionnent.*

mangeoire celle qu'ils ont taillée dans le bois, la Vierge c'est leur mère ou celle que leur femme ou leur fille serait un jour, toutes les femmes, ici, s'appellent Marie.

C'est peut-être pour cela que Julia voit pleurer des femmes dans les plus vieux Noëls de sa mémoire ? Peut-être parce que c'est la guerre ? Elle ne sait pas si les hommes pleurent. Ils sont au fond de l'église et elle ne les voit pas.

Les femmes, plus que les hommes, suivent les pratiques. Et pour les enfants, tous, mais particulièrement les fillettes. Vêpres rassemblent les femmes et les enfants. Le pèlerinage à Notre-Dame-des-Buis aussi. Cela se passe un dimanche de mai. À jeun, avec le panier du repas, dès 6 heures du matin, les femmes se mettent en chemin, le chapelet aux doigts, par les *carreiroles*[1] de la montagne derrière le prêtre. À la chapelle, elles « gagnent » la messe et la communion. C'est un pèlerinage très suivi. On vient demander à la Vierge toutes les grâces du corps et de l'âme. On amène des malades, des enfants malingres, car cette Vierge noire a fait des miracles nombreux. Apollonie est très fidèle à cette pratique, comme beaucoup de femmes de son âge, parce qu'elle a assisté, enfant, au couronnement de la statue qui a

1. Carreiròla *[careyrolo] : sentier, chemin de traverse.*

mis en liesse pendant trois jours tout Saint-Geniez. Elle avait neuf ans. On peut dire qu'elle en a été frappée pour toute sa vie. Les enfants de Corbières étaient simplement vêtus de blanc, sauf ceux qui fréquentaient les couvents de la ville. La procession solennelle était si grandiose qu'elle en a été éblouie. Elle a vu, sous forme d'enfants déguisés, tout un rosaire et ses mystères. Elle a vu de toutes petites filles habillées en anges et quand, quelques années plus tard, elle fera de Julia et de Rose deux anges à la procession du Corpus, c'est de cette fête que sera venue son envie, de l'envie qu'elle aurait eue pour elle de faire partie du cortège. Elle a vu, vivante, Germaine de Pibrac avec sa quenouille et son tablier plein de roses, suivie d'un agneau blanc, les vignerons des rives du Lot portant saint Vincent sur un brancard orné de raisins.

Chaque année lorsqu'elle descend au pèlerinage, Apollonie ne manque pas d'évoquer cette fête du couronnement et sa splendeur.

Après avoir mangé, on pousse jusqu'à Saint-Geniez si proche, on en profite pour faire quelques courses, puis on remonte chez soi. Saint-Geniez, c'est la ville, les pouvoirs, l'argent. On la fréquente tous les mois au moins pour la foire et exceptionnellement pour des affaires importantes. Il y a la mairie, ses rouages qui sont des mystères et des pièges, les forces conjuguées de l'église et des usines, des prêtres et des « monsieurs », un petit séminaire, des couvents, d'éblouissants commerces. Si près pourtant de la montagne, cette petite ville est déjà le danger moral, on a pour elle, on veut dire bien sûr pour les gens qui y vivent, de la considération, et une extrême méfiance pour tout ce qui touche la vertu des hommes, des femmes, et l'argent.

En passant sous Saint-Martin on montre aux enfants *l'ostalou de las Dansairas*, et le toit où dansa le diable. Trois filles vivaient là, délurées. Leurs parents n'avaient pas voulu les prendre à la foire et, seules à la maison, l'envie les tenait de danser. « *A !* s'écria l'une d'elles, *dansar ! siague ambe lo diable*[1] *!* » Alors se présenta à la maison un beau jeune homme inconnu. Il prit la fille par le bras, la fit monter sur le toit et ils se mirent à danser. Seulement, ils ne s'arrêtaient plus. Les parents rentrèrent de la foire qu'ils dansaient encore sans glisser ni tomber sur le toit pentu. On fit venir un prêtre, mais malgré ses bénédictions et son eau bénite, le charme ne fut pas rompu. Le diable, car le jeune homme était le diable, cria au prêtre : « Toi tu as fait ça… » et il lui dit un de ses péchés. On fit venir l'un après l'autre les prêtres

1. [A dansa, siagué amé lou diaple] : « Ah, danser, fût-ce avec le diable ! »

du pays. À chacun, le diable disait ses fautes. Enfin, il s'en présenta un qui avait jeûné quarante jours et fait pénitence. Le diable, là, hésita un peu puis accusa : « Tu as volé un raisin. – Oui, dit le prêtre, c'était parce que j'avais soif, mais j'ai laissé la grappe. » Le charme fut rompu et la fille délivrée. Elle avait dansé trois jours et trois nuits.

C'est bien une histoire vraie, puisqu'on montre la maison – le fameux toit est effondré maintenant – et qu'Henri Bras dit « que sa mère lui disait que ses parents avaient connu ces filles ».

Cette histoire est bien faite pour les fillettes qui suivent leur mère, pour les éloigner des bals, lieux de perdition, de la danse si dangereuse et des jeunes gens qui peuvent être diaboliques, pour leur donner le désir de devenir comme beaucoup de jeunes filles d'ici « enfant de Marie » vêtue de blanc et de bleu, pieuse et pure.

Et la Chandeleur, comme les Rogations, comme la Semaine sainte et Pâques, et le 15-Août, composent une religion où tout tourne dans l'harmonie de Dieu et des saisons. Elle n'est pas distincte des travaux agricoles, elle s'appuie sur eux, prend corps d'eux. « Protégez, Seigneur, tout ce qui porte graine, délivrez-nous de la foudre, des tempêtes, des tremblements de terre, des épidémies, de la famine et de la guerre. » La religion ramène toujours au village, au lieu de vie. Tous les chemins des hommes vont vers l'église. Dieu se promène dans les chemins, sous la forme du saint soleil, auquel on jette les pétales des fleurs du jardin. Le prêtre élève l'ostensoir très haut et dans la lumière, sur fond de prairie et de murs bâtis, sa chape frangée brille, lourde de broderies d'argent, d'or, de soies roses et vertes. Dieu se promène dans les chemins lorsqu'un enfant de chœur précède le prêtre qui amène le Bon Dieu aux mourants, à travers vent et neige, « plié » dans la soie blanche sous sa cape sombre qui ressemble à celle des bergers.

Julia est l'enfant de tout cela, comme sa mère, comme les femmes de son pays, elle est le lieu où s'imbriquent le plus quotidien et le plus surnaturel, manger et prier. Jour après jour, dans son enfance, elle a appris à coudre la terre au ciel d'un cordon blanc et elle se prépare à « plier » demain, dans son tablier, l'enfant et l'homme.

II

Dans la main de la femme : Dieu, l'or et le pain

Pâques 1916

BIEN AVANT QU'À CORBIÈRES ne poussent la feuille et l'herbe – c'est au début de mai qu'elles commencent à apparaître – il y a l'arrivée printanière de la lumière. Cette année-là pour la Chandeleur, au petit jour clair et froid, Apollonie avait assisté à la messe qui célèbre la fin de la nuit hivernale, et en même temps de la nuit de l'âme. Dans l'air il y avait une lueur violette. Elle était lourde de ses seins pleins de lait. Son bébé n'avait que douze jours. C'était la première fois qu'elle revenait à la messe depuis la naissance. Dès le surlendemain le petit Henri avait été baptisé, à la messe du dimanche, le 23 janvier. Les curés étaient très sévères pour le baptême des enfants. Ils ne toléraient que quelques jours d'écart entre la naissance et la cérémonie. Même au plus fort du froid, ils exigeaient que l'on descende des fermes lointaines, au risque de faire attraper froid au nouveau-né. « Comment, pouvait-on entendre à la messe au moment du prône, le bébé des Escoudats n'est pas là pour le baptême et il est né jeudi ? Allez le chercher. » Et la famille obéissait, car on craignait terriblement les limbes, ce lieu gris où souffraient les petites âmes ne pouvant aller au paradis car elles étaient mortes sans baptême. Il arrivait qu'on en rencontre la nuit sur les chemins en train de gémir et de réclamer le sacrement.

Apollonie était encore couchée lorsque Antoine, le parrain, son frère aîné, était venu chercher le petit paquet tout emmitouflé dont on ne voyait plus que le nez. De son lit dont on avait écarté les rideaux d'indienne, elle avait vu l'agitation joyeuse de ses deux fillettes, couvertes jusqu'aux yeux de gros cache-nez et de bonnets de laine, de sa mère, de sa belle-mère, de son mari monté pour la circonstance – il ne connaissait pas l'héritier et avait obtenu une permission exceptionnelle – oui, de la joie, malgré la guerre. Henri n'était pas au front, on l'instruisait à Rodez, cela allait durer quelques mois, et pendant ce temps, on ne sait jamais, la guerre pouvait s'arrêter.

On compte beaucoup sur le temps qui passe dans les pays campagnards. Peut-être parce que les choses, en permanence, disent qu'on peut se fier à lui, qu'il fait mûrir, porter graine et que, s'il s'occupe efficacement des jambons, il peut aussi s'occuper du cœur humain et des événements du monde.

Au début de la guerre, on avait envoyé au front directement des hommes non formés, et cela avait été l'hécatombe. Maintenant on les gardait un temps pour les instruire, pour les aguerrir, pour leur donner une formation qui tente de limiter les morts.

Ce dimanche-là, la neige « serrait » tout le paysage, envahissait tous les chemins du monde. On avait tué un coq. Un jeune coq méchant, il fallait bien s'en débarrasser, roux et doré dont les filets seraient aussi gros que des filets de dindon. Il avait cuit la veille dans le four après le pain. On avait aussi pétri une fougasse, sans lésiner sur le beurre et les œufs, les poules c'est vrai pondent peu en cette saison, mais sur le nombre de poules, en mettant les œufs de côté, on peut toujours prévoir une fête. La naissance d'un fils se célèbre, fût-on en pleine guerre. On sait que le gouvernement avait interdit cette année-là les fêtes de Carnaval mais dans la petite maison de Corbières, encore plus étroite que d'habitude aujourd'hui à cause des gens réunis, on aurait une grande tablée de monde. Le porc tué récemment fournirait à la table une abondance pauvre, la même qu'avant la guerre.

Le dimanche d'après le 30 janvier il faisait encore si froid qu'Apollonie n'était pas, une fois de plus, descendue à la messe à Saint-Martin. Trop de neige. Trop de gel. On craint le froid pour le lait des femmes. On a peur qu'il ne « tourne ». La nourrice elle-même, on la sent fragile.

Mais au matin de Chandeleur, il faisait meilleur. Il ne neigeait plus. Des hommes avaient attelé deux bœufs et tiré un tronc dans le chemin de Verlac. La route était dégagée. Apollonie descendit dans le jour violet où chantaient les coqs. Elle était heureuse.

Cette messe de la purification de la Vierge Marie, de la présentation de Jésus au Temple, Apollonie la sentait faite pour elle. Elle voulait y aller. C'était comme si, de même que Marie, elle venait racheter son « fils premier né » d'un agneau et de deux colombes.

C'était une douce messe. Les prières des oraisons y louent le travail des abeilles dont la cire donne les cierges. Le prêtre les distribuait à l'assistance, chacun en prenait un chez lui, quelques femmes en prenaient deux pour une voisine qui n'avait pas pu venir. Ils seraient mis de côté dans le tiroir de l'armoire et allumés lors des orages et des veillées mortuaires. On les allumerait aussi, peut-être, si survenaient ces trois jours de ténèbres annoncés par des mystiques, trois jours sans soleil, sans lune, sans étoiles, où aucun feu ne pourrait s'allumer, aucune lampe, sauf le cierge de cire d'abeilles de Chandeleur et encore seulement dans la maison des justes. C'est entre soi que l'on parlait de cela, on avait lu dans le journal les prophéties de ces mystiques. On n'en parlait pas trop aux prêtres, même si c'étaient des stigmatisées qui avaient annoncé ce prodige, car ils se méfiaient de ce qui n'était pas d'Église.

Tandis qu'Apollonie remontait très vite de Saint-Martin à Corbières, dans le chemin mouillé, contre un ciel de verre glacé, le cierge sous le fichu, elle ignorait qu'elle l'allumerait pour la première fois de sa vie de femme, douze jours plus tard, au chevet d'Henri, près de ce même lit d'où elle regardait lasse et douce la joyeuse agitation du baptême.

La nuit d'hiver avait été longue et profonde. Plus longue et plus profonde depuis deux hivers de guerre. Elle allait devenir plus noire encore, augmentée maintenant de la nuit de la mort. Derrière les montagnes, là-bas, on savait qu'il y avait du malheur, du noir, un froid, un dénuement, impossibles à comparer à ceux que l'on connaît, même chez les plus pauvres. Dans le déroulement des jours de la vie, à Corbières, à Saint-Geniez aussi, on s'apercevait peu du feu qui grondait. Il manquait des hommes, c'est tout.

L'été dernier, des ouvriers agricoles espagnols étaient arrivés dans le pays. C'étaient des travailleurs silencieux, légers dans leurs espadrilles, durs au travail comme des bœufs et dont la sobriété avait étonné les gens d'ici pourtant sobres parmi les sobres. Des militaires aussi étaient venus pour aider aux travaux, isolément ou par groupes. C'étaient d'autres hommes. Pas les nôtres. Des nôtres il venait des lettres le plus souvent maladroites, écrites parfois par un compagnon. Le style en était guindé, l'émotion enfermée dans les formules figées apprises à l'école « j'espère que ma lettre vous trouvera de même », « je mets la main à la plume pour vous dire… ». Elles parlaient peu ces lettres des misères de leur vie. Ils remerciaient pour les colis et demandaient en s'excusant : du pain, une chemise, un caleçon en flanelle, des chaussettes de laine, des mouchoirs, de la charcuterie du pays qui leur fait tant de bien au cœur, du chocolat, des sardines, du tabac, du papier à lettres, un peu d'argent. Oh ! pas tout à la fois bien sûr, seulement une ou deux choses et encore timidement : « Si vous pouviez… si c'était possible… sans vous déranger… mais si vous ne pouvez pas… sans vous commander… » Ils savaient que ces colis représentaient des heures de travail, des économies sou par sou. Ceux qui venaient en permission faisaient plus de confidences. Ils chantaient un petit refrain poignant :

C'est à Tahure
Au fort de Vaux
Que nous y laisserons la peau.
Adieu la vie, adieu l'amour,
Adieu toutes les femmes…

Même s'ils étaient discrets, dans leurs propos passaient les chairs déchiquetées, la boue, le sang mêlé à la pluie, les trous de tranchées qu'il fallait abandonner parfois en y laissant ses provisions, ses réserves, le peu de confort qu'on avait pu « organiser » : planchettes pour poser le pain, planchettes où des boîtes étaient rangées, petites tables, images aux murs, journaux. Ils disaient qu'au bout d'un certain temps on ne parlait plus dans les gourbis. Chacun avait raconté ses histoires cent fois. On ne pouvait que se serrer autour du poêle. Lorsqu'un nouveau venu arrivait, pendant un temps la conversation était relancée. Il avait des tas de choses à dire. Il était d'un certain pays. Il avait une vie à lui que les autres ne connaissaient pas encore. Mais au bout d'un certain temps on le « savait » entièrement, il ne pouvait plus distraire personne.

De la guerre, il revenait des morts. Des papiers, des médailles, des photos venaient prendre place sur les murs des maisons.

On avait pensé aux soldats cet hiver. Maintenant, en ces temps de Pâques – cette année-là

Pâques tombait le 23 avril –, on se disait que la guerre serait moins cruelle.

Un grand été sans homme se préparait à nouveau. On parlait partout encore une fois d'ouvriers espagnols et de militaires.

Mais pour Apollonie, c'est une vie sans homme qui commençait. Elle n'avait que trente ans. Deux fillettes aux yeux graves étaient près d'elle, dont l'aînée qui n'avait que six ans était capable de l'aider un peu. Dès que son lait – le lait du fils – serait tari, ce serait fini pour elle les maternités. Les larmes lui montaient brusquement aux yeux de joie quand elle pensait que par bonheur elle avait un fils.

Que l'hiver avait été noir prolongé par la mort ! Mais maintenant la lumière en train de croître, les seins qui pesaient, les fillettes autour de la table, le bruit de leurs sabots quand elles couraient à l'école, leurs rires, leurs babillages, les pleurs du bébé allaient du côté de la vie à vivre.

La Semaine sainte serait, malgré tout, avec la douleur qu'elle charriait, dans le prolongement de la guerre et de l'hiver définitif qui s'était refermé de façon si imprévisible sur Henri. Il était mort à Rodez d'un « refroidissement », d'une pleurésie, sans jamais vraiment connaître le combat. Il était mort un peu bêtement, on accuse toujours plus ou moins d'imprudence celui qui se *sanglace*[1], et Apollonie voyait bien que personne ne la considérait comme une veuve de guerre. Elle sentait autour d'elle une sorte d'hostilité, une absence de pitié. Pour l'heure, elle n'était guère différente des autres femmes, sans homme elles aussi, qui resserraient leurs liens et leurs solidarités. Elles vivaient de peu dans les maisons. Elles étaient encore plus économes qu'avant. Elles faisaient durer plus encore les vêtements, détricotaient, retournaient les tissus, teignaient, rapiéçaient. Un sou après l'autre, elles arrivaient à avoir de quoi envoyer de l'argent aux hommes – au mari, au frère, au père, aux trois parfois – ou le fameux colis qu'ils attendaient. Certaines faisaient des heures de rapiéçage ou de gros travaux à Saint-Geniez. Beaucoup avaient acheté une chèvre, ça se nourrit de peu le long des chemins, même parmi les plus pauvres. Elles faisaient des fromages qu'elles présentaient aux maisons bourgeoises de la ville dans des paniers. Du temps de la paix, les services ne se payaient pas forcément en argent mais souvent en retours. Il avait fallu trouver d'autres formules pour se procurer cet argent rare, que l'on répugnait tant à dépenser, que la femme tenait dans

---

1. Sanglaçar : *avoir le sang glacé. Attraper froid. Se congestionner. On rencontre aussi « sanglacement ».*

l'armoire entre des piles de linges frais et carrés comme des blocs de neige.

Maintenant, les femmes se réunissaient pour accomplir les travaux des hommes. Elles s'y mettaient plus nombreuses, voilà tout. Apollonie, comme d'autres veuves, savait, elle, qu'elle devait s'habituer pour le restant de sa vie à « faire » seule. Se réhabituer plutôt, car, avant son mariage, elle aimait déjà les travaux des champs, l'effort auquel se pliait facilement son corps mince et si agile.

Les enfants étaient là pour éclairer l'attente, la difficulté. Ils étaient précieux et choyés en ces temps de guerre. Ils étaient le signe, le reste sensible du mariage ; le futur assuré contre la mort ; la joie et l'insouciance auxquelles il fallait se forcer malgré la peur.

On prolongeait plus qu'il était prévu le nourrissage au sein. D'ordinaire on sevrait l'enfant vers dix-huit mois, puis s'annonçait un autre bébé, mais là, à cause de la guerre, on avait fait durer ce temps. On voyait jusqu'à des enfants de trois ans venir sur leurs petites jambes jusqu'au pré, jusqu'au jardin, jusqu'à la fontaine du Terron où les femmes faisaient la lessive. Ils parlaient, ils étaient costauds, ils avaient la bouche pleine de dents cruelles et ils poursuivaient leur mère pour téter. Les femmes en riaient entre elles. Elles étaient heureuses, au fond, d'être ainsi pleines de lait.

Un jour les hommes reviendraient, on espérait toujours que ce serait pour bientôt, ils reprendraient leur place au milieu des terres, aux foires. Dans le lit conjugal il y aurait de nouveau le poids de l'homme et son odeur. Pour les autres. Pas pour Apollonie. Cet enfant qu'elle allaitait était le dernier.

Malgré le deuil en elle, malgré les statues de l'église voilées de violet et le ciel aigre, elle ne pouvait s'empêcher d'éprouver l'allégresse de Pâques. Mouillée d'orages, saupoudrée de neige, comme celle du mois de mars, mais toute neuve. Elle sortait sur le seuil, éblouie et pâle encore de ses couches, serrant ce fils qui portait enfin le nom du père. Elle pleurait de cette douceur dans l'air, de cette chair d'homme qui ne la connaîtrait plus, de ces quatre jours de permission accordés pour les fêtes et qui avaient ramené les voisins, les cousins, de cette envie en elle de vivre.

Comme d'habitude elle avait fait blanchir les murs pour qu'ils reçoivent encore mieux la clarté du ciel. Tout le noir de cheminée de l'hiver, tout ce qui était graisseux, avait été effacé sous le blanc bleuté de la chaux, dans la cuisine mais aussi dans l'étable et l'écurie. Passer de la chaux sur la douleur. Tout baignait dans la blancheur où les pots de cheminée semblaient plus neufs, les cuivres plus roses ; la semaine avant la Semaine sainte, il était d'usage aussi de faire la grande lessive. La lumière et le neuf étaient donc partout, même dans l'âme. Et comme un renouveau en entraînait un autre, on avait lavé la bande festonnée de la cheminée. Les fillettes s'étonnaient de la joliesse des broderies. On avait fait fondre de la cire d'abeille dans de l'essence de térébenthine et les bois avaient été cirés. L'odeur avait subsisté plusieurs jours et ils brillaient, rouge sombre dans la pièce blanche. Apollonie avait même taillé dans des tissus neufs pour elle et sa fille aînée. Du noir, certes, mais du noir neuf printanier de Pâques qui s'alliait à la blancheur des murs, à la purification du carême, à la communion « gagnée » ce jour-là. On attachait tant d'importance à la pureté, on craignait tellement de salir l'âme blanchie par la confession, qu'on citait en exemple le pépé Mercadier. Il partait se confesser à Lunet où il était né. Il rentrait le soir par les chemins, dans la douceur des premières violettes, des chatons de saule, des jours plus longs. Depuis qu'il avait quitté l'église, il se taisait. Dès qu'il arrivait chez lui, il se couchait, toujours en silence. Il refusait de parler jusqu'au lendemain pour ne pas faire de péché. Tout le monde respectait ce mutisme : « Laissez le papé, il gagne ses Pâques. » Il est vrai que les hommes ont bien des occasions de pécher... La seule chose qu'elle n'avait pas faite comme il y a deux ans, c'est de porter tous les couverts à l'*estamaire* pour qu'il les rende rutilants, dignes de saisir la jeune lumière. Il y a deux ans avec les fillettes, elle avait teint des œufs en vert, en rouge, en bleu et elle les avait cachés dans les haies du jardin, dans les choux. Rose tétait encore mais marchait et riait – dans le pays de Rodez, les enfants s'amusent à faire rouler des œufs en couleur le long des prés en pente. Chacun représente un souhait. S'ils arrivent intacts en bas, leurs vœux seront réalisés. Ils étaient tous les quatre descendus à Saint-Martin à la messe de Pâques.

En 1916, l'office des ténèbres avait été plus sombre. Des femmes pleuraient, mais les rites étaient les mêmes et les enfants avaient taillé des *cantarelles*[1] et des cors[2]. Quand le quinzième cierge resta tout seul allumé dans l'église noire, Christ abandonné de tous – mais plus proche cette fois à cause des foyers abandonnés, des femmes seules, des hommes seuls, si loin du feu de l'âtre, si près du feu de la mort – les cors et les cantarelles annoncèrent sa mort comme chaque année. Les enfants de chœur

---

1. Cantarèla *[cantarèlo] : équivalent de caramelle. Même fabrication.*

2. Cors : *des cors de cœur de bois (châtaignier ou noyer) durs et lourds étaient fabriqués pour « faire le bruit » à l'office des ténèbres. Le cor est différent du cornet d'écorce de châtaignier, enroulé comme une pochette-surprise ou un cornet à glace, très léger, uniquement employé pour augmenter le son de la caramelle.*

avaient de grosses lèvres fendues d'avoir soufflé pour s'entraîner pendant une semaine dans les durs cors de noyer, comme chaque année.

On avait fait à Julia une cantarelle et un grand cornet d'écorce de châtaignier. Elle avait soufflé elle aussi. Il fallait bien qu'elle s'amuse cette petite fille dans sa robe de deuil qui berçait si sagement le petit frère en cousant, un œil inquiet posé sur sa mère.

Il n'était pas décent cette année-là qu'Apollonie teigne des œufs. Mais avec en elle cette terrible envie de vivre, elle se disait que l'an prochain la fillette porterait une robe claire, rirait, qu'elle teindrait des œufs et qu'elle poserait sur la table près du repas de fête les couverts brillants trempés dans l'étain liquide dont on ne doutait pas que ce fût de l'argent, qui ne gardaient leur éclat que quelques semaines, ternissaient, et devenant gris éloignaient Pâques dans le temps derrière soi, faisaient penser aux prochaines loin devant, par-dessus les moissons de l'été.

C'était la première fois que Julia au printemps n'aurait pas sa paire de bœufs[1]. Elle se taisait,

---

1. Paire de bœufs : *il s'agit d'une branche de fraisse coupée à une fourche bien choisie et qui donne, une fois taillée, une silhouette d'animal largement cornu. Les enfants s'amusent à les appuyer contre des pierres ou des branches, comme si les bœufs étaient à l'étable ou à l'abreuvoir.*

déjà raisonnable, mais Apollonie avait demandé au voisin, le Foit, de lui faire une cantarelle pour l'office.

L'Église, les journaux insistaient sur l'étroit rapport entre Pâques et la guerre. Passion du Christ, passion du pays. Sang versé par le Christ, sang versé par les hommes. Mort du Christ, mort des hommes.

Il y avait trois mois qu'on avait tué le porc. Le porcelet de l'an prochain, acheté à la dernière foire, était tout petit encore, mais ainsi la grande marche du temps était enclenchée, emboîtée d'une année sur l'autre, avec de multiples charnières situées partout, tellement nombreuses qu'on se trouvait à tout moment au commencement d'une chose, à la fin d'une autre et au milieu d'une troisième. On n'est jamais dans un temps zéro. Et ces choses concernaient soit la nourriture, soit la foi.

Manger d'abord. Presque toute l'activité des jours était basée sur cela. C'était si important que les rites de la mort étaient toujours liés à ceux de la nourriture. Un repas rassemblait la famille présente à un enterrement, et les amis proches si cela se trouvait. On affirmait la vie par la table et plus on était pauvre, plus on attachait d'importance au fait de manger. On portait en soi depuis trop longtemps, depuis des temps immémoriaux, la nécessité de se remplir l'estomac, de suppléer aux manques par l'invention, l'ingéniosité, pour que cette question ne soit pas au centre de la vie quotidienne. Les riches passèrent à travers les pénuries, il n'y eut de famines que pour les pauvres. Dans la famille d'Apollonie, dans celle d'Henri aussi, on charrie la trace des mauvaises récoltes, des greniers vides, des pestes diverses qui tuent d'abord les moins nourris, des épidémies qui font crever les bêtes et privent d'une partie des réserves. Pour ces familles grouillantes d'enfants – treize frères et sœurs chez elle, la dizaine est un nombre courant – il est impossible d'acheter ce qui manque. On a trop peu d'argent. Il reste la solution d'emprunter un sac de blé à un plus chanceux ou à un mieux pourvu. Mais demeurent les années terribles où tout le monde est démuni. Alors les vieux meurent, les malades ne peuvent se remettre. On maigrit. On peut devenir la proie des maladies qui passent. Ces choses noires sont inscrites dans l'être profond. On ne peut dire qu'on s'en souvient, on le sait. C'est un des fonds de la vie mentale.

Ce qui importe, c'est donc d'assurer des réserves abondantes. C'est à manger que pensait Apollonie dès la mort d'Henri. Elle se chargerait de ce que l'homme faisait autrefois, elle en avait l'habitude et le goût. Et elle resterait ce que la femme fut toujours, la « ménagère » des provisions. Elle doserait, échelonnerait pour attendre la provision nouvelle. On appelait cela « faire la soudure ». « Cette année, je n'ai pas fait la soudure de l'huile de noix… ou des pommes de terre… ou de l'ail… ou – c'était plus grave – du blé. » L'économie domestique consistait à ruser avec le grain qui s'épuisait dans l'arche[1], la graisse qui diminuait dans les pots, le tas de pommes de terre, le jardin nu des mois d'hiver.

Puiser judicieusement dans les réserves, prévoir, modérer, c'était le travail de la femme. Elle était gérante du tout. C'est d'elle qu'on attendait des qualités d'économie, des prouesses. « Elle sait bien s'arranger », « elle n'est pas gaspilleuse » étaient des qualités. Surtout s'arranger. On voulait dire par là qu'elle avait trouvé la mesure juste entre les dépenses et les choses en réserve. Car si on critiquait celles qui mettaient de trop grosses épaisseurs de confiture, on critiquait aussi celles dont le fricot était vraiment trop maigre, les tranches de jambon trop fines, trop peu nombreuses, le vin ou le fromage comptés. L'idéal était de savoir s'y prendre, de bien « accommoder »,

1. Arca *[arco] : grand coffre dans lequel on met le grain. Au bas du meuble, une petite vanne de bois permet de le faire couler comme de l'eau et d'en arrêter le débit.*

de « profiter », de donner l'impression de réaliser une magie avec peu de chose, de donner l'illusion au palais et à l'estomac d'avoir participé à un festin, alors que peut-être la dépense était modérée.

Rien n'était plus important pour la prospérité d'une maison que cette qualité de la femme d'être « ménagère » au sens fort du terme : être celui qui ménage. Pour la prospérité, mais aussi pour la réputation des maisons. Il y avait des tables où les moissonneurs n'aimaient pas s'asseoir, des familles où l'on savait que ce serait « juste », qu'on se lèverait de table avec encore un creux. Il y avait des endroits où on mesurait même le pain. Par contre, ailleurs, on savait qu'on trouverait la cuisine faite avec *ço que cal*[1] ; « elle ne craint pas de mettre *ço que cal* », disait-on de la maîtresse de maison. Cette habileté allait bien au-delà de la cuisine, le dosage était nécessaire lorsqu'il s'agissait de se vêtir, de décider de l'emploi du peu d'argent de la maison.

L'homme se contentait de porter jusqu'au seuil le porc coupé en morceaux, d'emplir le grenier de grain, et de fourrage la grange. Dès qu'il

1. [ço qué cal] : *« Ce qu'il faut ». C'est la juste mesure, sans avarice, nécessaire pour rendre un plat succulent. C'est une mesure qui est plutôt du côté de la prodigalité, sans toutefois y tomber.*

avait passé le seuil – marqué d'une pierre particulière : elle signifie bien qu'on entre dans un autre monde – il n'était plus chez lui. Il ignorait où étaient rangées les choses. Il était obligé de demander. Elle préférait. Elle n'aimait pas qu'il fouille. Elle savait, en plus, qu'il ne voyait pas ce qu'il avait sous les yeux. Elle était à la fois impatiente et indulgente. Elle n'aimait pas que l'on perce ses secrets. Elle en avait. Elle gardait un peu plus d'argent qu'elle ne l'avouait. Elle avait des réserves qu'il ignorait. Elle avait acheté tel tissu au marchand ambulant, sans le lui dire. Sa mère lui avait donné quelques pièces d'or. Elle ne voulait pas non plus qu'on dérange son ordre. Elle surveillait et grondait l'homme et l'enfant. Elle prenait ce qu'on lui apportait, le porc, le lait, le grain, le vin, l'argent ramené des foires, les pommes de terre, et à partir de là on la laissait faire. Elle exigeait qu'on la laisse faire. Elle s'occupait de tout.

Elle mesurait de l'œil, rangeait, conservait, surveillait, et répartissait dans l'année. Elle était capable d'une fabuleuse mathématique complexe qui devait tenir compte des fêtes, des saisons, des obligations où il ne s'agit pas de faire triste mine, comme les repas des moissons, le repas du dépiquage, la fenaison, une communion, une naissance, la fête. Il convenait même de n'être pas trop juste pour pouvoir faire face à l'imprévu. Cela supposait de calculer plusieurs mois à l'avance quelle quantité il fallait planter au jardin, combien de poulets on gardait, combien de lapins, quelle charcuterie en réserve. On pensait loin dans le temps, on gérait des choses présentes, mais aussi des choses futures dont on ne pouvait exactement mesurer la prospérité : ce qui n'était pas encore engraissé, porc ou canard, ce qui pouvait être raté, ce qui pouvait périr. Jamais la femme n'était dans le « au-jour-le-jour » et elle calculait ce qu'elle « allait mettre » en fonction de sa réserve et d'un lendemain incontrôlable.

Organisatrice, dispensatrice des provisions, elle s'occupait aussi de les accumuler, économisant sur tout, donnant sans compter ses heures, sa peine, son effort. Elle remplissait sa cave, son armoire, sa souillarde, d'une multitude de choses qui ne dépendraient que d'elle : ce qui venait du jardin, la volaille, les confitures, les tisanes sauvages ou cultivées, les champignons, les liqueurs diverses, le miel. Et ce que l'homme avait apporté, il lui appartenait de le transformer, sans quoi il n'aurait pu y avoir de réserves : le porc en salaisons et charcuterie, le lait en beurre et fromage, le blé en pain.

L'homme amenait aussi, à dates précises, souvent quand on le lui demandait, le gibier, de contrebande ou de chasse, lièvres, perdrix, truites et écrevisses ; d'habitude c'était pour fournir à une table de fête.

Quand la femme se demandait : « Qu'est-ce que je mets aujourd'hui ? » il s'agissait uniquement de ce qu'elle allait placer autour de ces piliers de la cuisine : le pain, le porc, le lait.

On pouvait dire « le pain-la soupe », car la soupe n'était qu'une façon un peu particulière de manger le pain. C'était un élément essentiel du repas, à la fois stable et variable, il n'y avait de fixe que les fines lamelles de pain rassis, les trempes, sur lesquelles le bouillon serait versé, sauf dans le cas de cet exceptionnel bouillon de viande, soupe de fête épaissie de vermicelle. Sur ce fond de pain et d'eau bouillie les variantes étaient multiples et subtiles. Soupe de choux, soupe de raves, soupe à l'ail des temps maigres ou des estomacs barbouillés, soupe « au fromage » vite faite ou rendue plus luxueuse par ce qui bout dans l'eau, un beau morceau de chair salée, soupe de châtaignons appelée *bajana.* La soupe ici, d'ailleurs, était toujours un peu au fromage car on la mangeait en fin de repas après avoir « épluché », gratté, le fromage dans son assiette. Le bouillon en prendrait du goût, comme il prendrait goût du peu de jus qu'il avait pu rester après que l'assiette eut été bien nettoyée avec le pain.

À la fin d'un repas, l'assiette était si nette qu'on aurait pu presque se dispenser de la passer à l'eau bouillante pour récupérer les eaux grasses, à ajouter au badiniou du porc, une seille de bois posée en permanence dans la cuisine.

Il était impensable pour tout le monde, que l'on pût « en laisser ». On ne l'imaginait même pas. Il fallait être malade – et gravement – pour ne pas vider son assiette. L'enfant peut-être, et encore quand il était tout petit ou pas très costaud. Sa mère se chargeait d'achever ce qui restait dans son assiette. Tout petit, on ne prenait pas la peine de le servir, sa mère prélevait une petite part sur la sienne, le plus tendre, le meilleur, et le lui donnait.

Les os étaient bien nettoyés avec la langue, les dents, la pointe du couteau. On les suçait et tout de suite ils étaient jetés aux chiens qui se tenaient sous la table, très sages, si pauvrement nourris qu'ils ne refusaient jamais un croûton. Ces chiens travaillaient pourtant, derrière les bêtes et en plus la plupart du temps à la chasse. On les nourrissait de peu. On comptait que « par là », ils découvriraient une charogne ou attraperaient un lapin. On leur donnait du pain très dur, arrosé parfois d'un peu de lait, c'était leur seul luxe. On leur jetait de petits déchets de couenne et de cartilages, du « dur », une bouchée d'aliments que le pépé sans dents n'avait pas pu « tordre ». Les chats le leur disputaient. À la fin du repas, il n'y avait rien à jeter, simplement des épluchures de pommes ou de poires, si transparentes qu'on voyait la lumière au travers, faites de la fine pointe du laguiole qui n'enlevait que la peau et rien comme chair. On avait avalé jusqu'à la croûte du fromage.

La soupe n'était en fait, nous l'avons dit, qu'une des formes du pain. Il en était l'élément stable. Le pain lui, était immuable, toujours semblable à lui-même avec de petites nuances suivant qu'on était près ou loin du jour de cuisson, suivant que c'était le mois d'août ou l'hiver.

Lorsqu'on sortait du four les miches nouvelles, elles parlaient longtemps à petits craquements délicieux dans le soir, le premier jour, lorsqu'on les avait posées au ciel de la pièce sur l'étagère suspendue et qu'elles étaient là-haut, comme des lunes pleines, comme des soleils pour l'estomac. Cette réserve sous laquelle on marchait, dans laquelle on puisait périodiquement un astre dont on marquait le ventre d'une croix – le ventre, jamais le dos – qui diminuait de jour en jour comme les phases de la lune, cette réserve c'était la sécurité, la stabilité de la nourriture. Le premier jour après la cuisson et même encore le lendemain le pain était un gâteau. On en mangeait par plaisir, tout sec. La maison en était embaumée, deux jours. Après, il n'était plus tout à fait une fête, et vers la fin on avait envie du nouveau pain car le vieux était dur, craquelé de sécheresse et en août et septembre légèrement moisi. Ainsi à mesure que diminuait la provision suspendue, stellaire, astrale, tutélaire, naissait la joie de l'attente. On n'aurait rien fait pour la précipiter. C'est en ce sens qu'on était économe, docilement suspendu au temps. L'impatience, le « tout de suite », l'instant, la proximité du désir et de sa satisfaction sont récents. On pouvait aller d'une foire à une autre, d'une saison à la suivante, d'une récolte à celle de l'année d'après.

On attendait le jour exact où on allait faire le pain, on disait « cuire ».

Il n'y a rien de plus simple que le pain : de la farine, de l'eau, du sel. Rien de plus élémentaire. La réussite ou l'échec ne dépendent que du dosage et de la main qui pétrit. Avec les mêmes ingrédients on a chez certaines femmes un pain qui lève mal. Le pain peut être sublime ou presque immangeable. Ce n'est pas comme dans la pâtisserie où un gâteau, même manqué, demeure bon au goût. Avec le pain, ni le dosage mécanique des balances, ni le pétrissage par des palettes à la place de la main ne donnent un bon résultat. Car la farine est vivante.

Ce grain, c'était celui qu'on avait semé et moissonné.

Ce grain était celui d'une année particulière qui avait son poids de difficultés, de bon ou de mauvais temps, d'événements sans rapport avec lui.

On mangea en 1915 le pain de la déclaration de guerre, du premier dépiquage sans les hommes. En 1916 on mangea un vrai pain de guerre, il avait un arrière-goût de peur, de solitude, de mort. Le grain n'était jamais le même.

Un jour on l'avait descendu du grenier, où il répand son odeur de réglisse et de poussière, où il est sous la main qui s'y enfonce lourd et ferme et se clôt sur le poignet avec un poids et une fraîcheur de mercure ou de torrent. On l'avait mis dans des sacs, ce grain qui attendait tout blond au-dessus du plancher de la cuisine, au-dessus des miches, qui était dans un empyrée et sur lequel veillaient les chats vigilants. Si on était raffiné, on lavait une certaine quantité de blé et on gardait cette farine pour la pâtisserie. On l'avait descendu un jour au moulin de la Germanie.

Apollonie attelait ses vaches au char et descendait par le ravin d'Aubignac planté de châtaigniers. À la Pomarède on l'invitait à entrer, à boire le café, à bavarder un peu, suivant l'ancienne courtoisie. Elle demandait des nouvelles, elle parlait non seulement de ceux de la Pomarède mais de toutes les nouvelles qu'ils pouvaient, eux, connaître, de ceux de Laval, de la Bastide, de Vernhescure. Et elle donnait des nouvelles des siens, de tout ce qu'elle savait de neuf à Corbières, mais aussi à Lunet, à Aurelle. On parlait de la guerre et de ce qu'on avait lu dans le journal, dans *La Croix de l'Aveyron,* dans *Le Rouerguat.* De ces enfants qui avaient joué à la guerre avec de vraies grenades dans des tranchées qu'ils avaient creusées pour s'amuser et qui étaient morts ; de ces infanticides jugés à Rodez de pauvres filles sans mari. On voit aujourd'hui des choses qu'on ne voyait pas, quoique, vous savez celle de Born dont on disait qu'elle « faisait le métier » et allait même visiter les burons[1] l'été, et qui donnait ses nouveau-nés à manger aux cochons. On parlait des déserteurs qui se cachaient pour ne pas aller à la guerre, de la neige tardive de mars et de l'été qui s'annonçait.

Ainsi marchaient les nouvelles avec le grain, ainsi s'accumulait au cours des mois la chronique des villages, des familles, des voisinages.

---

1. Burons *: constructions élevées sur les lieux de pâturage d'été en Rouergue et Aubrac. Elles servent à la fois de laiterie et d'habitation pour les hommes qui y travaillent de mai à l'automne. On appelle ces hommes des buronniers.*

Par Laval, Apollonie descendait jusqu'au ruisseau bleu dont les gouffres cachaient les truites et les écrevisses, ce torrent dont la clameur montait jusqu'à Corbières par gros orage et dont la force faisait tourner les moulins, non seulement à la Germanie mais dans des dizaines d'autres vallées, tous ces roudets pour lesquels l'énergie ne coûtait rien.

Quelque temps après Apollonie allait chercher la farine, sa farine. Plus tard, pour éviter un voyage, on fit l'échange immédiat entre le grain apporté et une quantité correspondante de farine. Ce n'était pas un grain qui venait de très loin, toutefois ce n'était pas le sien propre, le cercle s'élargissait qui va du sol au corps et il était plus difficile à boucler. Car qui mange ce qui pousse exactement où il vit, mange ses propres morts, mange des âmes. Elles sont partout, passées à travers la terre du cimetière dans les sources et revenues à l'air par les plantes. Il ne convient pas de s'en éloigner.

Deux fois par an, Apollonie faisait deux fois le trajet, une fois au printemps quand les châtaigneraies sont comme mortes et qu'il faut toute l'expérience des hommes pour savoir qu'elles vont reverdir, quand on voit, béant à quelques arbres, ces trous dans les troncs qui parfois abritent des ruches sauvages. Les enfants les appellent des « chambres ». Une autre fois elle faisait le chemin en automne quand des groupes de ramasseuses s'activaient, un sac pour soi, deux sacs pour le propriétaire. Là aussi elle s'arrêtait pour bavarder. Les femmes venaient de Saint-Geniez, de plus loin encore parfois. On avait des nouvelles différentes. Certains propriétaires de Verlac avaient des châtaigneraies jusqu'à Aurelle et les ramasseuses en passant sonnaient la cloche pour dire à toute la boralde : *« Las castanhairas de Verlac son aqui »* (Les ramasseuses de châtaignes de Verlac sont là). Apollonie arrêtait sa charrette un moment. Il faisait beau et immobile. La lumière à cette période de l'année est souvent rousse et le silence est si parfait qu'on entendait tomber les châtaignes de branche en branche jusqu'au sol ; ou alors il bruinait, c'étaient les premiers froids et les ramasseuses avaient l'onglée. Tout en parlant, elles réchauffaient leurs mains sous leurs aisselles.

La farine, lorsqu'on voulait cuire, on ne la pesait pas. On la mesurait par pleine « paillasse » et on savait que suivant l'humidité de l'air elle allait accepter plus ou moins d'eau. La pâte dans la *mach*[1] lèverait en fonction du chaud et du froid de l'extérieur, en fonction du travail du levain qui

1. Mag *[match] : pétrin. Se dit aussi* pastièira *[pastyèro].*

aurait été plus ou moins efficace. Pour que la pâte ne soit pas dure, il lui fallait sa très exacte quantité d'eau. Apollonie était fière de son pain. Elle pétrissait avec énergie. Il était plein d'yeux et souple sous la dent.

Quand la femme prenait sa boule de levain dans le pot de grès où elle l'avait mise la fois précédente, saupoudrée de sel, quand elle enlevait avec un couteau comme on pèle une pomme la croûte durcie de la surface, elle vivait activement les textes évangéliques qui jalonnaient l'année liturgique : le levain aigre mais nécessaire, la molle masse qu'il féconde, le sel de la terre. « Et si le sel s'affadit, avec quoi le salera-t-on ? » Qui mieux que celle qui pétrit peut comprendre la Parole ?

Le creux du four a exactement la forme de la miche, une demi-sphère un peu aplatie. Il a aussi la forme de la voûte céleste qu'on appelle ici « la cape du ciel ». Il n'était jamais à l'usage d'une seule famille ou rarement dans les fermes isolées. Même lorsqu'il n'était pas « banal », dès qu'il y avait un groupe de quelques maisons, le four allumé allait servir à plusieurs. On faisait place en plus à la veuve qui n'avait besoin que d'une ou deux miches pour sa quinzaine, à un ménage de vieux qui n'avaient plus beaucoup d'énergie. Comme si cette chaleur était, tel le soleil, un bien public, comme s'il était nécessaire de faire participer d'autres gens à la joie de la pitance assurée. Et puis, la bonne odeur du pain se répandait, se partageait, elle déliait les langues, comme la chaleur. On attendait ensemble autour de la porte. Quelque chose se faisait tout seul, pendant qu'on évoquait les partages de famille, la récolte, le mauvais temps, les maladies à soigner. On était alors serrés sous l'auvent à profiter de la chaleur du four ou bien plus loin, au frais, si c'était l'été.

Sur le dessus de la miche avec la pointe d'un couteau on avait fait, avant d'enfourner, un dessin particulier qui était en quelque sorte la marque de la famille, un signe ancestral. Une croix, des épis, des croisillons, une croix inscrite dans un cercle, deux doubles cercles concentriques. En théorie cela servait à reconnaître les miches de chacun et c'était peut-être utile, bien que l'homme qui enfournait sût dans quel coin du four était le pain de qui. En vérité ces marques étaient une sorte de bien familial. Chacun aimait le sien comme un signe de race, comme une forme de nez, une couleur d'yeux, de cheveux. On était fier du signe sur le pain. Lorsqu'on fermait le four sur ce pain où le signe faisait un sillon que la cuisson dorerait, hausserait, rendrait vigoureux et méconnaissable, on le rendait hermétique par de la bouse de vache. Quand celle-ci tombait, déshydratée, elle donnait le signal de la rupture de cette demi-sphère close, comme le premier fendillement de la coquille annonce que l'on peut libérer le poussin.

En attendant que les miches soient cuites on avait posé là tout près ce qui serait tout à l'heure enfourné : une fougasse dont le dessus, pour la joie de l'œil et l'air de fête, était passé au blanc d'œuf sur lequel on jetait une poignée de sucre grossièrement cassé – le blanc d'œuf donnait la couleur et le glaçage, le sucre bruni des gouttelettes de caramel – une volaille, dindon ou poulet, toute lardée, le *coufidou*[1] de fruits mollis dans un desquet à température douce, *l'estoufat*[2], *lo pèrat*[3] précieux en ces temps parce qu'il était une confiture sans sucre. Il s'agissait de poires coupées en gros morceaux, cuites déjà dans du cidre non fermenté et qui achevaient de réduire en « fin de four ». On utilisait le four jusqu'à ce qu'il soit complètement refroidi pour dessécher des poires qui seraient après réutilisées

---

1. Lo cofidon *[lou coufidou] : le petit confit. Fruits doucement mollis à la chaleur.*

2. L'estofat *[l'estoufat] : sorte de daube « étouffée » préparée sans que la viande soit « revenue » dans la matière grasse. Il s'agit de faire cuire ensemble, dans un récipient rendu plus hermétique par un papier fort ficelé : vin rouge, viande de bœuf, jambon, têtes d'ail entières, couennes, thym, laurier, oignon, clou de girofle.*

3. Prononcer *[lou pérat].*

trempées dans un *coiretou*[1] d'eau posé près des braises. Elles s'y regonflaient et ramollissaient lentement. On les mangeait et on buvait le jus. Il était tout rose. On appelait cela « la tisane de poires ». C'est dans le four qu'on achevait de sécher les champignons pour qu'ils ne moisissent pas.

De ce four il sortait toujours quelque chose de plus que le pain. Une gâterie pour les enfants : un *pompet*[2], pomme entière enrobée de pâte, un pantin de pain aux yeux de genièvre, la *pompa à l'òli*[3], un gâteau badigeonné d'huile de noix et saupoudré de noix cassées. Au moment des prunes, en juillet, au moment des pommes en automne : une

---

1. Coireton *[couyrétou] ou* Coireta *[couyréto] : petit ustensile cylindrique fermé d'un couvercle. Il permettait le transport commode de la soupe (à l'école par exemple ou dans les champs). À l'origine il était en cuivre (coire [couyré]), d'où son nom. Puis il fut d'émail ou de fer blanc.*

2. Pompet *[poumpét] : gâteau fait d'une pomme ou d'une poire entourées entièrement de pâte comme d'une autre peau. Le fruit fondait là-dedans, concentrait son jus et son parfum, communiquait ces goûts à la pâte, qui dans le pire des cas n'était que de la pâte à pain.*

3. Pompe à l'òli *[poumpo a l'oli] : gâteau badigeonné d'huile de noix et saupoudré de noix pilées, et de sucre. Même observation que précédemment : pouvait être simplement de la pâte à pain, ainsi améliorée.*

grande roue de tarte. Y avait-il tout ce surplus parce que le pain était une fête ? C'est probable. C'était lui la fête modeste et profonde, le luxe n'en était que le signe que l'on prenait pour la fête.

Tous les quinze jours, ou toutes les trois semaines, c'était la fête du pain. Ou le travail du pain. Tout travail n'est pas une fête, mais toute fête est un travail. Il y en avait trois grandes dans l'année : celle des moissons, celle du porc, celle du pain. Toutes les trois se situaient au moment où l'on assurait la table. Celle du pain, la plus fréquente, n'était en fait qu'un rappel de la grande fête des battages, comme redivisée, démultipliée parce qu'on était loin d'en avoir épuisé tout le bonheur.

Mais sans « savoir-faire », sans la transformation de la farine en aliment essentiel par la main de la femme, il n'y avait pas de pain. La main pétrissait le pain du blé qui avait respiré le même air que les hommes. Les hommes marchaient sur le même sol qui avait nourri ce blé, nourri le cochon, nourri le jardin, les hommes buvaient la même eau que leur nourriture. Et la pâte arrivait métamorphosée, molle d'abord et qu'on mettait au repos comme un enfant sous une couverture ou sous l'édredon, puis dorée, gonflée après le passage au four.

Tout le reste de la nourriture n'était jamais que l'accompagnement du pain.

Pour peu que l'on pût assurer cet autre centre de l'année culinaire : le porc, on était tranquille. La bise d'hiver pouvait siffler comme une sirène sur la cheminée, la neige pouvait envahir les chemins, la maison du toit à la cave était un vaisseau autonome, échoué sur la montagne comme l'arche de Noé, une vie solide et fragile à travers le temps. Du toit épaissi de fourrage à la cave appuyée sur le roc, elle pouvait comme une ruche pleine d'abeilles et de miel faire face aux saisons sans pitance.

L'ouverture de la cheminée était protégée d'une tuile orientée vers le nord qui tranchait ce vent si violemment qu'il criait « comme un loup » et par son intensité annonçait les grands froids qui autrefois, du temps des parents d'Apollonie, faisaient sortir les loups des forêts d'Aubrac et les faisaient descendre jusqu'aux maisons. La « tuile à loup » chante haut perché. Plus sa voix est aiguë, plus il fait froid. Apollonie se souvient que lorsqu'elle était petite, dans la maison des Marty, il arrivait que l'on trouve le pain gelé dans le buffet. Quand il fallait aller à la fontaine, la bise était si forte qu'elle vidait le tiers du seau, mouillait le bas des robes qui raidissaient instantanément de gel et entourait l'anse du seau d'un fourreau de glace. En rentrant il fallait longuement réchauffer ses mains et on prenait le caillou rond ou la boule de métal qui dans une petite cage en haut des landiers se réchauffait en permanence.

Mais la maison ne craignait rien. Du porc on avait le lard, les graisses fines, le petit salé, les saucisses et les saucissons, les pâtés des petites fêtes comme le dimanche, les ventraîches, le jambon comme une outre pendue à la poutre dans son sac pour le préserver de la poussière et des bêtes (il y a parfois un journal pour préserver le sac, posé comme un petit chapeau). Dans la cave se trouvait la réserve de pommes de terre, protégée du froid par un lit de fougère ou de paille – ceux qui n'avaient pas de place dans la maison les laissaient en plein champ, dans un trou creusé assez bas pour être au-dessous du gel, là aussi protégées de paille. On les sortirait des caves, comme de la terre, au mois de mai, et on attendrait qu'elles germent pour les semer. Dans du sable à la cave, on conservait aussi des carottes et des châtaignes, le sable les garde fraîches. Dans la cave encore, on posait des courges cueillies avant les gelées, comme des lunes rouges. Il y avait des fromages secs ou en train de mûrir. On les mettait là après qu'ils avaient passé plusieurs jours sur une des étagères du plafond, celle-là de fin grillage ou de fines lattes de bois. Près des charcuteries, dans l'atmosphère des cuisines qui profite à la fois de la chaleur et de l'odeur du feu, ils passaient du blanc au jaune. Quand on les jugeait assez secs, on les descendait à la cave et on les « pliait » dans des feuilles de noyer qui leur donnaient couleur et goût. Dans la cave il y avait enfin le vin, toléré pour l'homme, jugé dangereux et nécessaire. La femme le lui mesure, le lui octroie, l'allonge secrètement d'eau, ce vin de la vallée ou des pentes bien exposées des boraldes. Le vin que l'on tirait des vignes était de peu de degrés, il était *canin*[1], sauvage, mais on avait l'habitude de dire qu'il ne faisait pas mal à la tête comme celui du pays-bas, clairet, qu'on buvait comme de l'eau et qui rendait ivre si vite. Les vendangeurs le ramenaient à pleines barriques, ayant échangé à la fin de la saison ce qui leur restait de charcuterie. Il se bonifiait au froid des hautes terres, devenait limpide, la lumière le traversait comme un verre rose et il prenait un goût de folie.

Apollonie, même du temps où elle avait avec elle son mari, n'avait jamais cultivé de vignes. Son frère Antoine, châtelain d'Aubignac, le lui fournissait. Lorsque les Aveyronnais partirent en Argentine, à Pigüe, Antoine racheta ce château ruiné, le remonta vaille que vaille en faisant des coupes de bois. On l'appelait depuis « le châtelain ». C'était en vérité un châtelain assez pauvre mais glorieux.

Son nom était Antoine Sales, mais on lui donnait le surnom de Marty, à cause de la maison où il

1. Canin [cani] *littéralement : de chien. D'où, par extension, sauvage et, pour le vin, âpre.*

était né. Il aimait plaisanter sur son triple nom : « *M'apeli Sale, coma un malpropre, mai soi propre. M'apeli Marty coma un ase, mai soi pas un ase. M'apeli Toni coma un nèci, mai soi pas nèci*[1]. »

Il donnait le vin à sa sœur en échange de journées de travail, donnant d'ailleurs peu de vin pour beaucoup de services. Il venait jusqu'à Corbières une fois par an tuer le porc, avec son étui plein de couteaux brillants. Le saigneur est une sorte de seigneur, il tranche l'énorme jambon d'un seul geste arrondi, sans se tromper d'un millimètre sur la jointure. Il ne s'y reprend jamais à deux fois. Dès qu'un morceau est coupé, les femmes se précipitent pour le ranger dans des panières tendues de torchons blancs. Le saigneur n'y touche pas, il se contente de tailler, ne se redresse que pour boire un verre de vin, ou pour aiguiser ses lames. La chair rose du porc encore chaude fume dans le froid de janvier. Mais que dire et comment mesurer les équivalences quand on était plus pauvre et qu'on aimait bien ce frère aîné qui riait haut et

1. *« Je m'appelle Sale, comme un malpropre, mais je suis propre. Je m'appelle Martin, comme un âne, mais je ne suis pas un âne. Je m'appelle Toni comme un imbécile, et je ne suis pas un imbécile. » Toni est un personnage de contes, très naïf et très bête.*

portait beau, qui galopait la nuit sur sa jument, sur les chemins du vin et des femmes et qui criait le « youpi... » de guerre des vieux Gaulois quand il passait dans le noir à Corbières ? Cet aventurier de la nuit était si différent de tous, dont la vie était une trame limpide qui pouvait être exposée au grand jour. Maintenant Apollonie aurait moins besoin de vin, mais diminuerait-elle le travail ? Le nombre de journées passées à faner, à moissonner, à coudre, à tondre, à charcuter ? On n'écrit pas ces échanges avec un crayon sur une page de l'agenda comme ces choses qu'il faut obligatoirement acheter et dont on sait le prix au centime près. Maintenant qu'elle était seule il lui faudrait moins de vin, mais il en faudrait quand même pour les hommes qui viendraient à sa table et les travailleurs périodiques. Beaucoup de gens à Corbières avaient cette vigne que fréquentaient les blaireaux, qu'il avait fallu planter profondément et dont on avait coutume de dire qu'il « fallait s'en occuper comme d'une mariée ». On allait la visiter tout content de la montrer comme une chose luxueuse. Elle en donnait pourtant des inquiétudes, car le raisin était mûr très tard, pouvait pourrir sans mûrir. On la vendangeait en octobre ou en novembre. On préférait son vin à n'importe quel autre. Apollonie n'en buvait pas, elle en rougissait son eau, trouvait que le goût était bon, que ça désaltérait. Quoique, en été, elle préférât quelques gouttes de vinaigre dans l'eau pour donner ce petit goût acide qui semblait apaiser la soif.

Dans cette cave de Corbières dont la température est idéale, il flottait une odeur de salaisons, de tartre, de fromage. Dans une bonbonne il y avait l'huile de noix, dans une autre l'huile d'arachide. Dans une barrique le cidre accepté des femmes et qu'elles buvaient volontiers tiédi au coin des braises. Au plafond, plates et dures comme du bois, une ou deux merlusses pour les jours maigres. Apollonie n'avait pas de stockfish, on n'était pas habitué à en cuisiner dans sa famille, sa mère venait de Prades-d'Aubrac, trop haut, trop loin pour que soient arrivées ces recettes de bord de fleuve, on était aussi trop méfiant, mais d'autres aimaient le préparer. Tout le long du Lot et du Tarn depuis Bordeaux et la « mer grande » arrivait jusqu'aux terres du centre l'« estofi » – on déformait le mot anglais pour pouvoir le prononcer – vraiment semblable à un poisson. Il n'est pas ouvert comme la morue, on peut voir sa tête et ses nageoires, il est reconnaissable. On en trouvait sur les foires, d'autres gens en achetaient et les marchands s'amusaient à le frapper sur des pierres où il résonnait avec un bruit de tronc de chêne. On le préparait un peu comme la morue, mais il fallait le faire tremper huit jours dans l'eau vive avant de le cuisiner. Apollonie n'en avait jamais mangé mais les hommes en parlaient qui, à l'occasion d'une foire, avaient goûté l'*estoufinade*[1]. « Nous ne sommes pas poissonneux », disait Apollonie. Chez elle on n'acceptait guère que la truite nourrie de presque rien dans les eaux vives, semblable aux habitants des pentes, pouvant rester en suspension dans les cascades, et aussi les écrevisses qu'on faisait frire à la poêle et sur lesquelles on jetait des poignées de raisins verts.

La cave était un endroit à l'abri des insectes, à l'abri du bruit. Il y avait, avec les odeurs, un silence particulier, clos comme celui d'une chapelle ou d'une tombe, un silence immobile, alors que le silence de l'extérieur, fait de plein de bruits, est rempli d'espace.

En ces Pâques de 1916, à la cave, le porc achevait de se saler. Chaque jour, « pliée » dans son fichu

1. L'estofinada *[l'estoufinada] : plat préparé à base de stockfish. Après avoir mis le poisson sec à ramollir dans l'eau courante plusieurs jours, on le fait blanchir, on l'effeuille comme la morue salée. Il est alors mêlé à des pommes de terre bouillies et écrasées, à des œufs durs coupés en dés. Le tout est arrosé d'huile bouillante. On casse des œufs crus pour lier. C'est un plat qui étonne et comble l'estomac ! Son nom d'estoufinade joue avec humour sur le fait qu'il « étouffe ».*

de laine, Apollonie allait surveiller et resaler le jambon. Dans quelque temps on le suspendrait dans la cuisine avec les poitrines et les lards, alors qu'on descendrait à la cave la saucisse dans l'huile, dans des pots de grès qui prendraient place près des pots de confit – oie et canard –, des pots de pâtés couverts de graisse qui, au froid, pouvaient attendre un certain temps. Entre la cuisine et la cave s'étendait le domaine de ce que la femme salait pour le conserver. Le reste, elle le séchait et le montait au grenier qui était le domaine des sacs de toile. Les choses à sécher avaient navigué de la cuisine au four avant de finir suspendues dans une multitude de sacs, des plus petits aux plus grands. Petits ceux des tisanes qui font peu de volume, les queues de cerise, les fleurs de camomille, les pétales de rose. Un peu plus grands ceux du tilleul, de la menthe, du thé d'Aubrac. On puisait dans les sacs pour remplir les boîtes, souvent des boîtes à chaussures, gardées dans le buffet, qui contenaient, elles, la provision courante. Petits ou grands suivant les années, les sacs remplis de champignons secs. Ils rehausseraient les pommes de terre, le ragoût fait avec les abattis de la volaille : bout des ailes, cou, gésier, presque rien ; cèpes, girolles, mousserons, oreillettes qui avaient été desséchés dans le four après avoir été enfilés sur des cordons en chapelets comme des perles, suspendus d'abord aux poutres de la cuisine, ensuite aux poutres du grenier. Les années d'abondance, on séchait de semblables festons de haricots verts qui parfumeraient une soupe d'hiver, longuement « revenus » dans l'eau. Sacs des poires sèches, des noisettes de la forêt d'Aubrac, des noix. Sacs des pois chiches, des châtaignons, des haricots, des lentilles, des pois verts, des pois secs, tous légumes de grand froid. Ils emplissaient l'estomac et se parfumeraient aisément d'un petit bout de lard, de *trinquet*[1], d'ail, de laurier, de thym. Ils « tenaient au corps » et changeaient des pommes de terre.

Tous les sacs blancs avaient été taillés dans de vieux draps, les bleus ciel ou gris doux dans d'anciennes chemises, des tissus à trame un peu lâche, laissant passer un peu d'air. Dans le large ourlet du bord on passait un cordon qui serrait l'ouverture comme une bourse. Tous ces sacs bougeaient parfois au plafond de la chambre, ceux des tisanes avec un bruit de papier froissé, ceux des châtaignons, ceux des noisettes avec des bruits de grelot. On dormait sous eux, sous les tresses d'ail, le laurier et le thym cueillis à la bonne saison, et les oignons : au moment de la récolte, après avoir tiré

---

1. Trinquet *: os de porc salé. Souvent un os de la colonne vertébrale.*

l'oignon de terre, on le laissait sur place à sécher et lorsqu'on arrivait au jardin, d'en haut sur tout le grand carré on voyait les pelures briller au soleil comme de la soie. « Je vous souhaite d'être comme les oignons » disait-on comme vœu de bonne année et on ajoutait : « vêtu de soie ».

Certaines années, Apollonie pendait des grappes de raisin, à l'envers, du raisin à gros grains, aramon, œillade, qui se desséchait lentement, se confisait et qu'on pouvait manger pour Noël, exceptionnellement pour Pâques.

Par terre et sous les lits, sur l'armoire dans des paniers remplis de paille, mûrissaient pommes et poires. Leur odeur dominait, mais à mesure que diminuait la réserve, on sentait plus forte l'odeur du grain et celle des champignons. À part les pommes et les poires, il y avait peu de fruits frais que l'on puisse conserver, sauf sous forme de confitures. C'est de la confiture qu'on mange tout l'hiver, jusqu'aux premières fraises.

Dans la cuisine, dans les buffets et les placards, on gardait les pots, les pâtes de coings et de pommes, divisées en petits carrés roulés dans le sucre, et que l'on conservait dans des boîtes de fer-blanc, des boîtes à biscuit. Il y avait des confitures de fraises et de cerises, de prunes. Parfois on n'avait pas tous ces fruits chez soi, mais une voisine vous invitait à en ramasser quand c'était le moment et on lui rendait la politesse avec quelque chose que l'on avait en abondance. Du cassis, des groseilles. C'était un échange qu'on ne faisait jamais avec n'importe qui, une générosité calculée pour permettre à la ménagère de varier sa rangée de pots. Un papier collé précisait l'année et le fruit dont était faite la confiture. On faisait toujours de la gelée de groseille. Il était rare qu'on mange ce fruit frais, sauf les enfants, parfois, avec un peu de caillé, lorsqu'on avait fini le ramassage pour la confiture et que des bouquets de fruits mûrissaient en retard. Il restait encore les fruits sauvages, les myrtilles, les framboises, les fraises. On en faisait des tartes à l'occasion, on en mangeait au dessert, « comme ça », et si la récolte était abondante, on sacrifiait un peu de sucre pour faire quelques pots supplémentaires d'une saveur un peu rare. Il était si cher, le sucre, qu'on en mettait le moins possible, préférant faire cuire la confiture un peu plus longtemps, mais on en mettait assez tout de même pour qu'elle se conserve. Dans les haies vives des champs, on envoyait les enfants cueillir des mûres. Ils revenaient les lèvres, la langue et les mains toutes noires, ivres de fruits. On faisait cuire la confiture dans un chaudron, il montait à la surface de grosses bulles, la maison était embaumée et on tartinait l'écume aux enfants sur de grandes tranches de pain. Les pots étaient recouverts d'un papier fort – au bord duquel on pouvait faire des crans ; c'était joli et ça ne coûtait pas plus cher – avant de le nouer d'un bout de laine ou de ficelle et de coller l'étiquette. Près de la confiture on avait toujours quelques pots de miel. Apollonie n'avait pas de ruches, mais plusieurs personnes dans le village avaient le « don » pour les abeilles et récoltaient du miel. Mercadier leur parlait et elles ne le piquaient pas. C'est lui qu'on venait chercher lorsque, dans une châtaigneraie, on découvrait des rayons dans de vieux arbres. Il revenait avec des gâteaux brillants, ruisselants de miel, et en donnait autour de lui. Il suffit de les faire écouler à travers un torchon et de garder la cire pour la donner au *pelhaire*[1]. Il était bon d'avoir du miel, reconstituant sous un petit volume, bon pour presque tout, comme magique puisque venu des fleurs, fruit d'une industrie incompréhensible, gardé dans la géométrie transparente des

1. Pelhaire *[pélyaire] ou* pelharòt *[peiyarot] : celui dont le commerce est de ramasser les* pelhas *[pélyos], ou chiffons. Il passait en criant : «* Peiharòt, pèl de lapin ! *» ou bien «* Pèl de lèbre ! Pèl de lapin ! *» sur une musique particulière. Il ramassait ainsi de maison en maison non seulement les chiffons mais encore les peaux d'animaux, la cire des alvéoles dont on avait retiré le miel.*

alvéoles, produit d'un travail si intense que ces montagnards l'admiraient, eux pourtant si travailleurs, si rarement en repos.

En bas, sous les pieds, à hauteur d'homme dans le buffet, sur sa tête, et au-dessus du dessus de sa tête, dans le grenier, la nourriture de l'année était là, précieuse surtout aux époques de mauvais temps, et il était facile de composer un repas autour de la soupe avec toutes ces provisions. Il ne restait plus qu'à faire agir la magie culinaire. Sans cesse la femme allait du feu à la table, surveillant, goûtant, appréciant la cuisson, inventant, composant pour donner non seulement ce qui nourrit mais ce qui est bon.

C'est elle qui ordonnait, décidait, accomplissait les transformations, parlait toute seule dans sa cuisine, à elle-même, jusqu'au moment où elle servait, coupait les parts et remplissait les assiettes en commençant par les vieux et les enfants. Quoi d'étonnant si elle ne s'asseyait pas à table. Ne lui fallait-il pas tout surveiller ? Le roi mange seul, il n'est pas assis avec ses domestiques.

Aux nourritures en réserve il fallait ajouter le lait quotidien, bénédiction dont on avait un contrepoint avec celui des femmes. Pour les plus pauvres, il était fourni par une chèvre. Quel bienfait cette source qui tarissait si peu et aurait suffi seule à accompagner le pain ! N'y aurait-il eu rien d'autre, qu'avec du pain trempé dans du lait, on aurait été nourri. Le soir lorsqu'on ramenait le seau de l'étable, on en faisait boire une louche aux enfants, tout tiède encore et mousseux, et pour inciter les petits garçons on leur disait : « Vos moustaches pousseront plus vite et plus belles là où la mousse s'est posée au-dessus de vos lèvres. » Ils étaient fiers, ils gardaient la petite ligne blanche, ce signe en négatif sans l'essuyer du revers de la manche. Quand ils étaient tout petits, pour qu'ils aient plus vite mangé et n'aient pas à attendre les hommes qui rentraient tard l'été, on leur versait le lait tiède sur des trempes et ils pouvaient tout de suite aller dormir.

Le lait est essentiellement périssable, il n'y a rien qui « tourne » plus vite. De cette fragilité la femme avait conclu que le sien, pourtant à l'abri des seins, pouvait aussi se gâter sous le coup d'une émotion, de la peur. Elle avait vu des bêtes effrayées ou malades produire moins de lait, d'une mamelle malade sortir du sang et des saletés. À force de manier du lait, elle était devenue plus attentive au sien. Comme elle savait que celui des chèvres et des vaches prenait un goût particulier avec certaines plantes, elle s'abstenait de nourritures fortes qui auraient pu lui donner un goût déplaisant. Pour le lait des vaches comme pour le sien, Apollonie craignait le mauvais sort.

Ce lait périssable, il s'agissait de le faire durer en fromage et en beurre. Lorsqu'on décidait de faire du beurre, on gardait le lait de la traite dans la cuisine jusqu'au lendemain matin, au lieu de le cailler le soir lorsqu'il arrivait de l'étable à la température idéale. Au matin la crème était montée sur le dessus. Apollonie la battait dans un seau qu'elle tenait sous son bras. Il ne fallait pas être faible pour obtenir ainsi, en battant la crème, un beau beurre jaune. On le lavait plusieurs fois, puis on lui donnait forme dans ces moules taillés à la veillée par des hommes habiles et dont les ornements étaient aussi uniques que la marque des miches. Pour conserver un peu ce beurre, il n'y a pas beaucoup d'endroits où le mettre, soit dans le puits, soit dans le garde-manger entre deux feuilles de choux, soit dans l'eau salée.

Quel bienfait que ce lait semblable aux sources de la montagne, coulant, un peu thésaurisable sous forme de beurre et de fromage, mais surtout vivant et quotidien, mince filet tiède, un peu jaune, un peu bleu dans le seau ! Les chats dans l'étable guettent le moment de la traite et on remplit pour eux dans un coin une vieille écuelle d'un jet de lait frais. Pas trop. Les chats sont si utiles pour veiller sur les réserves qu'il faut bien les laisser en état de faim. On les nourrit encore moins que les chiens, sauf cette luxueuse aumône d'un jet de lait.

Le moment de la traite était un doux moment où coulait l'abondance un peu mystérieuse et donc sacrée. On faisait d'abord téter le veau puis, comme cette bouche tiède et rêche avait attiré le lait dans le pis, on enlevait le veau pour traire une mamelle qui ne demandait plus qu'à donner. C'est un phénomène d'amour. Comme les femmes le savaient, comme elle le savait cette jeune veuve allaitant son bébé ! La succion de cette bouche enfantine, si étonnamment forte, rude plus tard quand l'enfant a grandi, fait monter le lait. C'est une sensation qui bouleverse le ventre, il se remet en place, dit-on, et fait venir les larmes aux yeux.

Le lait des femmes – il est comme une eau à peine trouble – est attiré vers la pointe et on peut le voir jaillir et couler en grosses gouttes. Il est doucement sucré et a un léger goût de cœur blanc de pissenlit. Mais qui le savait ? La femme avait-elle osé en parler, elle qui avait cueilli du bout du doigt la goutte au bout de son sein et porté ce doigt à la bouche ? Les hommes peut-être, invités dans le secret de la nuit et des rideaux de lit ? Transgression sacrée et pourtant innocente, elle ne devait se produire que rarement. Le lait appartenait à l'enfant. On pouvait montrer en public le sein plein de lait, il était autre. La femme était autre. C'est elle qui défendait que l'homme s'approche, comme au moment de ses menstrues, des grossesses, des accouchements, de ces mystères qui la comblaient et qu'elle n'avait besoin de partager avec personne.

Autrefois, dans ces temps anciens des loups, anciens et encore proches puisque les vivants en parlent, quand une femme perdait son enfant, avait les seins trop tendus et risquait un abcès, on avait recours dans les petites communautés à un innocent qui tétait la femme. Seule cette bouche, innocente comme celle d'un nourrisson, était acceptée pour ce service.

La cuisine tenait dans ce triangle : le pain, le porc, le lait. Au centre était la femme, qui conservait l'aliment de base essentiellement par la chaleur ou le sel, et qui transformait cet aliment par la chaleur avant de le poser sur la table où il était à la fois semblable et différent. Elle avait métamorphosé pour rendre succulent. Sans sa magie et sa chimie faites de mesures que rien ne mesure – lorsqu'on lui demande une recette : combien de temps ? Combien ? Comment ? Elle se contente de sourire et de dire : « Je fais ça simplement, à vue de nez… mettez-en juste un peu… une bonne quantité… ne plaignez pas le lait… de l'huile de coude… bien frit » –, sans l'impondérable appréciation de tous les sens : l'œil, la langue, le nez, le doigt et même l'ouïe – le bruit de ce qui frit ou bout – il n'y avait pas de table garnie, de faim apaisée, d'estomac satisfait. L'homme n'y participait pas. Il se contentait de s'étonner. Il avait beau être buronnier, cinq mois de temps sur le plateau tout près du ciel, il avait pu assurer la nourriture du groupe, dès qu'il était de nouveau dans la maison, il cessait d'être celui qui savait faire le fromage et la soupe. Ce savoir féminin de la cuisine qu'il avait acquis, cette connaissance du veau, cette tendresse déployée pour lui qui les apparentait si fort à l'expérience de la femme, il semble qu'il le gardait pour le temps réservé de l'estive, il n'en faisait jamais état dès que le retour d'octobre l'avait transformé en homme à part entière, exclu du maniement des « pouzets », des moules à caillé, du feu, des éviers, des savonnages.

Dans le triangle sacré du pain, du porc, du lait, au moment où cette trinité était constituée en provisions, l'homme n'avait pas de place. Il ne participait pas à cette magie de la variation ingénieuse sur ces données limitées. L'invention, l'astuce, le travail, gloires de la femme, nécessitaient une attention quotidienne qui ne souffrait aucune relâche. Car en même temps il ne fallait pas sortir des habitudes alimentaires. L'invention n'était jamais débridée, elle était liée à la tradition, elle continuait dans son droit fil. Les nouveautés étaient introduites à dose si légère qu'elles entraient petit à petit et parcimonieusement dans les habitudes acquises. Inventer, ou plutôt non, interpréter un système donné. La redite stricte n'est pas saluée, mais plutôt la tradition sans cesse renouvelée par très petites nuances, une re-création variée, la restitution jamais semblable d'une chose parfaitement homologuée. L'invention en cuisine est une liberté policée qui peut même utiliser l'accident, le mal cuit, le brûlé, le surplus. On présente le reste le plus souvent transformé, renouvelé, autre.

Il fallait assurer la petite rupture du dimanche. Il ne convenait pas que la semaine soit semblable, ni dans les vêtements ni dans le menu, à ce jour de relatif repos, orné de cloches, riche de conversations, de rencontres. C'était le jour idéal pour tenter une recette apprise au four ou au lavoir. Le civet de Marie-Louise de Saint-Martin, par exemple, ou le chou farci de Rose à la farce si légère ?

Le dimanche était le jour du café. On y pensait à l'avance et on finissait le filtre le lundi s'il en restait. Le café arrivait tout vert, par grands sacs chez les épiciers de Saint-Geniez. Il était grillé sur place et les jours de foire son odeur délicieuse se répandait dans les rues. On prenait même la peine de « lustrer » le grain pour qu'il brille. Vers la fin du grillage on ajoutait soit du sucre soit du sel et le café lustré au sucre coûtait plus cher. C'était une chose chère, une de ces rares choses pour laquelle la femme dépensait un peu, le moins possible toujours, de cet argent précieux serré dans l'armoire. Aussi, lorsque pour le moudre on sortait de la boîte une poignée de grains bruns, faisait-on juste mesure, si juste que parfois l'on ajoutait ou l'on retirait quelques grains pour avoir le bon volume, celui qui donnerait le meilleur café pour la moindre dépense, étant entendu que l'on sait raisonnablement se contenter et que l'on est capable de magnificence mesurée lors d'une naissance ou d'une visite exceptionnelle. Pour épargner le grain, on mêlait à la poudre une pincée de chicorée ou de l'orge, ou du blé grillé, ou même un peu de poudre de gland qui donnait cette amertume que l'on aimait trouver au fond du breuvage. Le café pur, sans ajout d'aucune sorte, était le signe de l'absolue richesse ou d'un moment unique de la vie, plus fort que la naissance ou la mort.

Le geste qui consistait donc à prendre le moulin sur le dessus de la cheminée et à « mouliner » en tenant ce moulin entre les genoux, le petit bruit qui accompagnait ce travail faisaient partie de la halte et du bonheur du dimanche. Bien d'autres choses infimes le jalonnaient d'ailleurs, la toilette soignée, le linge propre, les « beaux habits », que l'on changeait dès le retour de la messe pour ne pas les faire périr, l'oncle qui descendait de sa ferme lointaine, qui mangerait là et dont on savait que depuis longtemps il était par les chemins avec son chapeau, son gilet de velours, le visage frais rasé au-dessus du col blanc, les retrouvailles sous le porche de l'église, la curiosité de regarder les autres, cette attention prodigieuse aux plus petits détails du visage ou de la toilette, le fait de se poser sur un banc, les femmes devant, les hommes derrière, et de n'avoir rien à faire, chose inouïe que l'on recommencerait aux vêpres, le repas plus soigné qui mijotait dès le matin, l'odeur enfin du café, luxe permis.

Pour épargner encore le grain, on utilisait le marc de la fois précédente que l'on mettait à bouillir dans l'eau, ayant dans l'idée qu'il reste des « choses » – du goût, de l'arôme – dans une poudre où n'est passée, si vite encore comme à la sauvette et une seule fois, que de l'eau bouillante.

La poudre neuve était placée au fond du filtre de terre brun, ou d'émail décoré d'un filet de couleur ou de fleurettes, écaillé souvent, révélant le fer sombre. Sur la poudre neuve on déposait une deuxième grille qui retiendrait le vieux marc ayant bouilli. Quand l'eau serait tout à fait passée, on ne garderait que la poudre du fond, elle servirait le dimanche suivant. Encore une fois, en gardant ce marc, on commençait un cercle qui ne serait bouclé que la semaine suivante, s'enchaînant au précédent. Le vieux marc partait au fumier du jardin, pour s'introduire dans un autre cycle plus vaste, lui aussi à usage domestique.

Le café, c'est ce que l'on offrait aux visiteurs avant l'eau de noix, l'eau de coing, le vin de noix ou le vin tout court, suivant les heures, suivant que le visiteur était un homme ou une femme.

Le dimanche la femme préparait un plat qui, sans être onéreux – onéreux en ayant trop puisé dans les réserves, sauf s'il s'agissait de fêter un événement important, comme le baptême et encore pas n'importe quel baptême, mais un premier enfant ou un premier fils, ou un enfant longtemps attendu – allait permettre de « changer », d'assister tranquillement à la messe, de pouvoir s'y attarder en bavardages sans être trop pressé. Un chou farci, par exemple, entier dans sa cocotte de fonte, posé sur une couenne pour qu'il « n'attrape » pas, dans lequel il se passait, entre les feuilles, la farce, le récipient et le feu au long des heures de cuisson, des échanges subtils. La chair du chou, juste blanchie donne son goût vert et fort à une farce simple de pain, de lait, d'ail, de persil et de lardons frits.

Le plat était modeste et sa réussite résidait uniquement dans le moelleux, le bien-cuit sans dessèchement, l'interpénétration des feuilles et du farci. L'art de la femme était pour ce plat une question de centimètres entre la cocotte et le foyer, et une question d'intensité du foyer, ce qui suppose de rapprocher à une certaine distance les rondins qui font le feu, distance et centimètres qui ne s'expriment jamais en distance et centimètres mais s'apprécient au coup d'œil.

Le dimanche pouvait être aussi le jour du « bouilli » ou de la daube, pas tout le temps, un « grand » dimanche comme celui de Pâques, car il y avait les variations sur le dimanche, les « petits » et les « grands », les petits étant toutefois infiniment plus beaux que les jours de semaine. Si le 15 août tombait un dimanche, quelle double fête ! Le dimanche où l'on descendait au pèlerinage de Notre-Dame-des-Buis, au bord du Lot, le casse-croûte dans un panier, était lui aussi doublement prisé.

Les jours précédant Pâques, à quelqu'un qui « descendait » en ville, on commandait un morceau du « bœuf de Pâques ». C'était une bête choisie par le boucher parmi les plus belles. On la couronnait de feuillage et on la promenait dans le village, puis on la mettait à pâturer dans une des plus belles prairies. On ne la contrariait pas d'ailleurs si elle sautait dans une autre, les frasques du bœuf de Pâques faisaient rire, c'était un animal un peu sacré. Puis on l'abattait et il fallait être bien pauvre pour ne pas s'en faire mettre un morceau de côté. Il y avait beaucoup de bas morceaux, très bon marché une fois que les riches de Saint-Geniez et des alentours avaient acheté les rôtis, et puis on n'avait pas besoin d'un bien gros morceau. On en faisait « la soupe de viande » et on mangeait cette viande avec des cornichons ou de la moutarde. *De tres causas garda te plan : d'une femma que se farda, d'un vailet que se regarda e del holit sensa mostarda*[1].

On mangeait toujours de très petits bouts de viande. Ça accompagnait le pain, ce n'était jamais supérieur en quantité. Tout ce qui n'était pas le pain ne servait qu'à le parfumer – « prends ce morceau de sucre, disait-on à l'enfant, ça te fera manger un bout de pain ». On appelait cela *faire pitança*[2].

---

1. [dé tres caousos gardo-té plan : d'uno fénno qué sé fardo, d'un vaylét qué sé régardo é dèl boulit senso moustardo] : « De trois choses garde-toi bien : d'une femme qui se farde, d'un domestique qui perd du temps et du bouilli sans moutarde. »

2. Faire pitança *[fayré pitanso] : faire pitance. Se nourrir.*

Même le porc, qu'on avait engraissé, qui n'avait souvent coûté que du travail, on avait souci de l'épargner, il devait durer. Une tranche de jambon était coupée en trois, quatre ou cinq parts, un seul « rond » de saucisse, ces ronds qui tournent comme des spirales aux perches du plafond, circulait tout autour d'une table de six ou huit personnes, le saucisson était coupé en tranches fines et on en mangeait une ou deux. Un bout de lard de deux doigts accompagnait les légumes bouillis. Un os avec quelques débris de viande, un bout de trinquet servaient à une soupe ou un ragoût. Quant aux volailles, petites ou grosses, elles étaient la rareté des repas exceptionnels, comme celui des battages.

Lorsque en hiver le jardin était nu – il n'y restait que les choux qu'on avait enterrés dans la terre et qui en garderaient le goût fort, les poireaux dont on coupait les queues pour la soupe, le céleri qu'on enterrait complètement pour qu'il ne gèle pas et qui pourrirait de l'extérieur, ne conservant de blanc et tendre que le cœur, qui embaumerait les ragoûts et relèverait la courge –, qu'il n'y avait plus de légumes frais et qu'il fallait attendre, il restait le chou au cœur serré, cabus ou milanais et même cavalier quand il ne restait rien d'autre, chou véritablement mirobolant dont on mange les boutons floraux sous le nom « d'asperges de cordonnier ». Aussi quelle joie les premières herbes sauvages, les « grabels », les pissenlits, le cresson des fontaines, plus tard les premiers légumes du jardin, les côtes blanches et grasses, les épinards, les radis, toutes ces couleurs printanières au goût fondant. Et un jour les premières fraises, les douces fraises qui sont, et non pas la pomme, le fruit du paradis terrestre[1].

Tout venait à la fois à un moment donné de l'année culinaire : le jardin, les champs. C'était aussi le retour des jours longs, de la chaleur, du travail. Il y avait encore plus de nourriture à préparer, encore plus de prévoyance et d'invention à déployer, plus de choses à mettre en réserve. Mais quelle bénédiction que les moments où l'on thésaurisait sous forme de confiture, de grain, ces moments où l'on va voir quotidiennement le porcelet pour voir s'il tient ses promesses, où on le caresse, où on le nettoie, où on l'observe – l'œil, les babines, le luisant de la soie – pour s'assurer qu'il n'est pas malade.

---

1. Jean Bodon, écrivain occitan de ce pays d'Olt affirme que le péché originel n'a pu se commettre en automne avec la pomme, qu'il fut obligatoirement commis au printemps avec le premier fruit du printemps : la fraise... Et le long de la vallée d'Olt.

Apollonie savait parfaitement maîtriser ce monde complexe. Elle avait été bien élevée et sa situation de veuve seule allait la faire aussi maîtresse des champs. Pendant quarante ans, sans faiblir, elle allait être celle qui sait tout sur l'art de « tenir au corps », de « caler l'estomac », d'avoir un plein tout chaud au lieu du creux qui crie (on appelle le creux de l'estomac *boca del cor* : « bouche du cœur », c'est donc qu'il sait parler, et un langage autre que celui de la cervelle, l'authentique langage affectif), tenir l'équilibre entre cela et la satisfaction, de « saler », de ranger, mais sur l'art du plaisir et de la gourmandise et aussi sur la diététique de chacun, les épinards dont celui-ci a besoin, le fromage pour cet autre, les betteraves pour faire uriner et laver les reins, les sangs forts ou faibles, les sangs à nettoyer, les estomacs délicats, les foies fatigués, les intestins fragiles. Diététique médicale qui sait utiliser les tisanes du grenier et l'alcool de menthe – la menthe du jardin distillée à Saint-Geniez – dispensé sur un sucre en remède. Mais aussi sur l'art de la reprise et du rapiéçage, sur tout ce qui concernait l'univers du dedans, l'univers des femmes, œuvre d'araignée, ténue, fragile, toujours à recommencer.

Dehors, passé le seuil, elle fut – et elle saura être – celle qui fauche. Elle pouvait le faire longtemps sans se fatiguer et elle enseigna à des hommes jeunes, à des adolescents, à ses propres petits-fils comment tenir la faux, bêcher, sarcler. Elle travailla à la batteuse, elle mena ses bœufs dans les pentes des chemins et des champs, elle émonda les arbres, tondit les brebis. Toujours vêtue de noir, maigre et pleine de grâce, à plus de soixante ans, elle tenait les brebis entre ses genoux et passait les ciseaux dans la laine sans les blesser. C'est un travail de force et d'adresse. Pour traire à l'étable, elle mettait les pantalons de son mari et sous la lampe elle faisait dans le linge de petites reprises, fines et jolies comme des broderies.

De la dinde des jours fastes au *pareu* humble des jours de grande pénurie, sans œufs, juste farine et eau, frit dans la poêle en une crêpe épaisse, elle tenait la table, elle tenait dans une économie serrée, féroce, les jours ordinaires et les fêtes. Les petites qui souvent ne coûtent rien : quand les champignons sortent ; quand on envoie les enfants, la veille de la cuisson du pain, cueillir des fraises sauvages pour une tarte ; quand les hommes ont pêché des écrevisses ; quand les noix sont ramassées ; quand les prunes sont mûres ; quand les pissenlits sortent ; quand on a récolté les châtaignes ; quand les poules se remettent à pondre ; quand il y a beaucoup de lait ; quand il fait très froid ; quand on a si chaud. Les grandes qui coûtent tant de peines et d'argent ou les fêtes uniques dans la vie, comme un gâteau de pâtissier, du chocolat ou cette grande roue du gâteau ajouré des noces que l'on ne mange qu'à cette occasion.

Ainsi l'année culinaire était faite d'une infinité de petits pôles rituels et festifs qui la scandaient, la portaient, évitaient le n'importe quoi. On rompait les habitudes, sans excès toutefois, en restant dans la stricte économie. On en profitait trois fois, comme des voyages, comme de tous événements de la vie : on ferait, on faisait, puis on racontait. C'était vrai de la nourriture, et si on avait mangé une chose vraiment extraordinaire, on ne cessait de la raconter toute sa vie : comme ces bananes que les hommes avaient goûtées au régiment pour la première fois et qu'ils racontaient : « C'est un peu farineux… très sucré… c'est tout long comme une gousse de caroubier, mais rond et mou… comme une petite courgette, tiens… comme un gros cornichon… et la peau s'enlève comme une chemise. » C'était vrai des nouvelles du journal, c'était vrai des sorties. La vie était plus longue. On avait peut-être trois vies et peut-être plus : celle du projet, celle du vécu, celle du souvenir qui permettait de revivre quelque chose en le racontant autant de fois qu'on y trouvait du goût.

Appuyée sur ses réserves, le grenier encore garni, malgré la guerre au bout du monde, Apollonie, en ces Pâques claires et glaciales, remerciait Dieu de ses bienfaits et ne songeait pas à se plaindre. Au centre du triangle de ses trois enfants, au centre de la maison, tenant dans sa main le pain, la religion et un peu d'or, elle se sentait forte comme le roc.

Noire de deuil, blanche de confession, brebis entourée de ses agneaux, elle sortait triomphante de la nuit de la mort, de la nuit de l'hiver.

Forte de ses enfants à nourrir, elle irait jusqu'aux autres Pâques de sa vie.

III

Au centre du monde,
la maison

22 août 1920

APOLLONIE TIENT LA MICHE contre sa poitrine. Elle la signe avec le grand couteau qu'elle vient de sortir du tiroir de la table avec le pain. Elle taille d'abord le croustou : « *qual vol lo crostet*[1] *?* » demande-t-elle aux trois enfants devant elle. Julia a dix ans, Rose sept ans, Henri quatre ans. Les deux grandes filles disent : « Donne-le à Riquet », le petit frère, le gâté, homme en miniature, mais homme déjà. Apollonie lui tend le croûton sur lequel elle a tartiné du miel. Puis elle sert les deux fillettes. Elles sont soigneuses et femmes déjà. Pour que le miel ne coule pas à travers les

1. Lo crostet *[lou croustét] ou* croston *[croustou] : le croûton du pain. Morceau prisé comme une friandise à cause de la présence abondante de la croûte.*

yeux du pain, ces larges yeux dans le blanc de la mie légère et bien levée dont Apollonie est fière, Julia met une main sous sa tartine. Elle léchera sa paume tout à l'heure si des gouttes y sont tombées. Elle est vive et rieuse, habile déjà à tous les travaux de la maison. Elle tricote et raccommode et quand on met la table pour une fête, quand on se serre pour faire entrer la famille venue d'ailleurs, Julia tresse le lierre et les fleurs du chemin pour orner la nappe. Elle aime les bouquets. Elle en compose pour la salle d'école et l'église de Saint-Martin, entraînant les autres petites filles. Lorsqu'elle cueille les violettes, d'un beau violet de Semaine sainte, elle leur met toujours une collerette de feuilles vertes. Rose est plus douce, plus timide mais déjà adroite. Les trois enfants ont des yeux de lièvre : peu de blanc, beaucoup d'iris très sombre à l'éclat humide.

À trente-quatre ans, Apollonie est droite, belle, d'une beauté faite d'agilité, de sûreté de gestes, de santé. Elle est mince à la manière des chèvres : sans fragilité. Il y a en elle, dans l'allure, la verticalité, la manière de se tenir sur ses jambes, de porter la tête, dans sa façon d'accomplir les gestes utiles, quelque chose de la perfection. Comme chaque fois qu'une chose est totalement adaptée à sa fonction. Quand ses mains pétrissent, quand son pied se pose sur la bêche, quand des deux bras elle soulève le bigos[1] pour piocher, quand elle passe le peigne dans les cheveux de ses filles, délicatement, quand elle leur fait des tresses, quand elle manipule un *farç*[2] ou cueille un fruit avec trois doigts seulement pour ne pas le blesser (on prend la fraise comme une fleur et on la pose comme une fleur dans le petit panier), quand elle porte sur l'épaule un sac de farine, ses gestes accomplissent leur but, sans perte d'énergie, et c'est pour cela qu'ils sont beaux. Elle a les pommettes hautes et la solide mâchoire des primates, elle court beaucoup, d'un pied sûr de chèvre, dans les chemins rocailleux. Lorsqu'elle entend sonner le « premier » de la messe, elle arrive en courant à la maison, derrière les vaches, en courant les attache dans l'étable, met son chapeau tout en courant sur le chemin de

---

1. Bigòs *: instrument agricole. Au bout d'un manche de bois il porte une pièce de fer double. D'un côté elle a deux pointes, plus ou moins longues suivant les pays et la dureté des sols, de l'autre côté une espèce de bêche courbe.*

2. Farç *[fars] : plat de printemps réalisé avec des herbes sauvages – pissenlits, blettes –, des œufs, du lait, des brisures de pain ou de la farine (l'un ou l'autre ou bien les deux suivant les recettes) et un peu de jambon. L'ensemble est mis à cuire dans une poêle ou un plat allant au four. Le fond est abondamment graissé de graisse fine ou d'huile. C'est plus épais encore que la pascade. C'est un plat considéré comme une modeste fête du renouveau.*

l'église et affirme en riant qu'elle trouve le moyen d'arriver avant le curé.

Ses cheveux sont rassemblés sur le haut de sa tête, c'est la coiffure des femmes d'ici. Elles ne sont pas mises au goût du jour. La mode qui a coupé ailleurs les longues tresses, fabriqué une silhouette longiligne sans seins ni hanches, n'est pas encore arrivée, ni à Saint-Geniez, la ville, ni à Corbières. Les femmes portent ces grands jupons coulissés à la taille qui descendent jusqu'aux chevilles et laissent libre le jeu des jambes. Elles ont des chemises de grosse toile qui leur font les hanches larges, des bas de laine ou de coton qu'elles tricotent elles-mêmes avec une subtile magie d'augmentations, de diminutions, de dessins ajourés. Apollonie sait-elle qu'elle est belle et bien faite ? Seuls ou presque seuls les yeux des autres disent la grâce des filles ou la prestance des hommes. Il n'y a pas de miroir à Corbières, ni chez Apollonie ni dans les autres maisons. Seulement de petites glaces rondes que les hommes utilisent le matin pour se raser. Ils les suspendent entre la porte et le fenestrou pour recevoir sur leur visage la lumière du jour, font mousser avec un blaireau à poils gris un petit cylindre de savon et aiguisent de grands couteaux brillants sur des bandes de cuir. Ces miroirs, c'est pour ne pas se blesser avec la lame, ce n'est pas pour se regarder. Dès que le rasage est fini, on les range dans un tiroir jusqu'au dimanche suivant. Les femmes les sortent-elles parfois, quand elles sont seules, pour y voir un morceau de leur visage : une bouche, un œil ? Quand Apollonie était toute jeunette, elle allait jusqu'au *nauc*[1] de la Croix pour voir dans l'eau immobile si son chapeau était bien mis. Mais on lui faisait honte de cette coquetterie, on aimait raconter qu'une fois elle était arrivée en retard à la messe à force de se mirer, et on se moquait d'elle. Chez Apollonie, ce n'est même pas une petite glace, c'est un bout qui demeure d'un ancien miroir qui fut brisé.

On a parfois le vague reflet de soi dans une vitre, dans une vitrine quand on descend à la ville faire des achats, dans la glace de la couturière de Lunet, et on s'étonne alors de soi-même. Sur une photographie, on s'y trouve belle, mais on sait que ce jour-là on avait soigné sa mise et on sait aussi que les autres font meilleur effet sur ces papiers lisses, dans ces beaux décors, que dans leur cuisine ou leur champ : à peine les reconnaît-on. On a, surtout, pour se faire une idée de soi, le regard de la tendresse ou de l'animosité. On demande à quelqu'un dont on est sûr : comment ça me va ? Mon chignon

1. Nauc *[naouc] : abreuvoir ou auge taillés dans la pierre.*

est-il bien noué ? Ma raie dans les cheveux est-elle droite ? Comment tombe par-derrière ma blouse ou mon manteau ? On n'ose pas demander : suis-je jolie ?

Le grand rasoir d'Henri, enveloppé dans du papier de soie, ne quittera l'armoire que lorsque Riquet pourra s'en servir. Apollonie est veuve maintenant depuis quatre ans. Bien que son mari soit mort dans les conditions que l'on sait et à l'hôpital de Rodez d'une congestion, Apollonie a été déclarée veuve de guerre.

Apollonie a enfilé une blouse ras du cou sur ce corps qui ne connaîtrait plus l'odeur et le poids de l'époux. Et elle s'est mise à accomplir les travaux des hommes, encore plus qu'avant, mieux qu'avant. Elle charrie du foin, des sacs de farine, bat au fléau. Ces travaux se sont ajoutés aux siens et elle s'en est chargée, devenant ainsi doublement maîtresse, non seulement de la maison mais des champs. Elle fane, fauche, émonde les arbres sur lesquels elle grimpe, guide les vaches et les bœufs, attelle, donne des ordres aux ouvriers, mène le char. Elle ne se remariera pas. Elle a passé le plus mauvais quand son fils était tout petit. Maintenant, forte dans son corps, ce corps qui fut comblé puisqu'elle est trois fois mère, elle dort seule dans le grand lit, règne seule sur l'ordre, sur l'argent, sur la famille. Les veufs, désemparés le plus souvent, se remarient ne sachant comment assumer les enfants et la maison ; les femmes restent seules, sauf si une impérieuse nécessité matérielle les pousse au mariage, et présentes à tout, au fourneau, aux champs, ne sont pas loin de ressembler à l'être complet. Débarrassées de l'homme encombrant, elles sont souvent les personnages les plus forts de la chronique des villages. Comment ont-elles pu être assez solides pour passer d'un rôle à l'autre, des attributs de la féminité à ceux de la virilité, le veston, le béret, la corne de corne qui sert à appeler le bétail ? Apollonie fut de celles-là, coiffée du béret d'homme, portant les vestes de son mari, elle fut une vraie reine que n'embarrasse plus le prince consort. Reine besogneuse et sans sujets, reine des abeilles que le mâle n'intéressa qu'une fois par l'acte qui les emplit, et qu'elle avait nourri de ce qu'elle élaborait dans sa cuisine, élaboration aussi fantastique que le miel où l'ingrédient de base est aussi peu reconnaissable que le nectar des fleurs dans le miel, juste un parfum ou une couleur, de quoi identifier la provenance. Qui reconnaîtrait le blé dans le pain ? Le lait dans le fromage ? Reine au centre d'un minuscule royaume, ce qui n'enlève rien à sa majesté : dans la Grèce antique les reines lavaient le linge et filaient, elles n'étaient rien de plus que des fermières, comme Apollonie. Une reine qui est en même temps ouvrière, qui se veut ouvrière et ne règne que dans le travail domestique, ou alors, mais c'est pareil, ouvrière remplie de besognes qui se sent reine par le travail, fabuleux va-et-vient qui rend vrais les deux termes. Apollonie règne parce qu'elle a accepté double charge, homme et femme. Elle est androgyne. Les quelques photos qui nous restent d'elle le prouvent. Elle y apparaît parfois sèche comme un homme. Elle a leur morphologie : pas de hanches, pas de seins, et les cheveux si tirés qu'ils peuvent paraître coupés sous le béret de son mari. Si on isole son torse, si on ne voit que ce veston d'homme, on ne sait si elle est une femme. Mais le bas du corps, la grâce de la verticalité, la finesse de la cheville au-dessus du sabot, ce grand tablier blanc qui l'enserre sur une des photos du porc, sont de la femme, et aussi ses mains, leurs beaux gestes immobilisés par l'appareil.

Apollonie a le bien de son mari et elle reçoit sa pension de veuve de guerre. Le 10 octobre 1918, très peu de temps avant l'armistice, on a inscrit en marge de l'état civil de ses trois enfants : « la nation adopte Julia, Rose, Henri ». En cette époque où circule si peu d'argent, avoir cette somme qui tombe régulièrement est une chose totalement merveilleuse. Pour elle, car vis-à-vis des autres, cet argent qu'elle reçoit est injustifié. Elle sait qu'on dit derrière les murs de méchantes choses lorsque le facteur lui apporte son mandat. Des hommes, des jeunes gens de Corbières, de Lunet, sont morts au front, au champ d'honneur. C'étaient de vrais soldats, eux, qui ont des médailles, dont sont revenus, « pliés » dans un mouchoir, la plaque, la montre, le couteau, maigre trésor. Il y a aussi des héros vivants, mutilés et médaillés. Le jour de l'armistice, quand les cloches surprirent tout le monde en plein champ (l'été de la Saint-Martin était d'une incroyable douceur, les femmes châtaignaient bras nus), tout le village se rassembla à Corbières près de la croix. Il y avait eu tant de morts qu'on ne pouvait être joyeux, et pourtant certains auraient hurlé de bonheur de savoir que désormais l'époux ou le fils ou le frère ou le fiancé était sauf et allait revenir. Mais ceux qui avaient perdu leurs enfants, leurs petits-fils, les familles auxquelles il manquait un, deux, trois hommes, les vieux qui avaient espéré la revanche et avaient chèrement et fièrement payé, non de leur sang, trop vieux, mais de celui des leurs, tous ceux-là pleuraient. Et Apollonie n'était ni des uns ni des autres, son chagrin, on le refusait, puisqu'il était déjà payé. C'était tout récent, un mois à peine : cette somme qui était tombée sur elle et avait fait tant parler. Un arriéré de pension avait soudain rempli le portefeuille de l'armoire. Et ce bruit avait couru dans les chemins, augmentant le total, l'accompagnant de remarques hostiles, sur cet homme qui n'avait pas connu les tranchées, ce mort privilégié. On rappelait qu'il avait été toujours gai, insouciant et sa mort paraissait sa dernière plaisanterie. On disait même qu'il aurait dormi dépoitraillé, histoire d'attraper un rhume qui retarde son départ au front et qu'il aurait été pris au piège... Apollonie était seule le jour de l'Armistice, comme elle le serait désormais, mais si farouchement heureuse de cet argent qui ne lui avait rien coûté.

Apollonie regarde ses trois enfants. Elle ne les placera pas, comme elle le fut, elle, dès huit ans, comme le furent ses frères et sœurs, comme le sont tant d'enfants du village. Dès le mois de mai, il y a beaucoup à faire dans les fermes et les maisons bourgeoises. On retire alors l'enfant de l'école et on le « loue » jusqu'après les moissons. Quelques mois de classe en hiver, quand il n'y a rien qui presse nulle part, sont suffisants pour apprendre à lire et à écrire. Qu'importe si on doit aller à l'école jusqu'à dix-huit ans pour achever cet apprentissage, pour « finir » la scolarité, savoir le nécessaire, l'essentiel qui est de parler et d'écrire le français. Alors le reste du temps, on fait travailler les enfants. Si on leur donne peu ou pas d'argent, du moins sont-ils nourris. Ils font ce que leur âge permet. Les fillettes gardent les bébés, savonnent du linge, épluchent, travaillent au jardin, à désherber ou sarcler, gardent de petits troupeaux de brebis. Les garçons sont aussi employés à des travaux faciles, ou bien sont *roulles*[1] dans un buron. Dans l'immense pâturage, ils courent tout le jour après les veaux, rassemblent les vaches pour la traite.

Il arrive que l'on traite les enfants avec humanité, mais souvent on est dur avec eux, on les fait « périr » de travail. On leur donne à manger ce qu'il reste – sous prétexte qu'un enfant mange moins – souvent peu de chose. Apollonie a été employée toute une saison auprès d'une femme qui venait d'avoir un bébé. On lui faisait laver des langes toute la journée, avec ses petites mains de huit ans, dans l'eau froide de la source. On n'hésitait pas à la frapper. On lui parlait avec brutalité ou on ne lui adressait pas la parole. Elle a pleuré souvent, en regrettant sa maman Marie et toutes ses sœurs si douces qui remplissaient la maison de chaleur. Pourtant cette maison des Marty où elle est née était glaciale et si étroite, si mal commode ! Tous les jours dans les seaux sur l'évier l'eau glaçait, au plus froid de l'hiver. Pourtant c'est ce qu'elle regrettait : l'hiver. Car c'était la seule saison où elle jouissait

1. Ou « roule » (voir note 2 de la dédicace, p. 7).

un peu de l'intimité de la cuisine. Le reste de l'année, elle travaillait dehors avec les adultes et ne rentrait que pour le repas du soir. Une de ses petites amies, Augustine, se plaçait chez un médecin de Saint-Geniez qui, l'été, recevait toute sa famille. On l'employait aux épluchages et au jardin. Pour qu'elle ne fasse pas de marque avec ses sabots dans les plates-bandes, elle devait jardiner pieds nus. Augustine avait neuf ans, arrachait les mauvaises herbes, et travaillait avec une houe qui semblait un jouet. Elle était si menue, si maigrelette que ses petits pieds blancs ne marquaient pas plus la terre fine que les pattes des merles qui derrière elle mangeaient les insectes.

Toutes ces misères d'enfants, tues et ravalées avec des larmes et des mots que l'on voudrait dire, mais qu'on ne peut dire, Apollonie y pense souvent ; aujourd'hui encore, lorsqu'à une foire elle croise sa première patronne, elle crache derrière son dos. Aussi, quand elle a touché la pension de guerre, sa première pensée a-t-elle été : mes enfants ne seront pas placés. Elle pensait surtout à Henri, car si les fillettes sont pitoyables, le destin des petits roulles est souvent poignant. Ils courent sur l'immensité du plateau, sous un ciel qui est loin d'être clément. À partir du 15 août, il y a beaucoup d'orages et il leur arrive souvent d'être trempés en rentrant dans le buron. Qui pense à les faire approcher du feu, à faire sécher leurs habits ? Là-haut, ils sont dans une communauté d'hommes seuls, qui déjà eux-mêmes ont vécu et vivent durement, et sont donc devenus durs. Les femmes pensent qu'ils laissent éclater leur brutalité dans l'isolement et l'impunité de l'estive. Ou du moins le croient-elles, habituées qu'elles sont aux sottises des hommes échappés à leur férule. Lorsqu'ils descendent à la « ville » pour une foire ou une démarche, ils remontent souvent ivres et les poches vides. Combien en a-t-on ramassé tombés sur le bord du chemin, trempés de rosée, couverts de givre ou de neige ? Combien ont terminé la nuit « dans une grange », disaient-ils, et l'épouse feignait d'y croire ! Elles savent bien qu'ils allaient voir ces femmes perdues qui font ce que le prêtre interdit, qui traient les hommes et osent des gestes. Elles savent de quelles extravagances ils sont capables quand ils arrivent à nuit close, chantant faux sur le chemin. Ils s'approchent alors toujours de leurs femmes, perdent toute mesure, exigent, deviennent violents et lubriques. Elles se racontent entre elles ces soirs où ils font lever leurs épouses en rentrant, les obligent à s'accroupir, au besoin avec une bûche, les font mettre nues et les prennent comme des vaches. Elles se le racontent à demi-mots, parlant toujours d'autres femmes ou disant en général : « ils font ça… », « ils sont bien capables de ça… », « il paraît que… », ne s'avouant jamais concernées, comme elles avouent rarement qu'elles sont battues, même si on a entendu leurs cris et leurs pleurs. Alors, de quoi n'est-il pas capable, l'homme seul du buron, sur le tendre petit roulle ?

Parce que le monde du buron lui est étranger, la femme l'imagine avec terreur, avec ce qu'elle connaît de l'homme et les récits qui lui sont faits, c'est pourquoi Apollonie craignait plus encore pour son fils que pour ses filles.

Pendant cinq mois loin des prêtres et loin des femmes, dans ce lieu à part, ce temps à part du buron, il pouvait se passer n'importe quoi. Les hommes y sont délivrés de l'autorité des femmes et en même temps privés d'elles. Elles deviennent sujet de conversation, rêve tendre ou violent. Ils ont laissé parfois « en bas » une jeune épousée, un enfant, un doux bonheur. D'autres fois une mégère, plus une belle-mère, plus des filles, un enfer. Le buron c'est la liberté trouvée près du ciel, contre l'ordre domestique, la morale, la religion et la famille qui composent le royaume des femmes. Ce corset qui les serre, ce mors en permanence à leurs dents éclatent enfin en langage démesuré, en manières brutales, en rusticité de vie. Et dans le même temps en vivant près des vaches, femelles, des tendres veaux, du lait, de la nourriture, ils découvrent un peu de l'univers des femmes. Peut-être alors ont-ils peur de le sentir, de le découvrir aussi complet et cohérent, de découvrir qu'elles ont accouché d'eux dans un monde plein pour les livrer au monde sans épaisseur des gros travaux pénibles des champs, du café, de la place publique, du fond de l'église, pour les cantonner dans les choses bruyantes : la foire, la politique, la colère. Devant la fille enceinte ou une décision des femmes, l'homme jure des « bordel de merde », écrase la table d'un énorme coup de poing. Et se soumet.

Les hommes ont de gros appétits sauvages, ils ne sont pas habitués comme les femmes à penser aux autres dans le domaine de la nourriture, à partager, à servir les faibles les premiers : le vieillard et l'enfant. À table le roulle a les restes. Bien beau lorsqu'on n'ajoute pas à cela de ces brimades qui « forment » les hommes, et qu'ils ont subies eux-mêmes, autrefois. Souffrir peut rendre humain ou rendre cruel soi-même : « J'y suis passé, on n'en meurt pas. » À l'enfant qui a faim on jette un croûton comme à un chien. Des histoires circulent, innombrables sur ce sujet. À Auguste on mettait le pain qu'on lui destinait dans le petit lait aigre et puant. Et on riait s'il avait assez faim pour aller le chercher, le frottait à sa blouse, le grattait avec son couteau avant de le manger. Un des travaux du roulle c'est d'araser les taupinières du grand pâturage et on se souvient de cette espèce de géant – on l'appelait Calmelas – qui les faisait « tomber » à l'enfant avec le nez. Lorsque l'une d'elles n'était pas assez aplatie il faisait mettre le petit domestique à genoux et lui appliquait le visage au sol. *Fai o amb lo nas*, « fais-le avec le nez », disait-il. Bien sûr, cela dépendait des gens sur qui l'on tombait. Certains allaient remplacer les enfants par très mauvais temps et faisaient chauffer leurs habits au grand feu du buron, leur faisaient place près de la flamme, faisaient écarter de la source de chaleur les vêtements des adultes, sinon l'enfant aurait remis le lendemain son pantalon ou ses chaussettes mouillées. Mais une telle sollicitude était rare et ce n'est pas de ceux-là qu'on parle puisque c'est l'exception. Ils rentraient en octobre, ces enfants, silencieux, ils ne se plaignaient pas, mais au fond d'eux-mêmes une haine était là qui attendait son heure.

L'heure des vengeances venait parfois lorsque du petit garçon chétif sortait un homme immense, tout en muscles, car par bonheur le temps tourne avec les mois et les ans et s'il rend les uns larges d'épaules et forts comme des taureaux, il affaiblit les autres.

Alors à la foire d'Aubrac, à la foire de Laguiole, la foire annuelle de « la loue », le 3 octobre, le trasse[1] d'autrefois devenu « beau[2] » rencontrait peut-être son ancien bourreau.

Le soir, quand on avait bien bu, au moment où s'achevait la foire, la haine remontait du fond de la tête. On prenait avec soi quelques camarades et on serrait l'autre, toujours plus vieux, dans un coin pour une bonne tannée, ou alors si on était vraiment « beau », on le provoquait au milieu de la foule. Les gens autour disaient : « Laissez-le faire, il se revenge. » Ils n'intervenaient pas, détournaient le regard. Ce n'était pas l'affaire des gendarmes. C'est ainsi que le grand Calmelas mourut, après avoir été rossé par un de ses anciens roulles. On le savait entre soi, on se le disait en secret à la veillée, dans

---

1. Traça *[trasso] : d'après trassa, chiffon, personne de peu, gens de rien. Se dit gentiment pour les enfants.*

2. Bèl : *on dit « bel », « beau », non pas pour la beauté esthétique mais pour la corpulence, pour cette réserve de graisse qui paraît si importante et permet, croit-on, de résister à la maladie, qui est, en tout cas, la preuve que l'on mange à sa faim. Avoir du lard fut longtemps le privilège des riches, de ceux qui avaient toujours à leur disposition une table bien garnie, mangeaient non seulement à leur faim mais plus qu'à leur faim. Bien manger permettait aussi, croyait-on, de résister aux épreuves. Dans le chagrin, par exemple, on propose toujours de manger.* Se cal sostener, *dit-on (« il faut se soutenir »).*

les champs, à l'auberge ou sous le porche de l'église, mais la communauté du village a protégé celui qu'elle considérait comme un légitime assassin. Calmelas agonisa plusieurs jours. Il avait été si sauvagement frappé qu'il mourut lentement d'un éclatement de la rate ou d'une hémorragie interne. Il ne se plaignit pas, n'accusa pas. C'était dans l'ordre. On fit semblant de croire qu'il s'était congestionné après boire à la foire de Laguiole.

Le 20 août 1920, on commence à moissonner le seigle. Apollonie a travaillé tout le jour dans les champs, derrière les hommes qui manient la faucille. Elle a lié, penchée vers la terre, les fesses au ciel, dans un mouvement athlétique qui révèle la rondeur des femmes. D'une poignée d'épis torsadés on entoure la gerbe comme avec un collier, on ligature pied et épis avec le *ligadou*[1], un bout de bois pointu, qui permet de tourner le lien comme pour un garrot, de passer la torsade sous le collier et d'en enfoncer l'extrémité dans le cœur de la gerbe, en la poussant avec le bout pointu. Il faut non seulement être rapide et doué, mais avoir les reins solides. À

1. Ligador *[ligadou] : petit outil de bois, en forme de navette servant à lier (ligar) les gerbes, à faire la torsade de paille retenant les épis.*

un moment, elle a pris quelques épis, les a écrasés dans sa paume pour en faire sortir le grain : il est léger cette année, le rendement en farine sera médiocre.

Dans quelques champs, déjà, on a dressé des « bonhommes » ou « gendarmes », des tas d'une dizaine de gerbes, épis en l'air, appuyées les unes sur les autres pour que le grain puisse profiter encore du soleil, soit prêt à quitter son enveloppe et pour que les têtes soient loin du sol où se rassemble l'humidité en cas de pluie. Jusqu'aux battages, on va craindre le ciel et passer son temps à observer les signes du vent, des nuages, du couchant, du vol des oiseaux, *rogolina del vespre rejois lo mestre*, « le rouge du soir réjouit le maître », le maître : Apollonie. On se souvient d'années si pourries que sur place, dans les champs, le grain germait dans l'épi, de même que les grains tombés germaient et verdoyaient à travers la paille des chaumes. Quand on craint trop le mauvais temps, pas comme aujourd'hui où il a suffi d'un orage bref et tiède pour dégager le ciel, on construit un petit gerbier au coin du champ, ici on l'appelle un « pignon », un petit gerbier par champ, avant de transporter les gerbes dans le char et d'en édifier un devant la maison, près de l'aire, un énorme, d'un millier de gerbes. Le pignon c'est une tour blonde de paille, une sorte de ruche énorme dont il a la couleur, et qui au lieu de miel aurait dans le ventre tous les épis, tout le grain ; c'est une femme géante enceinte de tout le pain de l'année. En langue d'oc d'ailleurs on ne dit pas le gerbier mais, au féminin, *la garbièira* ; il illumine l'œil et le réjouit. L'eau peut ruisseler sur le vernis des tiges, le trésor est à l'abri dans sa profondeur. Les oiseaux arrivent à se glisser entre les gerbes où on peut venir les cueillir le soir comme des fruits, ivres et si gonflés de grains qu'ils halètent et ne peuvent plus s'envoler.

Dans un moment, après le goûter des moissonneurs et des lieuses – salade, jambon, fromage –, qu'ils vont prendre à la maison à cause de la pluie de tout à l'heure, les fillettes iront glaner dans le champ dégagé. Elles feront de petites gerbettes et dans quelques jours, pour ne rien laisser perdre, elles y garderont le cochon qui finira de récupérer les épis restés à terre.

Après ce repas, le *despartin*[1] qu'on appelle aussi « faire quatre heures », Apollonie ne retournera

---

1. Despartin *[desparti] : repas dont le nom dit qu'il était pris dans l'après-midi (vesprée).* Vespartin *devint* despartin. *Le verbe* vespertinar *ou* despertinar *est employé aussi. Suivant les endroits il est effectivement pris dans l'après-midi ou à un autre moment.*

pas à la moisson. Elle ira au jardin dont la vie en cette saison est surabondante et partageable.

Les jardins sont tous en étagères et quand on marche dans les carreiroles du village on a toujours, à un moment, le sol des jardins au niveau des yeux. On voit le pied de ce qui pousse et à mesure qu'on s'élève on passe de l'un à l'autre, une femme penchée se redresse pour vous parler un peu, vous montrer sa récolte. Le jardin c'est, tout proche de la maison, l'autre domaine de la femme, et elle manifeste là aussi ses qualités d'ordre et de grâce. Il est comme la terre des champs, le lieu où sous le regard s'accomplit la croissance, le déroulement des saisons. Totalement occupé, comme la cuisine, en relation étroite avec la table à laquelle il fournit l'agrément, il est tenu par la vigilance quotidienne. Les forces internes à ce petit périmètre sont maintenues par un ou deux murs et des haies de groseillier, de cassis, où s'intercalent des rosiers. Un jardin est toujours fermé, il a toujours une porte. On entre dans le jardin comme dans une maison. Dans un coin le fumier végétal et humain – on y verse le pot de chambre, le pissadou – mûrit un ou deux ans avant de servir, se « fait » de fanes et de mauvaises herbes. La relation avec la maison est étroite et directe. Plusieurs fois par jour la femme va cueillir un légume, un condiment. Il est l'harmonie horizontale récupérée, contre la déclivité du sol, l'harmonie de l'ordre contre la sauvagerie de la lave si proche. Certes, c'est sur un espace réduit, mais ce n'est pas un de ses moindres charmes que de pouvoir être englobé d'un seul regard, et parcouru en quelques pas. Il est équilibre et tour de force, posé dans sa simplicité, la perfection de ses lignes, sa symétrie, mariant tous les verts, des plus bleutés aux plus jaunes, accueillant toutefois le rouge ou le blanc d'une fleur, fleur d'agrément, fleur du légume. Minutieux, enclos, il est un cosmos en miniature, dominable, où l'on est en sécurité, autant que dans la maison. Le jardin pour cela est féminin, autant que par la domination active de la femme.

Apollonie range la miche et le couteau dans le tiroir de la table. C'est le seul meuble de la pièce avec le buffet à deux corps en bois fruitier et le lit de noyer. Meuble, au sens que l'on donne habituellement à ce mot lorsqu'on va chez le menuisier pour une commande, en de rares occasions de la vie, et qu'on lui fait faire un meuble qu'on gardera et qu'on transmettra. La table est en châtaignier, longue, avec un seul tiroir à l'extrémité où l'on « réclame[1] » le pain entamé et le fromage. « Le

1. Reclamar : *ce n'est pas du tout le sens français du terme réclamer mais veut dire : ranger. « Réclame ça ! »*

fromage » c'est le cantal, plus ce fromage que les femmes font à la maison, blond de croûte, épais, du diamètre d'une petite assiette. Au fur et à mesure des besoins on les monte de la cave où on les a mis à affiner. Dans d'autres maisons, surtout les plus grandes où il y a plus de personnel ou une plus grande famille, on trouve des tiroirs individuels. Pour les hommes surtout. Ils y rangent le quart bien culotté ramené du régiment ou de la guerre, le tabac, la pipe, le livret militaire, quelques bouts de ficelle et un autre couteau, frère de celui qu'ils ont dans la poche, soit un neuf, attendant de servir, soit un vieux qui servira pour dépanner ou pour un travail particulier – à force d'être aiguisées les lames sont devenues minces et plus courtes, elles n'ont plus de solidité et la charnière a pris du jeu. On peut trouver aussi la machine à rouler les cigarettes et le cahier de papier Job, un briquet fabriqué par un poilu dans une douille et qui fonctionne avec de l'essence. Ils ont offert souvent ce cadeau en rentrant ou lors d'une permission. L'État fait la chasse à ces briquets, qui n'ont pas payé la plaque. Elle est vendue trois francs. Le gouvernement préfère vendre les allumettes dont il a le monopole depuis 1890. Dans le tiroir individuel on range aussi l'assiette bien essuyée de pain. On a l'habitude souvent de manger la soupe en dernier, après le fromage. Quand on a bu le bouillon (certains ont versé du vin dans les dernières cuillerées de soupe, on appelle cela « chabrot », c'est un usage d'hommes, presque uniquement) l'assiette est toute propre. Il suffit avec un bout de pain de la sécher, comme avec le pain on se sèche le tour de la bouche. S'il ne reste pas de pain, on s'essuie les lèvres avec la manche. Inutile de laver l'assiette, chacun la range dans son tiroir. Autour de la table, avec un banc, fabriqué sur place par un qui « sait » mieux que les autres, il y a ces chaises taillées par les itinérants, rouge sombre et paillées de l'or de la paille de seigle.

Aujourd'hui 20 août, une grande lumière entre dans la maison. L'été, on ouvre toute grande la porte épaisse et on ne ferme que la seconde, une demi-porte dont le bas est de bois plein et le haut de lattes espacées qui laissent passer l'air et la lumière, mais seulement parfois au plein de la saison. Les maisons ont peu d'autres ouvertures, seulement un ou deux fenestrous. À Corbières il y en a deux, un au-dessus de la pierre d'évier, minuscule ; au-dessus une étagère porte la pyramide de « pierres » de savon de Marseille dont les cubes sèchent au moins un an avant d'être utilisés, on fait cela pour épargner le savon, plus il est sec, plus on frotte avec énergie et moins il s'use ; l'autre fenestrou est de l'autre côté de la porte d'entrée. À peine peut-on parler de fenêtres. Ces ouvertures révèlent l'épaisseur des murs et la lumière du dehors glisse sur un mètre de muraille blanchie à la chaux où elle s'accroche, se tamise, devient gris perle, et se perd avant d'arriver au fond contre le buffet rouge sombre.

Les maisons doivent rester chaudes l'hiver, fraîches l'été et se garder des mouches, il faut donc presque toujours se préserver de l'air extérieur, sauf à de brèves saisons intermédiaires, ou l'été en fin d'après-midi quand, comme aujourd'hui, il a fait un orage. Il faut ajouter les vents, les quatre ou treize vents qui toujours se battent sur les pentes, sauf aux rares moments où ils retiennent leur respiration ; « il n'y a pas une aile de vent », dit-on alors, et on aura compris le peu d'ouvertures des maisons, de ces forteresses presque closes.

On a besoin de cet espace fermé, inverse de l'extérieur. Dehors c'est le soleil ou la nuit. Dans la maison, c'est une lumière adoucie le jour, le soir le feu et la lampe. La cheminée ne s'éteint que le jour du ramonage. On le fait d'un *bartas*[1] noir, un prunelier, au moment où ils ne sont qu'épines,

---

1. Bartas : *buisson épineux. On distingue le «* bartas *noir », l'épine noire ou prunelier, aux petits fruits d'un noir violet, et le «* bartas *blanc », l'épine blanche aux petits fruits rouges.*

avant le grand blanchissage de Pâques. La lampe est sur le dessus de la cheminée, avec les allumettes. Tout est là, avec le bois, pour que l'énergie du feu soit inépuisable, contrôlable contre l'imprévisible du ciel. La maison c'est le lieu des réserves alimentaires, alors que dehors on puise pour remplir la réserve, on s'épuise pour que le travail l'assure. Les chemins de l'univers, multiples, compliqués mais connus, imbriqués les uns dans les autres, mènent à la maison où en fait il n'y a qu'une pièce, celle du feu et de la table. Le monde vaste et dangereux, il faut bien qu'il mène à l'univers domestique, presque étroit lui. L'œil se repose dans le volume des maisons, se rassure du ciel trop grand, du mont trop haut, de la terre gigantesque, si sauvage qu'on ne sait jamais si elle ne va pas trahir, pour laquelle on ne sait pas si on aura assez de santé et de force, et de bras.

On n'a aucun besoin de paysage dans les fenêtres. Quand on est dedans ce n'est pas pour regarder dehors. Dès que l'on sort, le vert et le bleu sautent au visage, avec les lignes d'horizon lointaines, immenses, par temps clair presque infinies. Le monde de la cuisine – on dit la cuisine, et c'est à cette pièce que l'on pense lorsqu'on parle de la maison – est étroit, presque trop, malgré le peu de mobilier, parce que beaucoup de gens et de choses y sont rassemblés, serrés. La maison est exactement à la mesure du corps, comme un habit. Tout est là, à portée de la main. Le feu. La table et ses tiroirs, le buffet, les placards. Sous l'escalier qui monte à l'étage sont logés deux lits : un lit d'adulte, celui où Apollonie dort seule maintenant et un lit d'enfant. Au fond de cet espace triangulaire, sous les deux premières marches de l'escalier, dans une drôle de petite cage grillagée, on loge la poule qui couve, puis la poule et ses poussins. Elle est dans la chaleur, à l'abri des griffes des chats et eux sont à l'abri de son terrible bec, capable de crever les yeux.

Les chaleurs et les odeurs se mêlent dans la cuisine. On agrandit au maximum ce petit espace par des perches pendues au plafond, des étagères construites elles aussi entre les poutres. Aux perches, jambons, lards et ventraîches et en leur temps saucisses et saucissons, se fument, mais sans trop, beaucoup moins que sous le manteau de la cheminée, et au plafond, en plus de la fumée, il y a aussi l'air extérieur qui rentre par bouffées et les odeurs multiples de la cuisine, le parfum du fromage, celui de la soupe, celui du pain. Ils viennent se fixer légèrement sur toute salaison qui sèche. Il y a sur les étagères suspendues les pains de réserve, et les fromages, presque à hauteur de la tête car les plafonds ne sont pas très hauts. Pendues à des clous plantés dans les poutres des touffes de tisanes : thé d'Aubrac, menthe, verveine, thym, souveraine, une peau de serpent. « Morte la vipère, mort le venin », cette peau n'a plus rien de maléfique, on en fait de la tisane. Elle est efficace pour faire « sortir » la rougeole qui, « rentrée », risquerait d'être mortelle, le mal restant dans le corps. Elle sert aussi pour les refroidissements, sanglacements, points de côté, ainsi que pour les coliques ; il y a, accrochée à un clou, la lampe à pétrole à grand chapeau ; un petit rouleau de fil de fer, des lanières de cuir ; un panier où achèvent de sécher des champignons coupés en lamelles. Pendu au plafond il y a tout un monde. Sous les meubles, par terre à même le sol, c'est le même principe d'utilisation totale. On pose des sabots et des souliers, des paniers dont le contenu est protégé d'un journal, ce sont des pommes ou des châtaignes suivant la saison, du bois, une caisse encore où couve une cane ou une poule, où une chienne allaite ses petits – on en a soin : ils seront chiens bergers. Si bien que dans ce cube si pauvre en meubles, quand on a logé, en plus, au moins six personnes : deux aïeux, les parents, deux enfants, six c'est le strict minimum, souvent bien plus, on a une impression de plein, de complet. L'étagère du dessus de la cheminée est remplie de plusieurs dizaines d'objets nécessaires (avec, parallèle au linteau, le fusil du « patron »), de part et d'autre de deux crucifix – on en a ramené un de Lourdes mais il n'a pas pris la place de l'ancien, il s'est seulement mis à côté – les boîtes : sel, farine, poivre, épices. Elles sont en émail bleu, patinées par le temps et la fumée jusqu'au nettoyage de Pâques, dont elles ressortent d'une couleur toute neuve, à peine reconnaissables tellement elles sont éclatantes. Des bougeoirs avec leur chandelle ; une lampe à huile, elle ne sert pratiquement plus mais pourrait servir ; la lampe Pigeon et son diplôme de cuivre collé sur le ventre « Lampe Pigeon garantie véritable, inexplosive. À l'essence minérale. Toute lampe véritable Pigeon doit porter sa double marque de fabrique, d'abord en tête LAMPE PIGEON puis, plus bas, un pigeon reposant sur un globe terrestre et portant une lampe à son bec. » On est tout content de cette preuve d'authenticité, comme la signature du papier à cigarettes Job. Le moulin à café, avec son petit tiroir qui embaume, quand on le saisit le dimanche pour moudre le grain noir, c'est un geste de fête. Il y a aussi le briquet et les allumettes. On n'a recours à eux que si le feu est vraiment mort, si on ne peut aller chercher de la braise chez la voisine dans un récipient de terre ou carrément dans un sabot. On destine les sabots dépareillés, quand l'un s'est cassé et n'est pas réparable, à cet usage. Il ne faudrait pas croire que le bois s'enflamme au contact de la braise vive. La femme court vite en secouant le sabot, ainsi le bois devient-il seulement un peu roux. Ne fait-on pas d'ailleurs cela, faire aller et venir un peu de braise dans le creux, pour en réchauffer le bois et se réchauffer les pieds, par les grands froids ? Les sabots n'en périssent pas pour autant.

Pour le briquet, la mèche d'amadou est à l'abri d'un étui coiffé d'un petit chapeau, comme celui qui sert à éteindre les cierges à l'église. Le chapeau est là pour éteindre après usage la mèche d'amadou. Car le nom ne trompe pas. *Amadou*, « amoureux », quel beau mot pour dire que la matière spongieuse s'enflamme facilement. Si facilement que les fumeurs, même s'ils croient l'avoir bien éteinte, peuvent la sentir se ranimer au fond de leur poche. Pour se servir du briquet, tout contre l'amadou sorti de son capuchon, on tient un bout d'acier comme une lame de couteau que l'on frappe avec la pierre à feu. Ce briquet doit porter la fameuse plaque du gouvernement, en métal, pleine d'écritures.

Près du briquet, les allumettes. Elles sont de contrebande. *L'allumetaire*[1] fait son petit métier, sur les chemins et non sur les grandes routes. Il coupe même, souvent, à travers les châtaigneraies où il est

1. L'allumetaire *: le marchand et le fabricant d'allumettes.*

à l'abri des feuillages, le long des haies vives, à travers les bois de chênes. Il saute les ruisseaux aux endroits qu'il connaît. Car ce métier clandestin, si misérable qu'il soit, mène les gens en prison. Les gendarmes un beau matin arrivent chez le « soldadou[1] » – celui-ci est une sorte de nain, agile comme un singe –, trouvent la réserve et embarquent le bonhomme. Une fois, paraît-il, en les entendant arriver, il avait fermé sa porte à clef et avait brûlé sa réserve dans la cheminée. Lorsqu'il avait ouvert aux gendarmes, malgré la terrible odeur de soufre répandue dans la pièce, ils avaient bien été obligés de repartir sans lui, pour une fois. Les courses des gendarmes derrière l'agile Soldadou sont une chose que l'on raconte en riant (« Et alors l'autre a curé[2] le ruisseau des Broussettes et il a grimpé tout droit dans la châtaigneraie de Cayzac. *Vai té far fotre*[3]. Les autres pouvaient courir ! Ils n'ont pas de jambes comme lui ! ») C'est le genre de délit que l'on ne juge pas

---

1. Soldadon *[souldadou] : le petit soldat.*

2. Curar *: « cura un rèc », « traverser un ruisseau ».*

3. Vai té far fotre *[bay té fa fourré] : « Va te faire f... » C'est beaucoup moins grossier qu'en français, comme bien des expressions qui ponctuent le discours :* Puta ! *qui n'est pas forcément l'équivalent de « pute » ou « putain ».* Macarèl ! *qui n'est pas « maquereau », au sens de souteneur. Il s'agit toutefois d'un langage réservé aux hommes.*

sévèrement. Il n'y a pas si longtemps, du temps du père, on n'était pas sévère non plus avec ces insoumis qui fuyaient dans la montagne pour ne pas faire le service ou se mutilaient la main droite. Ce n'est pas de l'indulgence que l'on a pour eux. C'est mieux. Un accord profond. On ne partage la sévérité du pouvoir que pour les voleurs ou les assassins. Une fois, du temps où Apollonie était petite encore, l'histoire avait couru de cet homme dans une ferme isolée qui avait tué sa femme à coups de hache. On devait l'emmener en prison à Rodez. Les gens s'étaient déplacés à Saint-Geniez pour assister à son ignominie. On avait mis sur son dos la camisole de sa femme, pleine de sang. À chaque cheville il avait un anneau de fer et une chaîne que tenaient deux gendarmes à cheval. Il devait aller à pied jusqu'à la prison. Il était silencieux, barbu et sauvage.

Mais *allumetaire*, ce n'est rien. Lou Soldadou va en prison quelques jours, après quoi on le relâche et il reprend son petit métier de misère, change sa tournée, va plus loin, disparaît pour un temps du circuit du village, va sur le territoire d'un autre *allumetaire*. C'est ainsi qu'un de Séverac monte jusqu'à Corbières, sa musette en bandoulière qu'il soutient de ses deux bras, précautionneusement, car lorsqu'il court et saute, ses paquets d'allumettes risquent de s'enflammer par simple frottement, au contact les uns des autres. Ce sont de petits cylindres, de peuplier souvent. Un morceau de branche d'une dizaine de centimètres est divisé par l'*allumetaire* en une cinquantaine de languettes toutes retenues par la base. Chaque extrémité de languette est trempée dans le soufre et le phosphore qu'ils vont chercher en Espagne. Chaque cylindre est « plié » dans du papier épais. Il suffit, lorsqu'on a besoin de rallumer le feu, de détacher une des branchettes de la base, de la frotter contre la pierre de l'âtre ou contre la plaque de la cheminée. Ces allumettes sont plus efficaces et moins chères que celles de l'État qui sont une légende, tellement leur qualité est mauvaise. « Ça prend comme les allumettes du gouvernement », a-t-on coutume de dire d'un méchant feu qui refuse de s'allumer. Comme il est aussi interdit de les acheter que de les vendre, on les cache derrière un des pots de la cheminée. Il arrive le soir, quand la nuit s'est serrée dans la maison et qu'on n'a pas encore allumé la lampe, de les voir briller de leur phosphore sur la cheminée, près de la lampe Pigeon dont le cuivre jaune brille, comme brillent le balancier de la pendule, le chaudron de la confiture, plus petit que celui des porcs, et de cuivre rose, et l'*escaufa-liech*[1] qu'on n'utilise plus. Autant de surfaces lumineuses qui se

1. Escaufa-liech : *littéralement, réchauffe-lit ; bassinoire.*

répondent et renvoient la lumière. Et près d'elles le petit éclat du phosphore.

Le briquet, les allumettes, la réserve de pétrole, les chandelles et le feu : l'énergie de la maison est entière et autonome.

Le pétrole manquerait-il que ce ne serait pas de très grande conséquence. L'hiver peut se refermer sur les murs, peser sur le toit couvert de lauses[1] de schiste, ornées d'étoiles de lichens vert et jaune (une couverture dont le principe est celui des écailles de poisson), la bise noire peut souffler, le feu imperturbable brille, la braise s'accumule qui servira à cuisiner. La terre peut être dure de gel ou couverte de neige, comme morte – il faut toute la foi pour imaginer qu'elle va reverdir et que ces squelettes des châtaigniers vont donner des fruits –, la maison est la chaleur et la réserve. On pourrait presque dormir, hiverner comme les écureuils, les abeilles et, autrefois, les ours.

Buffet plein, plancher occupé, lits encombrés d'édredons de plumes, plafond doublé (presque un double plafond d'étagères pendues et de perches pleines), cela ne suffit pas, les murs verticalement

---

1. Lause *ou* lauze *: pierre plate et mince, souvent en schiste, servant à couvrir les maisons. En occitan :* lausa *[laouso].*

sont garnis de choses accrochées à des clous. Là, à hauteur des yeux, c'est le domaine surtout de la piété et du souvenir.

La pendule est ainsi serrée contre le mur, au pied de l'escalier. Elle est le temps, un temps plus exact paraît-il que celui du soleil, mais qui n'est utile que pour la messe et les déplacements qui exigent cette heure étonnante, à la minute près, comme le train ou le car – encore le car est-il capable d'attendre un retardataire, non le train. Elle est le temps journalier divisé en petits grignotements et en sonneries, pic et repic sur deux tons différents. Quand midi sonne à celle d'ici, la soupe fume dans les assiettes et l'église de Saint-Martin annonce l'Angélus. Mais elle est aussi mémoire. L'achat d'une pendule est un événement si inouï qu'on en rapporte les circonstances. L'arrière-grand-père l'acheta chez Alazard à Saint-Geniez. Il vendit à l'horloger du village sa montre de gousset, ou plutôt il l'échangea au moment de son mariage. « La pendule servira pour tous, la montre ne servait qu'à moi. » Elle marque désormais l'heure collective et on sait qu'on la transmettra. La pendule est un temps familial qui dépasse la durée de la famille elle-même, l'ancre dans le passé et la prolonge dans le futur. À travers elle on se transmet le temps, avec tout ce qu'il porte, un temps non vide et abstrait, mais plein. La constance de la mécanique lui donne une solidité qu'il n'a pas à l'extérieur, ce temps fluide qui glisse sur les corps et les cœurs, sur les douleurs même, ce temps qu'on ne peut retenir. Aussi, remonter la pendule chaque semaine est une opération rituelle, un peu, un tout petit peu solennelle, sans trop, de cette solennité mesurée propre aux maisons, comme la prière du soir. On remonte avec elle le temps futur, comme le temps passé, tendrement.

En bonne place est fixé au mur le calendrier des P.T.T., et au même clou un porte-lettres et journaux en carton fort, le plus souvent surchargé. On se garde bien de jeter le moindre papier. Il aura sa place dans l'économie domestique. Quant aux lettres, elles sont si rares qu'on n'en déchire aucune. Un certain temps, elles restent à portée de main dans ce présentoir. On les lit, on les relit, on les relira encore si vient une visite, puis on les rangera dans le buffet ou dans le tiroir de l'armoire.

Il y a un cadre avec une image du Sacré-Cœur de Jésus. Elle vient de la librairie *L'Apôtre du Foyer* à Rodez ou Saint-Étienne. Le culte propagé par Marguerite-Marie Alacoque est très fervent. Il n'y a pas une maison où ne soit accrochée, en couleurs, cette image, et même parfois à l'extérieur, sur le mur, est cloué un « sacré-cœur » de fer, la même image en métal repoussé. La pratique du premier vendredi du mois a été introduite par cette même sainte et les chrétiens y sont fidèles. Il faut dire que les promesses faites aux personnes dévouées au Sacré-Cœur sont d'importance : paix dans les familles, refuge assuré à la mort, maisons bénies, noms des fervents inscrits dans le cœur du Christ, et pour ceux qui auront accompli les neuf « premiers vendredis du mois », l'assurance qu'ils ne mourront pas dans le péché, la disgrâce, ni sans sacrements. Dans un autre cadre, une image de sainte Thérèse, les mains débordantes de roses, et une image de Notre-Dame de Lourdes, rapportée du pèlerinage. Au-dessus de ces cadres on a mis un morceau de buis béni le jour des Rameaux. Chaque année on le change et on brûle l'ancien dans la cheminée. Presque sur chacun des murs il y a un rappel de la vie religieuse ; le gros chapelet à grains de buis, pendu à deux clous, dessine au-dessus du lit un immense cœur dont la croix, sur laquelle on récite le *Credo* est la pointe. Quelque part dans l'armoire, un ou deux étuis contiennent le petit chapelet des femmes que très souvent elles disaient dans le temps de la messe parce qu'elles ne comprennent rien au latin et, malgré les gronderies du prêtre, refusaient de rester sans prier. Le prêtre affirme que ce n'est pas le moment de dire le chapelet. Ailleurs est pendu un « diplôme » de communion solennelle, de confirmation ou de baptême. Un objet donné lors d'une « mission », ou un certificat prouvant qu'on y a assisté, qu'on l'a « gagnée ». Ce qu'il y a de plus beau dans la maison d'Apollonie, c'est une image d'Épinal dans un vrai cadre de bois. Elle représente sainte Germaine de Pibrac. Tous les détails en sont précis. Elle peut à partir d'eux raconter l'histoire à ses enfants. Les croûtons de pain changés en roses s'échappent du tablier de la sainte. Sur l'image la méchante mairastre porte une robe verte et un foulard rouge vif. Son visage est gris de colère, elle a comme une barbe sous la peau et comme elle semble dure ! Germaine au contraire porte une robe claire, son visage, comme ses petits pieds nus, est pâle et rose. La mairastre porte des souliers, elle, et des chaussettes qui font paraître plus nus les pieds nus de la sainte. Sous son bras, Germaine serre la quenouille des bergères et de la main droite elle donne un quignon au pauvre agenouillé. Derrière elle on voit les agneaux blancs. La mairastre a un visage de haine, le poing serré sur un bâton, elle s'apprête à cogner. Un homme essaie de retenir son bras. La scène se passe aux portes d'un village, à un croisement de chemin où il y a une croix des Rogations et une fontaine qui coule dans un *nauc* de pierre, presque comme ici où toutefois les bassins sont de bois. Des collines à l'horizon. Un ciel blanc et bleu. L'homme qui retient le bras de la mairastre a un visage honteux et douloureux. C'est sûrement le père de la sainte, car ils sont toujours représentés très faibles et coupables de l'être dans les histoires, les contes, les chants, ces hommes remariés. Ils se taisent et laissent lâchement agir la méchanceté de la seconde épouse contre leurs enfants, ils acceptent les injustices. Pourquoi ? Sinon parce que les femmes imposent et commandent et qu'ils ne peuvent pas, ne savent pas, n'osent pas s'opposer à leur farouche volonté. Certes, ils ne sont pas heureux, le visage de l'homme le prouve, mais ils laissent faire. Ils ne se réveillent et ne vident leur sac que si les circonstances tout d'un coup affaiblissent la femme. Alors, ils éclatent avec violence et lâcheté. Le tablier de la sainte laisse échapper des roses sur le chemin caillouteux, les croûtons de pain qu'elle donnait aux pauvres ont été transformés en fleurs, elles tombent dans la poussière et les herbes folles. Dans ce pays où circulent de terribles histoires de mairastres, on se reconnaît dans cette légende dorée. Du pairastre on parle peu. Que pouvait-il, lui, contre les enfants de la femme ? Les enfants sont à elle, c'est elle qui vit la promiscuité quotidienne, c'est elle qui tient la nourriture, sert à table. Il n'y a pas de çlef, il n'y a même pas de clef à la porte d'entrée, mais les réserves sont dans sa main et elle ne la desserre que si elle le veut. Tout le jour elle peut favoriser les enfants de son lit quand l'homme est dans les champs, dans la grange, dans l'étable ou sous le hangar à travailler le bois, et brimer les enfants de l'homme, qu'elle n'aime pas, puis être hypocrite, faire justice, faire bonne figure pendant le peu de temps où l'homme est présent.

Il y a aussi, punaisées dans les bois des cloisons de l'escalier, coincées dans les rainures des buffets, ou posées dans des cadres, sur ce buffet, des photos. Leur place, leur présentation change suivant leur importance. La photo d'une noce, la photo d'un soldat mort sont le plus souvent encadrées et placées sur le buffet, le bord orné parfois d'un crêpe noir. Le service militaire était une occasion pour les hommes de faire tirer une photo à Rodez ou Béziers. Dans des circonstances un peu exceptionnelles, on prenait la peine de descendre à la ville et de faire cette dépense. On le fit à Corbières quand le frère puis sa sœur Joséphine partirent pour Pigüe, pour cette Amérique plus lointaine que la lune. On savait qu'on ne les reverrait peut-être pas. Au moment de partir à la guerre en 1914, certains firent faire une photo de famille, mais pas ici, c'était trop coûteux. La ville était loin. En plus du prix du photographe, il fallait payer le voyage.

Le visage d'Henri est donc confié à la mémoire d'Apollonie et déjà sa mémoire lui fait défaut. Lorsqu'elle se regarde dans une glace, par hasard à Saint-Geniez, elle commence à le trouver tellement jeune cet époux, comparé à elle, comparé aux hommes qui sont revenus et avaient souffert, dont le visage reste marqué. La guerre était passée sur eux tous. Henri, elle le revoit encore, petit garçon, allant avec elle à l'école jusqu'à Saint-Martin, courant sur le chemin avec le panier du casse-croûte. Elle le revoit jeune homme, rieur, aimant la blague, les veillées avec une assemblée nombreuse. Elle se souvient avec un malaise terrible de sa dernière permission, la permission de quatre jours accordée pour la naissance de son fils. Elle n'a pas été très attentive à lui. Il n'allait jamais qu'à Rodez. Très longtemps après sa mort on a rapporté à Apollonie que quelqu'un l'avait rencontré sur le chemin de Verlac, tandis qu'il repartait, il pleurait. Il s'était confié : « Je ne reverrai pas ce petit… » Tout le monde est d'accord là-dessus, quand un soldat disait : je ne reviendrai pas, il ne revenait pas en effet. Pressentiment ou perte de l'énergie vitale ? La mort ne le manquait pas. Elle ne peut pas exactement se souvenir de ce qu'elle a dit et fait pendant ces jours à l'égard de son mari. Elle était trop occupée par sa mère, sa belle-mère, cet enfant à nourrir, ces fillettes, ses responsabilités, sa plénitude et sa fatigue de femme. Il n'y a pas de photo d'Henri. Seulement sa mémoire à elle reste et peut-être celle de Julia, les autres sont trop petits. Alors elle l'interroge : « Tu te souviens, Julia, des petits bœufs que Papa te taillait ? Des chars en branchage que tu tirais dans l'herbe ? Des petites gerbes de chatons dont il les garnissait ? » Mais la vie doit marcher et on ne peut sans cesse attrister les enfants.

Sur les murs, ou le buffet, certains ont des photos de filles parties se placer à la ville, souvent à Paris. Une des premières choses qu'elles faisaient était de « se faire prendre en photo » un jour, habillées du dimanche. Et quand leurs parents venaient les voir, ou leurs frères et leurs sœurs, elles avaient soin de leur offrir ce cadeau. D'autres fois, c'est la photo d'une religieuse.

Ce volume de la cuisine est donc très plein, d'objets c'est sûr, mais de toute l'épaisseur temporelle qu'ils représentent. Si plein qu'il soit, il est encore le lieu où tout le monde se rassemble pour les repas et les temps qui restent entre le repas du soir et le coucher. Les odeurs s'y mélangent cuisine, fumée, repassage, fruits qui cuisent, soupe, pain frais, saumure, charcuterie, sueur des hommes, odeur de lait toujours un peu aigre, velours trempés, odeurs des bêtes, des vaches, des lapins, des poules, des chiens. Lorsqu'on veut y faire une chose particulière, préparer le porc, repasser, pétrir le pain, on fait place au milieu en poussant la table. On la remet en place quand le travail est achevé.

Tout se fait là. On ne s'isole pas, sauf dans sa tête ou dans un coin. On est toujours, malgré tout, sous le regard de quelqu'un. Il est rare que l'on soit seul dans cette pièce, à part la femme, et encore assez peu, et encore quand elle ne partage pas son pouvoir avec une vieille reine ou une fille aînée. Elle peut être seule dans la cuisine, « sa » cuisine comme elle dit. Que fait-elle alors ? Sa toilette intime. Des savonnages personnels. Elle fait des comptes. Note des choses sur un agenda, le prix d'une denrée, l'éclosion des poulets, une recette, le contenu d'un colis envoyé au cousin de Paris, au fils au régiment, à la sœur d'Amérique. Ces agendas, elle les garde et les surcharge, d'année en année, de renseignements domestiques, d'indications concernant le jardin, de tâches à y faire à la lune montante ou descendante, du nom d'une graine dont on a admiré les fruits, chez la voisine ou à la foire, d'une remarque sur le temps.

Quand elle est seule, elle compte aussi l'argent vénérable. Apollonie garde en une petite liasse tous les talons des échéances de sa pension. Elle calcule ce qu'elle peut faire de son argent. Elle ouvre l'armoire, fait l'inventaire du linge, c'est une richesse presque aussi grande que les « sous », ou du moins proportionnelle aux « sous », range, classe les papiers de famille qui se limitent à peu de chose : livret militaire, livret de famille, papier de communion solennelle, quelques photos trop fragiles ou trop précieuses pour être exposées sans cadre, des lettres, des lettres de deuil, des médailles de guerre, des médailles de travail, des titres de propriété, un contrat de mariage, des « bons », des images de deuil : on a coutume ici, après un décès, de faire tirer une image où, au-dessous d'un visage tout flou, on lit quelque citation de l'Évangile, un rappel des qualités du mort. Ce sont des espèces de mémentos. Beaucoup de congrégations religieuses ont l'habitude de faire imprimer ces images et comme tout le monde a quelqu'un de sa famille dans les ordres, religieux, religieuse ou prêtre, on peut dire que toutes les armoires contiennent une ou plusieurs de ces images, quelques images aussi de première communion. Tous ces papiers ne remplissent même pas un demi-tiroir.

Le moment que passe la femme assise, ainsi, un porte-plume à la main, à manier des papiers, dans l'habituel silence de la cuisine, meublé des bruits du feu et de la pendule, est un moment bref toujours et privilégié. On peut dire que les hommes ne connaissent pas de tels instants. Seuls les vieux très vieux, quand l'âge les contraint, restent près du feu, mais ils disent eux-mêmes que c'est lorsqu'ils ne valent plus rien, qu'ils ne peuvent plus du tout s'occuper dehors. De toute leur enfance, les enfants ne connaissent pas l'isolement dans la maison. La cuisine est le lieu de la famille, et des regards de tout âge jetés sur eux. Ils font leurs devoirs et apprennent leurs leçons sur un coin de la table protégée par un papier journal, dans le cercle familial. Les femmes tricotent, cuisinent, on parle, un bébé pleure, les bêtes s'agitent. On peut dire que la vie grouille, mais n'aime-t-on pas cette promiscuité ? L'homme au champ est seul pour le labour, les semailles, il est seul derrière ses bêtes. L'enfant aussi. Il hèle bien le petit voisin dans le travers en face, joue un peu avec lui, mais il est souvent isolé et lorsqu'il est placé l'été, comme Apollonie à sa lessive, il se passe des jours entiers sans qu'on lui adresse la parole. Seuls quelques travaux réunissent des groupes qui chantent et manifestent ainsi la joie d'une assemblée. On n'a que faire, en fait, de chambres individuelles, de salles à manger, comme on n'a que faire d'un espace domestique immense, d'immenses fenêtres où se pencher, ce sont de lointains privilèges de riches dont on ne voit pas la nécessité. À Corbières, toutes les maisons se ressemblent, avec de toutes petites différences : un peu plus grand, mieux exposé, gentiment arrangé, avec un meuble enviable, original, un bel objet que les autres admirent, un buffet plus beau, un buffet bas supplémentaire, une pendule dont le bois est plus joli, le cadran plus riche.

C'est tout. Certaines maisons ont une souillarde, d'autres pas. La souillarde est une petite pièce isolée ou un simple recoin, séparé par un rideau. On y met l'eau, les seaux bien sûr, car dans ce pays de mille sources, ruisseaux et ruisselets, il y a de l'eau partout sauf dans la maison, sauf sur l'évier de pierre, à la fontaine d'émail qui ne sert qu'à de petits lavements de mains pour lesquels seul un filet d'eau est nécessaire. Dans la souillarde on fait la vaisselle, on range le matériel du fromage, le caillé s'y égoutte, certains aliments y attendent car il y fait frais, un fenestrou grillagé l'aère et donne une lumière verte et grise de citerne. La souillarde, fermée ou non, permet d'avoir une cuisine plus récatée[1].

---

1. Recatar *[récata] : ranger. On dit en français d'une femme qu'elle est, ou non, « récatée », c'est-à-dire ordonnée.*

Ce qu'on appelle « chambres », et où montent le soir ceux qui ne dorment pas dans la cuisine, est en réalité un grenier. On y dort sous les oignons pendus, les tresses d'ail, les raisins qui attendent Noël, l'arche contenant le grain, les poires posées sur la paille, les paniers pleins de pommes, l'armoire à linge. À Corbières, une moitié du grenier est la réserve de fourrage. Elle se trouve juste derrière un mur de bois qui descend tout droit de la poutre faîtière et dont les planches laissent passer les brindilles et l'odeur du foin : au plus gros de l'hiver, elle se partage le sommeil des gens avec les autres odeurs des fruits et des réserves séchées, tisanes, champignons, légumes secs. On y est protégé du froid d'un côté par le mur maître, de l'autre par un mur de fourrage de plusieurs mètres d'épaisseur, au-dessus par les lauses du toit et en dessous par la cuisine où toute la nuit le feu attend dans les cendres. On l'a recouvert la veille au soir après la prière. Inutile de le laisser brûler la nuit, chacun est dans sa chaleur, souvent les gens sont deux dans un lit (deux frères, deux sœurs, un vieux et un enfant) et les lits sont équipés : matelas de laine, couvertures de piqué, avec de la laine entre les indiennes, édredons de duvet d'oie ou de canard, le plus fin, le plus léger. Il s'ajoute aux odeurs, quand on est couché, celle de la laine brute qui, bien lavée pourtant aux cendres, rincée dans l'eau des ruisseaux vifs et séchée au soleil, garde une douce et forte odeur de suint. Il flotte toujours aussi, un peu partout, l'odeur des vaches et des brebis. C'est dans le lit que l'on est le plus au chaud. On y fait rester les enfants et les vieux jusqu'au moment où le feu, le lendemain, sera ranimé dans la cheminée. C'est la femme qui s'en charge. Avec courage, elle saute dans ses habits, froids eux aussi (sauf les bas qu'elle a glissés sous l'édredon pour qu'ils se gardent tièdes). Elle s'arrache à la chaleur du lit. La maison est glacée, les vitres sont givrées et les seaux sur la pierre d'évier ont une pellicule de glace, l'hiver, bien sûr, car à la bonne saison se lever pour allumer le feu ne représente pas le même effort. Souvent, en tant que maîtresse, elle dort dans le grand lit de la cuisine. C'est le cas d'Apollonie. Dans le petit lit, près d'elle, dort Henri. Si elle voit les yeux de l'enfant ouverts, elle lui dit de se rendormir. Peut-être le fait-il. Peut-être regarde-t-il quand même le noir, en attendant de voir s'éclaircir la pièce à la lueur du feu, en attendant d'entendre le bruit du petit bois qui craque en brûlant, en attendant que vienne à ses narines l'odeur de la flambée. Peut-être respire-t-il la première bouffée d'air du dehors, quand sa mère ouvre la porte pour savoir le temps et le ciel du jour.

C'est un privilège des enfants de venir s'habiller devant les flammes, de présenter leurs vêtements à l'air chaud avant de les mettre. Les vieux viendront plus tard encore, surtout les très vieux. Certains ne se lèvent qu'au moment du repas de midi, tricotent dans le lit, disent le chapelet, autant de choses utiles. Ils évitent ainsi au maximum le froid qui plie tous les hivers tant de gens âgés et aussi des gens qu'on croyait solides. L'hiver est terrible, avec ce froid de glace qui saisit les gens en sueur, les hommes, surtout, plus exposés par leur travail, plus exposés par la boisson à ce gel brutal qui tombe sur leurs poumons. Les maladies les plus fréquentes sont celles qui viennent du froid : rhumes, bronchites, point de côté, sanglacement, congestion, pleurésie, pneumonie. On a pour elles une foule de remèdes, de la tisane sucrée au miel aux ventouses, aux cataplasmes, aux vigoureuses frictions du torse, jusqu'à la tisane de peau de vipère. Mais parfois le mal est trop grave, on meurt malgré les remèdes et malgré le médecin, malgré même l'hôpital. On appelle cela « partir de la poitrine ».

Le premier feu fut sans doute une folie d'homme, le feu libre, l'incendie n'est-il pas le pire des fléaux ? Le second ne pouvait durer que de la patience des femmes. Elles sont les allumeuses du second feu et il leur fallut plier cette folie à l'usage quotidien, faire du spasme, de l'ivresse, une durée, comme elles le font de la semence de l'homme, apprendre à le serrer, à le nourrir parcimonieusement mais suffisamment pour qu'il ne meure pas, comme elles nourrissent les hommes, sachant que, de même qu'il existe les fêtes de l'estomac et de la bouche, il existe les fêtes du feu : à la naissance des hommes, à la mort du porc, à l'arrivée du visiteur, au moment où se lèvent les faibles, les malades, au moment où l'on veille les morts, au moment où, entre vivants, on veille dans la nuit d'hiver.

Le premier geste de la femme est donc de ranimer le feu, hiver comme été. C'est un geste ancestral, c'est une réponse au lever du soleil dehors, c'est le levant du monde intérieur, ce feu vivant qui dissipe les ténèbres et réchauffe le corps. Le feu, la bougie et la lampe sont des images de l'homme, ils répondent donc à la fois à l'univers du dehors et à la chaleur animale de l'être, à son corps, à sa chair qui se refroidit avec l'âge et meurt comme s'éteint le feu, à cette force de vie en lui, épuisable, qui s'amenuise avec le temps. La flamme, c'est aussi l'esprit, l'intelligence qui brille un peu, vacille et s'éteint.

La femme écarte les cendres, réveille la braise vive et met le petit bois qui allumera les *ascles*[1]. Le cycle du jour est commencé, lié au bois qu'on a coupé et qu'on coupera demain, à une réserve qu'il s'agit de ménager elle aussi. Il est rare qu'on ait besoin le matin du briquet ou des allumettes, et avant même qu'on ait recours à eux, il reste la solution, surtout en été, d'aller chez la voisine avec le vieux sabot dépareillé qu'on réserve sous la plaque du feu, dans cette minuscule gloriette où l'on met des ascles mais où l'on trouve souvent les chats et même les chiens. On peut aussi aller chercher la braise vive dans la petite toupine dont l'émail est écaillé. C'est l'occasion de parler un peu avec la Foita, la plus proche voisine, du temps qu'il fait, qu'il fera aujourd'hui, s'il convient ou non.

Chaque fois qu'un objet est utilisé dans ce volume de la maison, il est remis en place après usage. Dans cet espace plein, étroit comme un vêtement, où il n'y a pas de vide, pas de coin sans rien, pas d'air en trop, on peut vivre nombreux, on vit bien, à la seule condition toutefois qu'il y ait un ordre scrupuleux, partout, sur le dessus de la cheminée comme dans l'armoire, le buffet et le placard. Chaque objet a son espace mesuré et bien précis. Que la maîtresse de ce volume ne soit pas « rangée »,

1. Asclas *[asclos] : bûches refendues.*

récatée, qu'un seul objet quelque part soit déplacé et l'ordre entier est rompu. La femme se fait un honneur d'avoir une maison en ordre. Elle sait que les autres, les voisines, la belle-mère, ou le facteur, mais surtout les femmes et même les petites filles que Julia et Rose amènent, ont sur son ordre domestique un regard aussi sévère qu'elle, lorsque sans avoir l'air de rien elle est chez la voisine, chez toute autre femme. Ses filles lui rapportent ce qu'elles ont vu ailleurs, d'imparfait le plus souvent, déjà terriblement critiques, et devenues habiles à critiquer parce que leur mère les interroge et qu'elles ont eu vite compris. Elles seront plus tard des observatrices redoutables des autres intérieurs. Apollonie sait que les renseignements circulent sur les qualités d'ordre, et qu'il convient pour sa réputation de ne pas leur donner prise.

Comme tout l'espace de la maison tient dans la cuisine essentiellement, cave et chambre ont moins l'occasion d'être dérangées, elle a tout sous les yeux, à tout moment, et sait immédiatement si l'homme ou l'enfant ont mal replacé un quelconque objet. Elle connaît si bien son domaine que même par l'oreille elle sait, penchée vers le feu, si dans son dos l'enfant tripote un panier ou ouvre un placard, si l'homme cherche quelque chose, à sa manière désordonnée, nerveuse, dès qu'il ne trouve pas tout de suite. Elle intervient alors, « qu'est-ce que tu veux ? » et elle dit sans même se retourner où est l'objet « derrière la pile d'assiettes », « à côté des torchons », « contre le pot de farine », où il n'y a pas de farine car les pots de cheminée ne contiennent jamais ce qui est écrit dessus. Quel fabricant les fabrique toujours mal adaptés à leur destination ? « Sel » : on achète ici le sel par grands sacs de vingt-cinq kilos. On a de gros besoins avec le salage du porc. Les grands sacs restent à la cave, dans une caisse en planche, où on en prend pour les besoins domestiques dans une boîte que l'on garde au sec dans un minuscule placard à droite de la cheminée. Lorsqu'on a vraiment besoin de sel fin on écrase du gros sel avec une bouteille qu'on roule, comme on le fait pour le sucre. Ainsi dans le pot de sel on met souvent des feuilles de laurier, un bâton de vanille. « Farine », dit l'autre pot, mais la farine, elle est dans des sacs de cinquante kilos au grenier, seigle d'une part, froment de l'autre, lorsqu'on en a besoin pour le pain on monte la chercher dans des paillassous dont l'intérieur est doublé de toile, une vraie doublure, comme pour un vêtement, cousue au bord dans la paille des boudins, à larges points de ficelle fine. C'est le même paillassou qui sert à mettre la pâte à pain : un plein paillassou : une grosse miche. Tous les paillassous sont placés sous une couverture et la pâte y lève, avant d'être enfournée. Pour cuisiner, pour faire ce roux qui est à la base de toute la cuisine, on a de la farine dans une boîte en fer, dans le buffet, à portée de la main. Pour une pascade ou un *farç* on puise dans la boîte et on la remplit régulièrement aux sacs du grenier. Alors dans le pot de farine, bien au sec, à l'abri des rongeurs, on trouve des sachets de graines pour le jardin. Le poivre aussi on l'achète par livre. Il sert aux saucissons, à la saucisse. C'est bien pour les gens de la ville qui en mettent par pincées dans la salade ou la sauce d'avoir ce pot minuscule, le plus petit de la série. Dans le pot « poivre » on met alors des écorces d'oranges pour le vin chaud, des clous de girofles pour le bouilli ou la daube.

Mais la femme sait ce qu'il y a dans chaque pot, dans chaque boîte en dépit de ce qui est écrit. Elle n'a pas besoin d'une étiquette. Tout est dans sa tête. Lorsque la grand-mère d'Henri est morte, la grand-mère Cayzac, elle est morte comme une souveraine, donnant des ordres du fond de son lit, disant où était tel vêtement qu'il faudrait lui mettre. Et au bruit seulement elle guidait les recherches. Elle disait où on allait trouver ce qu'elle voulait. Elle ajoutait qu'il faudrait donner tels draps, telle nappe, à telle de ses filles. Il faudrait donner le crucifix noir, celui où le bon Dieu était en argent, à sa cousine germaine, sœur Marie-Gonzague. Elle connaissait la place de chaque objet et elle est morte dans son monde en ordre en regardant la mort en face. Des femmes malades, mourant lentement de tuberculose, arrivaient à diriger la maison de leur lit, donnant des ordres à leurs petites filles, appelant même près d'elles les enfants pour leur donner une correction alors que le père, valide, était obligé parfois de courir, de les poursuivre avec la *broca*[1] ou la ceinture. La femme sait son univers par cœur, elle l'a dans la tête, dans l'œil, elle est capable de savoir si quelqu'un a touché à ses réserves, si peu que ce soit. Elle est vigilante et sévère. C'est elle qui distribue, partage. Les enfants ne se permettraient pas d'aller puiser dans la réserve de chocolat, de biscuits, ou dans le sucre. D'autant plus qu'il est rationné, qu'on ne peut en avoir qu'avec des tickets et qu'il est très cher. On parle de le remettre en vente libre bientôt, dès le mois prochain, mais diminuera-t-il ? Pour épargner un peu, on achète des pains en forme d'obus enroulés d'un papier bleu qui ressemble à celui dont on recouvre les livres et on casse avec un marteau des morceaux irréguliers d'un sucre qui brille comme du givre.

---

1. Broca *: petite branche.*

Presque toutes les femmes sont ainsi, et c'est ainsi que l'on enseigne les fillettes, pas les petits garçons. Déjà, Henri ne range pas ses vêtements le soir sur la chaise, avec cette minutie qui fait mettre les bas talon contre talon, pointe contre pointe, pliés comme dans l'armoire, le tablier sur le dossier de la chaise, les souliers côte à côte. Ce sont ses sœurs qui plient ses habits au pied de son lit et cirent ses chaussures. On a pour lui l'indulgence et la compassion qu'on aura pour l'homme demain. Julia et Rose cousent ses boutons, font les reprises de ses habits, nettoient une tache, s'amusent à l'amuser. Il se laisse faire. Il met déjà de l'ostentation à refuser de ranger, les mains au fond de ses poches, bien planté dans ses sabots comme s'il était fier d'être débraillé, le bâton sous le bras. Apollonie, il faut le dire, est moins sévère avec lui qu'avec les fillettes. C'est vrai qu'il est petit et souvent encore quand il se serre près de ses jambes, quand il s'endort, la tête sur les genoux de ses sœurs, quand il est dans son lit le matin à moitié endormi, quand il mange comme en cet instant sa tartine avec ses petites dents de lait – Rose a un grand trou sur le devant du sourire et Julia a ses dents d'adulte, de larges dents carrées qui paraissent encore trop grandes pour son visage – il est encore ce bébé qu'elle possède. Pour elle, le dernier. C'est vrai, et elle le répète pour se justifier, il avait vingt-quatre jours quand son père est mort. Mais c'est surtout vrai qu'il est un mâle.

Elle se sent toute une fierté d'avoir ce fils dans sa maison, de l'avoir fait.

Pourtant les fillettes sont raisonnables comme on dit, actives et vaillantes. Tout ce qui dans cette pièce est joli, car il ne suffit pas tout à fait qu'une maison soit rangée, il la faut encore bien arrangée, tout ce qui est en plus est le travail de Julia. Ce verre en bout de table, juste à l'endroit où tombe la lumière du fenestrou, le petit bouquet des champs qui y trempe : bleuets et herbes légères, céréales sauvages, mûres en cette fin d'août – la lumière du jour traverse l'eau claire, on voit les tiges tendres et verdelettes des fleurs – ce bouquet bleu et blond, c'est Julia. Cette frise de toile avec ses dessins colorés, qui tremble aux mouvements de l'air, à l'ouverture de la porte, avec son feston rouge et la succession du moulin à café, de la cafetière, d'un vase de fleurs, et ça recommence, brodés au point de tige, c'est encore Julia. C'est elle qui dit : « Maman, il nous faut nettoyer le fusil de Papa. » Et elle le nettoie, qu'il soit bien brillant et sans poussière. Elle décide sa mère, un jour de pluie, à faire les cuivres, et elle se réjouit : vois comme elle est jolie la lampe Pigeon, et le chaudron de la confiture, en cuivre rose, les fillettes l'aiment bien.

Toute seule maintenant, Julia porte la soupe au coupeur d'herbe en juin, aux moissonneurs en août. Elle participe aussi à la traite. On peut lui confier un meuble à cirer, un balayage, une vaisselle. Derrière elle, toute pareille, plus petite seulement, suit Rose qui imite la grande et ne veut pas être en reste de compliments. Les soirs de juillet et d'août, quand le soleil a plongé derrière Prades-d'Aubrac, en attendant qu'on se rassemble dans la maison pour le repas du soir, les jours sont longs, on ne mange pas avant 7 heures au soleil, elles prennent un ouvrage ou un légume à éplucher et vont s'installer sur le seuil de la maison de la Foita. La maison est juste au-dessus des jardins en étagères et la vue est immense sur le ravin d'Aubignac, le puech de la Courtine, et le puech Le Franc. Il monte vers les fillettes des couleurs vertes et roses, des odeurs de sang d'herbe. La pierre du seuil est arrondie comme une tuile géante. Elle est si bien exposée qu'elle garde longtemps la chaleur du soleil. Du jeu serré des chemins viennent des bruits de voix, des bruits de chars qui rentrent, des sonnailles de troupeaux, l'appel d'une femme qui donne aux poules, des grognements de porcs, des voix dans les châtaigneraies. Elles sont sages et belles ces fillettes noir et blanc dans leurs tabliers (noirs le cheveu et l'œil de lièvre, blanche la peau), parlant avec la voisine comme des *fennettes*[1], surveillant le petit frère, pensant à la soupe qui est sur le feu. Elles aiment bien cet endroit, gracieux, abrité, cette pierre pleine de paillettes brillantes.

« C'est de l'or, dit Rose, c'est de l'argent.

– Non, dit Julia plus savante, c'est du mica, mais il y a de l'or dans le ruisseau d'Aurèle.

– Ce fut, dit la Foita, une pierre de cheminée placée là lorsqu'on a mis une plaque de fer derrière le feu. C'est une pierre solide qui n'éclate pas à la chaleur, qui a durci de se cuire et de se recuire au feu domestique. »

D'autres maisons ont ainsi sur le seuil une meule de grès pâle, presque rose, récupérée dans un moulin. Le seuil est toujours marqué d'une pierre particulière par sa couleur, sa forme. C'est pour les seuils qu'on a déménagé les larges dalles des dolmens. On ne savait pas très bien ce qu'étaient ces tables en rase campagne, à la face du ciel ; mais on leur attribuait une fonction magique puisqu'on les appelait les « maisons des fées », *los ostalous de las fadas*. On avait donc bien vu qu'il s'agissait d'espèces de maisonnettes : c'étaient celles des morts qui ne sont pas si

1. Femnetas *[fénnéttos] : petites femmes. C'est un mot très utilisé en occitan francisé. On en désigne les petites filles s'appliquant avec sérieux aux travaux des femmes.*

loin des fées. Dolmen, pierre meulière, pierre de feu : celle qui marque le seuil est un élément féminin. Le dolmen c'est le retour au ventre de la terre : on a trois habitations successives, l'utérus, la maison, la terre. La femme est la meule où se transforme l'ingrédient pour devenir nourriture, la meule dure où s'affine et se meurtrit l'homme insatisfait. Elle est aussi ce feu dont elle est la fidèle gardienne et qu'elle sait doser pour le domestiquer, le rendre apte à toute cuisson, vive ou douce. Le seuil est un passage. On y gratte ses semelles, on y racle les sabots pour en faire tomber la terre. Pour ne pas salir, dit-on, croit-on. Au besoin on les abandonne. Il s'agit en fait d'un temps d'arrêt, comme dans le tambour des églises, ou sous le porche, avant de pénétrer dans le sanctuaire, dans ce qui est le nid, le port si doux, dans la mer des crêtes et des combes, la soupe et le pain, dans ce qui est ventre chaud de femme où règne la femme.

Le seuil sépare deux mondes, celui des hommes de celui des femmes, le monde infini et le monde fini, semble-t-il, du dedans, plein comme l'éternité.

IV

Le monde et l'univers

29 mai 1941

DES MAINS TENDRES ET SAVANTES vinrent me chercher, tout gluant que j'étais entre les cuisses de ma mère, sous la chemise humide de sueur et tachée du sang de la lignée. Sous la chemise, car je suis d'un pays de pudeur où on dévoile le moins possible la nudité des femmes, même dans cette circonstance légitime qu'est l'accouchement. Ma grand-mère Apollonie était là bien sûr, près de sa fille Julia. Près du lit de noyer, il y avait aussi Rose, la sœur de ma mère. Le tablier « de devant » que Rose portait pour protéger sa robe la serrait étroitement, faisait ressortir son ventre de sept mois sur lequel elle posait les mains.

Les différences entre ma naissance et celle de ma mère sont minimes, à première vue presque imperceptibles : dans le même lit de la même maison. Au lieu de la sage-femme, c'est le docteur qui est présent. Au lieu de la lampe à pétrole, sous un abat-jour d'émail bleu sombre une ampoule électrique éclaire un jour déclinant. Il est 20 heures. Ma mère était née à 7 heures du matin. Pour nos deux naissances, comme la lumière du jour ne suffisait pas, on avait ajouté la lampe. Est-elle tellement plus lumineuse cette ampoule électrique, faible, obscurcie encore de poussière et de minuscules insectes brûlés, que la grosse lampe à pétrole à bec soleil qui pendait encore au plafond ? Ou que la lampe à carbure ?

Lorsqu'on a mis l'électricité à Corbières en 1937, on s'est contenté des ampoules les plus faibles que l'on pouvait trouver, parce que c'était cher et qu'on trouvait que ce compteur tournait vite. Mais en plus de cela, on est méfiant vis-à-vis de l'électricité. On n'a pas confiance en elle. On pense qu'elle attire la foudre. Il y en a qui prétendent que depuis qu'elle est installée, chez eux, ou seulement sur le mur voisin, certaines choses ne tournent plus rond dans le comportement des vaches, la ponte des poules, dans les douleurs qui traversent le corps, dans l'énervement qui saisit l'individu, dans l'abattement qui l'assied, jambes coupées, sur une chaise au milieu du jour.

Bien sûr ce fut tentant cette facilité, cette absence de manipulations, de carburant, mais cette électricité venue d'ailleurs, presque magique, manque parfois et on n'y peut rien. On n'a sur elle aucun pouvoir. Elle est un élément incontrôlable, plus incontrôlable que le tarissement des fontaines les années de grande sécheresse. Celle du Pouget souvent ne coule plus en août. Le Terron, c'est très rare. Mais, avec l'eau, on voit arriver la pénurie, on voit faiblir le débit, on se rend compte qu'il faut rester longuement avec le seau sous un jet de jour en jour plus menu. La lumière électrique, elle, part brusquement. Si bien qu'on garde là, à portée de la main, une lampe à pétrole prête à servir. C'est la première fois qu'une source d'énergie peut ainsi vous abandonner sans que vous sachiez pourquoi. Jusqu'ici avec le feu et les lampes on savait ce qu'il convenait de faire pour entretenir et ranimer. Maintenant, dans la maison même, il faut tenir compte d'une chose étrangère, imprévisible comme le vent et la pluie. Plus imprévisible même puisque pour l'eau du ciel et les mouvements des nuages, la quantité de soleil ou de froid, on avait multiplié la lecture des signes et transmis les indications. Et encore tout cela était dehors ! La maison, elle, échappait par ses réserves prévoyantes à l'incontrôlable des éléments, elle était l'inverse du monde, l'abri, le feu, la fraîcheur, la nourriture. Elle rassemblait tout ce que, depuis des millénaires, l'homme avait pu trouver pour se garder des terribles forces de la terre et du ciel. Et voilà qu'avec l'électricité, l'éclair du tonnerre lui-même était entré dans la vie des femmes. Certes, tout ce qu'il faut savoir sur les fusibles et l'ampoule, sur le circuit de ce fluide sorcier qui murmure dans les poteaux avec un bruit d'essaim, l'homme le sait. Du moins il en sait le maximum, il ne va pas se livrer en aveugle à l'inconnu. Il a essayé de comprendre ; ses doigts habiles aux gestes utiles ont vite su, il a procédé de même avec les moteurs pour en être le moins possible tributaire. Toutefois il est devenu dépendant, car si agile qu'il soit de sa main et de son intelligence, il arrive un moment où les choses échappent à son pouvoir. En entrant dans la maison, l'électricité lui a enlevé son autonomie. Toutefois la lampe à pétrole est là, prête à servir. Son verre, « plié » dans du papier de soie est dans un des tiroirs de l'armoire. Il suffit de retrouver, d'un geste simple, le chemin du pétrole et le jeu de la vis.

L'ampoule électrique sous son petit rond d'émail éclairait ma naissance, plus tard on mit un verre opalescent orné d'un feston transparent. Comme pour la naissance de Julia, ma mère, le feu brûlait, un beau feu clair de fagots fait pour donner plus de lumière et plus de chaleur, un feu généreux, où pour une fois on avait fait large mesure de bois, ce qui est l'exception dans toutes nos cheminées où l'on rapproche lentement deux ou trois bûches pour faire juste ce qu'il faut de flamme. Mais où on sait, quand il le faut, rompre le strict mot d'ordre de l'économie.

Le changement le plus important peut-être intervenu en trente ans dans cette pièce, c'est, à gauche de la cheminée, la présence de la cuisinière de fonte, avec son devant émaillé. Le tuyau fait un coude pour s'évacuer par le grand conduit. La cuisinière a changé la vie des femmes. Elle n'est pas à la place du feu, mais en plus, à côté. Elle est une part du feu tout à fait domestiquée, d'accès plus commode. On n'a pas à se pencher au-dessus dangereusement. On a moins chaud l'été en s'en approchant pour cuisiner. Les aliments y sont à l'abri des cendres et on peut doser la chaleur. Toute l'énergie du foyer semblait s'en aller vers le toit par le très large conduit. Avec la cuisinière, elle reste au centre de la pièce et depuis son arrivée il fait meilleur dans les cuisines.

C'est un feu parfaitement tenu en laisse et mesuré. Pour avoir plus de chaleur, on met directement la casserole sur la flamme en enlevant plus ou moins de ces ronds qui s'emboîtent, suivant la dimension du récipient. Les femmes sont vite devenues très habiles pour les manier, tout brûlants, parfois chauffés au rouge, avec la pointe du tisonnier. Cet outil nouveau, très simple, est devenu utile à plein de petites choses, comme faire un trou dans le bois, aérer la braise, décorer un bâton, faire fuir le chien ou le chat et même dit-on, parfois battre l'homme ivre ou indocile. Si l'on veut une chaleur douce, on pose une casserole à l'extrême bord du dessus. Le four, petit et commode, est aussi efficace que le four à pain et tellement plus facile à allumer. Comme c'est simple maintenant de faire un gratin ! Et il est toujours à point car on peut surveiller sa cuisson en entrouvrant rapidement la porte pour glisser un œil. Autrefois, on faisait bien des gratins et même des pâtisseries, dit mémé Auguy, et « on n'avait pas tout ça ». Il fallait à la femme encore plus d'agilité et de coup d'œil. Nous étions « pénibles » dit mémé Auguy, dures à la peine, supportant facilement les efforts. Elle avait tendance à croire que maintenant les choses se faisaient toutes seules. Et quand arrivait un gratin bien doré, elle ne manquait pas d'évoquer ceux qu'elle faisait, en posant une plaque de fer sur les braises, en recouvrant le petit four sur trépied de braises et de cendres. Là-dessous il était impossible de surveiller la cuisson du plat, de savoir si le *farç* était levé, assez gratiné mais pas trop. Il fallait un savoir subtil qui évaluait le temps et la quantité de chaleur, et aussi un odorat de chien.

La cuisinière présente au jour de ma naissance, depuis peu il est vrai – elle y vint en charrette à bœufs – fournit de l'eau chaude comme la grande pairole[1] accrochée à la crémaillère, mais quel plaisir on éprouve en tournant un petit robinet de cuivre au bas de la bouilloire. Il donne un filet d'eau qui coule en fumant et qu'on interrompt d'un geste. On n'a plus à puiser l'eau dans le chaudron avec une casserole, ce qui était dangereux. C'est comme à la fontaine d'émail pendue au mur où il y a une petite réserve d'eau froide pour se laver les mains. Un torchon blanc pend tout près. Dans ce pays où il faut porter l'eau durement dans des seaux de fer, en peinant depuis les sources, avoir un petit robinet où vient l'eau chaude, parfois bouillante, est un extraordinaire confort. On n'arrête pas de chanter les éloges de la cuisinière et de la multitude de services qu'elle rend. Très vite on a placé au-dessus d'elle une corde pour faire sécher le linge. C'est bien plus agréable que de le pendre sous le manteau de la cheminée où il noircit. Dans la porte du bas on range une poêle, un plat, c'est une sorte de petit placard supplémentaire bien utile dans cette pièce où il y a si peu de meubles, tous très pleins. La vaisselle est pourtant réduite,

---

1. Pairòla *[payrolo] : gros chaudron. L'augmentatif en occitan est souvent féminin. Le petit couteau c'est, au masculin,* lo cotelon, *le gros couteau à découper le jambon c'est* la cotèla, *au féminin. Le langage paraît porteur de cette réalité occitane : le pouvoir des femmes, que l'on appelait « le gouvernement ».*

mais il y en a trop encore pour peu de place et on a beau multiplier les étagères suspendues, on a beau utiliser le dessous des meubles, on est très content de cet espace supplémentaire. Dans le four de la cuisinière on entrepose les briques réfractaires qu'on emmaillotte le soir de vieux tissus un peu brûlés retenus par un cordon, ou qu'on glisse dans une vieille chaussette et qu'on prend au lit avec soi. C'était à cause du *monge*[1] que la bassinoire un jour n'avait plus servi et était devenue, en raison de son cuivre, un objet ornemental pendu au mur. C'est à cause de la brique que le monge sert de moins en moins sauf dans les cas où l'on a besoin d'un lit entièrement chaud, pour un malade par exemple. Sinon, pour le courant, on se contente de la brique, commode mais bien moins confortable. Il n'y a pas si longtemps, à la pension de Naves, le soir, on donnait à chaque élève avant de se coucher de gros cailloux de basalte qu'on avait mis à chauffer au feu. Les enfants qui dormaient là au cœur de l'hiver, au lieu de rentrer chez eux dans la neige, apportaient simplement un sac

1. Lo monge *[lou mounjé] : le moine. Deux cerceaux de bois tiennent le drap du dessus soulevé et un récipient contenant des braises est pendu entre les cerceaux. La braise répand une douce chaleur dans tous les coins du lit, alors que la brique laisse des coins glacés.*

pour y mettre la pierre. Le matin on démaillotte la brique et on la remet dans le four. Dans la journée, en hiver, si une femme veut coudre, près de la fenêtre, dans l'épaisseur du mur – elle y tient tout juste – elle sort une brique et pose ses pieds dessus, évitant ainsi le contact avec le sol froid et le ventelet qui se promène toujours au ras du sol. La brique a remplacé avantageusement la chaufferette, qui nécessitait la manipulation des braises, toujours dangereuse. La chaufferette, c'était une petite boîte métallique qui recevait les braises, elle-même enfermée dans une boîte de bois ajouré laissant passer la chaleur. Certaines étaient très jolies, faites par un homme capable, décorées de dessins exclusifs, spécialités des sculpteurs.

À chaque mouvement de ma mère on entendait un crissement de papier. Sous le drap du dessous, encore, comme pour sa propre naissance et pour économiser les toiles, on avait mis une bonne épaisseur de journaux, une toile à sac assouplie de vieillesse et le drap le plus usé. Les journaux, en trente ans, étaient entrés dans la vie des gens. Ils en faisaient un usage total : le lisaient d'abord et le commentaient, le « partageaient » souvent avec un voisin, enfin le gardaient pour servir à tout un tas de petits services. Celui qui consistait à protéger le matelas le jour de l'accouchement était un usage exceptionnel, mais il y en avait une foule d'autres. On n'avait pas encore pris l'habitude de s'en torcher, on le sentait comme trop rare, cela viendrait plus tard, quand les journaux seraient plus nombreux.

On entendait aussi le bruit de l'eau en train de bouillir. Il faisait un beau temps clair et froid encore, mais plein de grâces à cause de l'herbe nouvelle, des jardins retournés et replantés. Salades, carottes, poireaux, jeunes encore et vert pâle, de tous les tons de vert, garnissaient la terre sombre de petits plans espacés, parfaitement alignés. Les labours étaient terminés. Les pommes de terre plantées. Tout était prêt pour les grandes récoltes de juillet et d'août. Les grandes prairies au bord des bois étaient débarrassées des feuilles qui risquaient de souiller les foins. Les *rases*[1] étaient nettoyées, les rigoles dégagées. La terre cultivée attendait dans la chaleur qui montait progressivement. Elle montait, et les hommes aussi, vers la joie.

C'est dans ce moment d'attente que je suis né, dans ce mois où il y a le moins à faire, où l'on peut méditer dans la lumière du pic en sortant les vaches et leurs veaux. Méditer, c'est-à-dire se laisser respirer au soleil dans un abri, regarder les nuages, faire un

1. Las rasas *[las razos] : fossés qui séparent deux propriétés.*

bouquet fleur à fleur, redécouvrir Puech Jagut, la Vayssière, Malascombas, à l'horizon du regard, après l'enfermement de l'hiver, le froid et la bise qui faisaient baisser la tête.

Sur la montagne là-haut, la neige avait fondu, les torrents étaient pleins d'eau de neige, il ruisselait partout une eau brillante et bleue. Depuis quatre jours les troupeaux avaient pris les *drailles*[1] pour monter sur les plateaux.

Je suis arrivé dans une maison étroite et pleine, dans une nature pleine aussi, comme on dit qu'une bête est pleine, fécondée, où tout morceau de terre était cultivé, habité par l'homme et destiné à un usage précis. Pourtant, je n'étais pas en surplus. On me mit contre ma mère, dans la chaleur de son flanc, comme on l'avait mise elle dans la chaleur de sa mère, et je tenais à peine de place. On ne me pesa pas. Il n'y avait que la grosse romaine, et Apollonie savait, rien qu'avec ses deux paumes, quel était le poids du lapin, du dindon et même celui du porc, rien qu'en tâtant ses reins et ses cuisses. La romaine se trompait rarement, elle disait comme la femme. Elle savait, avec ses mains comme plateaux de balance et en soupesant, les avant-bras souples et sensibles

---

1. Las dralhas *[dralyos] : voies larges, en général affectées au passage des troupeaux.*

comme deux fléaux, s'il y avait assez de farine ou de sel. Quand le dosage était tout petit, elle se servait du pouce, de l'index et du majeur.

Autour du lit les deux femmes étaient en liesse : j'étais le premier fils de ma mère. On me donna le nom de mon grand-père qui était aussi celui de mon parrain. J'étais « l'enfant », le fils, donc l'enfant par excellence. Apollonie dut se réjouir de voir que sa fille avait « bien travaillé », mieux qu'elle, en tout cas, qui avait dû attendre ses troisièmes couches pour avoir un garçon. Ma mère avait déjà une fille grandette, Aude, qui attendait chez une voisine que soit arrivé le petit frère.

Ma tante Rose, elle, attendait son premier enfant. Son beau ventre la tendait en avant. L'enfant devait tressaillir de bonheur en elle. Elle mit son index dans ma très petite main dont les doigts serrèrent vivement : ils arrivaient à peine à en faire le tour. Elle avait des larmes de joie dans les yeux et fit le vœu d'avoir elle aussi un fils. C'est ce qui arriva : Roger naquit, qui ne fut ni mon cousin germain ni mon frère, mais un peu mon jumeau. Comme les jumeaux nous avions été liés avant de naître, nous avions entendu nos mères se réjouir des mêmes choses, elles avaient partagé la nourriture avant que nous soyons posés dans le même lit où nous étions nés, côte à côte, pour dormir dans l'odeur du feu derrière les rideaux.

Ce qui s'était passé de joies graves et enfantines entre ces deux sœurs agitées ensemble des mêmes frémissements de la vie me demeure un doux mystère. J'en sais très peu de chose. Apollonie n'évoquait jamais ce temps-là. Peut-être fut-il noyé dans la mort de ma mère qui arriva très vite, seulement trois ans plus tard. Lorsque Apollonie me parlait de ma mère, elle évoquait l'enfant, au plus l'adolescente, jamais cette mère qui, à l'occasion de ma naissance, fut un peu le guide, la maîtresse de sa jeune sœur. Mais j'ai toujours pensé que ce fut un des plus beaux moments de la vie d'Apollonie, une sorte de sommet, auprès de ses deux filles fécondes et joyeuses, et cela malgré la guerre. C'était la troisième pour Apollonie. Celle de 1870 elle en avait entendu parler, celle de 1914 l'avait durement frappée. Puis celle-là.

Elles maniaient ensemble de douces laines et des tissus sortis du fond des armoires. Julia encourageait sa sœur. Apollonie expliquait que maintenant avec les médecins on ne risquait plus rien. Et elles bavardaient tout en taillant et cousant. Il ne fallait trop rien espérer des commerces en ces temps de pénurie, mais les maisons malgré leur pauvreté recelaient assez de trésors pour que ces enfants soient bien vêtus, bien chaudement couverts. Les lourds jupons qu'on n'utilisait plus, de toile ou de piqué, les chemises de corps immenses et rudes, les indiennes des rideaux de lit, les vieux vêtements pliés un jour dans l'attente de quelque utilisation fournirent assez pour deux layettes : couches, chemisettes, draps, couvertures, matelas. On n'avait pas beaucoup de vêtements, mais on ne jetait rien. On pliait soigneusement les morceaux de vieux draps ou de pantalons, ou de vestes. On détricotait la laine, on décousait les boutons, les agrafes, les pressions des vêtements mis au rebut et on mettait tout cela de côté. L'exploration des tiroirs et des étagères fit sortir telle robette de leur enfance, tel tablier à propos duquel Julia et Rose se souvenaient en riant, des affaires de leur grand-mère Marie, de leur père, de leur mère à propos desquelles Apollonie raconta, peut-être pour la première fois, de joyeux souvenirs d'Henri, ce père presque inconnu. Comment il aimait rire et montait jusque chez les voisins, le coq caché sous sa veste, et le lâchait dans la cour au milieu des poules, provoquant ainsi des combats de coqs. Elle rit car l'heure est aux souvenirs joyeux. On parle beaucoup de l'arrière-grand-mère Marie, morte il y a dix ans seulement. Apollonie montre cette pièce de toile qu'elle garde précieusement, dont le chanvre a été filé par sa mère. Partout, autrefois, dans les meilleurs prés, on faisait pousser le lin et le chanvre et il y avait à Saint-Geniez un tisserand qui faisait les toiles. Elles étaient si dures que parfois on battait les camisoles[1] contre un tronc pour assouplir la fibre, que les « dames » riches faisaient porter le linge neuf à leurs servantes et qu'avec humour et grivoiserie on donnait les draps neufs à de jeunes mariés. Mais ce temps est fini, heureusement pour vous, mes filles, la pénurie de ce temps de guerre est provisoire, et même pourra-t-on souffrir autant qu'en 14 ? Il est vrai qu'on parle de rouir à nouveau et, cette fois, le genêt…

Rose et Julia fouillèrent et trouvèrent toiles, laines, piqués de coton ou de laine, couvertures abîmées au milieu, pour tailler, retailler. Elles disaient : « Faisons-leur deux brassières pareilles », « deux taies d'oreiller dans cette indienne », « on les prendra pour des jumeaux ». Elles partageaient leurs trouvailles, « pliées » dans leurs grands tabliers bleus ou blancs, les joues rondes et rosées de ce ventre plein, l'œil brillant, pareilles, sauf que Julia était plus adoucie, connaissant la maternité, mais s'y remettant dix ans plus tard avec un plaisir différent. Les deux sœurs avaient trouvé une grande joie fraternelle, pleine d'innocence, de générosité, de plénitude. Que les hommes étaient loin de ces trois femmes et comme elles en avaient peu besoin ! Apollonie le savait encore mieux que ses filles. La mère, à l'occasion des

1. Camisola : *spencer de femme.*

couches de ses enfants, retrouve la jeunesse et les filles, elles, retrouvent leur enfance. Elles sont de plain-pied, plus rien ne les sépare, qui avait pu les dresser les unes en face des autres, parfois avec violence, au moment où l'amour s'éveillait et faisait de chacune d'elles un être secret et ailleurs investi. Julia en gardant les vaches retrouvait ce jeune homme qui logeait chez la Foita, la voisine, et menait le treuil et le moteur d'une coupe de bois. En face des jeunes paysans, cet homme venu de la ville qui savait le secret des machines lui avait paru l'évasion. L'odeur de l'huile et de l'essence l'avait enivrée et le prestige de l'usine Progil pour laquelle il travaillait. À ce moment-là, la petite sœur ne comptait plus, la mère était devenue sévère et méfiante : elle avait peur pour la vertu de sa fille, elle la sentait remplie de choses tues, irracontables. Apollonie surveillait ses horaires, la rougeur de ses joues, les brins d'herbe de sa jupe. Elle fit pareil pour Rose.

Et voilà que la grossesse, la naissance, la petite enfance des bébés, les ramenaient là, près de la mère, comme au temps où elles cousaient toutes les trois devant la cheminée, l'ouvrage sur les genoux. Autour des berceaux, ces femmes – et la fille aînée de Julia – tissaient entre elles d'invisibles liens minuscules, loin des hommes, par-dessus les hommes, malgré les hommes. Un fil de soie, c'est ténu et ça casse comme un fil d'araignée, mais dix ensemble déjà scient les doigts tant leur réunion est solide, et cinquante, cent, soulèveraient un char.

Entre la mère, ses deux filles, sa petite-fille, entre les deux sœurs, entre la mère et la fille, s'établissaient ces minuscules liens plus durs que fer. Quelque chose était né d'indéfectible, désormais. Profonds, joyeux rapports de vie. Mêmes frémissements de la chair interne, même douleur à travers laquelle il allait falloir passer, j'y suis passée, moi, Apollonie, j'y passe, moi, Julia, tu y passeras dans deux mois, Rose, tu y passeras un jour, Aude, mêmes déchirements du corps intime, mêmes seins mêmement gonflés, même sang qui coule, mêmes regards de solidarité jetés pendant des mois et échangés autour de ce lit de ma naissance où l'on avait amené ma sœur Aude pour qu'elle voie le bébé – elle devait d'abord jouer avec moi, puis fut chargée de moi comme d'un enfant quand mourut ma mère. Rose regarde Julia. Julia regarde sa mère puis sa sœur. Elles ne parlent pas de ce qui s'agite en elles mais de choses précises, petites et très concrètes, de nombre de boutons, de longueur de manche, de chaussons, d'ourlet, de selles, d'urine, de montée de lait, de coliques, d'enfants bercés, d'enfants gras et roses, de dents qui poussent, de croûte de lait, de « soupettes », de rots, de sucette, de langes, d'abcès au sein, d'enfant gras, d'enfant menu.

Les hommes étaient loin, loin à la guerre, loin dans les champs, là-bas, et le jour de ma naissance on envoya ma sœur les prévenir. On les avait poussés hors de la maison, hors du lit qui, pour un temps, n'était plus conjugal.

Dans la maison flottait l'odeur du sang, comme le jour où naquit Julia. Comme ce jour-là on avait mis le placenta dans un pot discrètement recouvert d'un linge. Tout à l'heure, avant la nuit, on irait l'enterrer.

La destination de ce morceau de chair, sorte de parallèle monstrueux de l'enfant, sorte de jumeau qui fut compagnon de gestation, est d'aller quelque part ensemencer la terre. Il ne doit pas être jeté sur le fumier où il serait la proie des bêtes, chats, chiens, pies ou rats. Et qu'adviendrait-il si cette part mauvaise, peut-être, ce double dans le mal était dévoré ? À cause de la monstruosité du placenta on appelle délivrance le moment où la femme enfin l'expulse et avec lui les scories du mal. Cette sorte de contrepoint manqué en face de la perfection qui créa des mains, des pieds, une minuscule bouche doit précéder l'être dans la terre. Il faudra un jour que l'être soit inhumé non loin du lieu où est déjà cette partie de lui. Être enterré où on est né c'est cela : rejoindre, après un cercle de temps plus ou moins long, ce qui était nous, mais aussi la mère et assurer le lien d'elle à nous. Les maillons de la chaîne passent par le ventre de la femme et non par la semence du mâle. Comme les millions de graines qui germent ou ne germent pas, le sperme est jeté, sa destination est toujours incertaine. Pour lui, plus que pour elle, il importe de ne pas s'écarter des cycles. Elle, à la rigueur, sera commencement n'importe où, à Pigüe, à Paris. Elle débutera une chaîne ; l'homme parti, lui, ne pourra que s'intégrer à une chaîne déjà commencée. Ils le savaient ces Aveyronnais de la Pampa qui vinrent scrupuleusement chercher des femmes de leur pays, ils le savaient tous ceux qui, à toutes les époques, voulurent être enterrés au lieu de leur naissance. Il ne fallait pas interrompre la chaîne des ventres qui passe par le placenta. Que sont ceux qui sont revenus à la terre, loin du placenta de leur mère, et ceux dont les placentas partirent en fumée dans les crématoires des hôpitaux ? Loin, loin dans le temps, avant les églises, du temps des tombes à ciste, on enterrait ce bout de chair entre des pierres dressées et il y attendait le corps.

Il y avait eu du sang. On avait changé les draps, essuyé le visage de ma mère. Sa sœur avait peigné ses cheveux. Elle était paisible, un peu pâle. Elle avait l'œil et les cheveux très noirs, le teint translucide des faïences. Elle écoutait en elle, en écho, dix ans auparavant, la naissance de sa fille, regardait ce fils qui était un homme. Les trois femmes firent une prière d'action de grâces. Il était 8 heures du soir.

Au même moment, dans les villes, on mangeait un pain de cendres tout noir et contenant des morceaux blanchâtres comme du plâtre. En ce même printemps les femmes faisaient la queue, interminablement, pour acheter très cher contre de précieux petits timbres multicolores toutes les denrées qui à Corbières abondaient : le beurre, les œufs, les pommes de terre. Nous ne nous rendions pas compte qu'il y avait la guerre, si ce n'était les hommes mobilisés, le sucre rare, le café remplacé par des céréales grillées, les pieds de tabac dans les jardins dont on découpait les feuilles au couteau, en fines lamelles, les nouvelles du journal qui parlaient d'avions et de bombes, les lettres des cousins, leurs demandes de nourriture, leurs visites, les enfants qu'ils envoyaient chez une tante ou une grand-mère : de petits Parisiens dégourdis qui ne comprenaient pas le patois, et se moquaient des *gavachous*[1]. Et surtout, passaient de ferme en ferme des inconnus venus de la ville, qui n'étaient pas des marchands mais d'humbles acheteurs. Ils demandaient qu'on leur vende un bout de lard, du blé, « notre pain est si laid », des œufs, une

1. Gavachon *[gabatchou] : petit gavach, habitant des montagnes, opposé à celui de la plaine.*

miche même. Ils regardaient le plafond avec envie, disaient qu'ils avaient des enfants. Ils tiraient des billets de leurs poches pour montrer qu'ils pouvaient payer. Un temps, on fut ému de la faim qui rendait tout d'un coup le citadin si humble, mais on vit très vite le profit à tirer de cela et on raconte comment s'arrondirent les magots, comment certains charcutaient de mauvais pâtés de couennes, des saucisses pleines de « tirants » qu'ils réservaient pour le marché noir. On a su que des femmes avaient accumulé une petite fortune derrière les piles de draps, d'autant plus que l'homme n'est pas là quand ces gens passent et qu'il ne peut pas s'apercevoir, de toute façon, si on a vendu des œufs, s'il y a un poulet en moins, si le jardin s'est un peu vidé. La maîtresse des réserves peut seule tricher sur elles et à la limite ne rien dire de cet argent qu'elle thésaurise, avec âpreté, qu'elle accumule pourtant sur des misères, des manques, sur ce désir des autres femmes de nourrir les leurs. Elles sont dures, elles touchent du doigt la force mirobolante de l'argent qu'aucune morale n'arrête. Il arrive avec une abondance inespérée, tout d'un coup il est possible de le gagner facilement. Rien, jusque-là, et depuis des millénaires, n'avait été facile. Ni bâtir, ni semer, ni défricher, ni faire la toile, ni couper l'herbe. L'argent, le peu d'argent, arrivait autrefois parcimonieusement et voilà que la faim des autres le mettait dangereusement à portée de la main. C'était le signe d'un grand malheur qui se jouait là-bas dans l'univers.

Dans le silence de mai, traversé de chants d'oiseaux, en cet instant précis, il était pourtant possible de croire que le monde était immémorial. On entendit des sabots qui frappaient clair sur les cailloux de la ruelle. La première visite arrivait. L'odeur du café frais avait remplacé celle du sang, ce café plus fort qu'à l'ordinaire, ce café inattendu en ce mardi, qui le transformait en dimanche. Les draps tachés trempaient dans un badiniou. Demain matin, très tôt, Apollonie irait les laver à la fontaine du Terron, les étendrait sur les pierres lisses à la face du ciel de mai et les reprendrait le soir, froids et blancs de neige.

La voisine entra. Elle tenait deux œufs dans sa main. Elle les avait choisis petits – des œufs de première ponte – tout roux et piquetés de points bruns, des œufs en miniature. Elle les posa près de moi en disant : « *Aqui çò que siàs*[1] », avec un sourire.

Elle saluait le mâle, celui qui deviendrait aussi étranger et ennemi que les hommes mais qui,

---

1. Aqui çò que siàs *: « Voilà ce que tu es », c'est-à-dire un mâle. L'œuf, pourtant féminin, symbolise les testicules, ici, dans cette tradition, comme dans bien des histoires grivoises.*

quelque temps, appartiendrait aux femmes. C'était un homme qui venait de naître, mais un homme pour demain. Pour l'heure, il était reconnaissable mais inoffensif et il en serait ainsi plusieurs années. La joue lisse, le sexe minuscule, la faiblesse, le moelleux des chairs et la douceur des boucles, les habits – les mêmes mais en réduction – et les chaussettes comme si on jouait seulement à ce qu'il soit un homme, tout cela on le tiendrait sur son sein, dans ses bras, contre sa jupe, avant de le jeter hors de la maison. Un matin il serait contre les jambes de sa mère, il lui arriverait à mi-cuisse. C'est un jeu qu'il aimerait, de se serrer contre sa jupe et qu'elle rabatte sur sa tête son tablier. Il mettrait ses pieds entre ses pieds à elle et avancerait quand il la verrait avancer les pieds. Une lueur lui viendrait au ras du sol. Il serait enveloppé dans la toile où sont mêlées les odeurs de la cuisine, du feu, du jardin, odeurs de ce qui appartient à la femme, plus l'odeur de la femme. Au-dessus de lui des mains caresseraient ses cheveux, ces mêmes mains qui ont organisé le dessous du plafond, le dessous du plancher. Au-dessus de lui encore il y aurait le toit, ses lauses faîtières tenues l'une dans l'autre par le seul jeu des échancrures. Que craindrait-il du monde ? Mais on le jetterait dehors, on lui ferait définitivement passer ce seuil. Il ne cesserait d'y errer toute sa vie. Il chercherait à pénétrer. Il pénétrerait mais il serait toujours obligé de sortir, son sexe se rétracterait et il serait dehors, le jour se lèverait et il irait dehors. La femme ne sortirait pas, elle, elle recevrait. Plus tard la fillette deviendrait centre du monde, dispensatrice du pain, serait accueil, ventre plein, elle serait mère, prendrait la place de sa mère, serait port, maison, jardin, œuf avant qu'il ne soit cassé, et pourrait ainsi croire qu'il se reconstitue. Le petit garçon ne verrait jamais la coquille se refaire ni dans la chair de son ventre ni par l'agencement et la maîtrise d'une maison. Il déambule au milieu des débris de sa naissance, pour toujours dehors, jamais tout à fait chez lui, toujours chez elle, regardant de derrière les vitres, par-dessus les murettes des jardins, sans autre vraie maison que le souvenir qu'il garde du cœur du monde.

À l'instant de la naissance, le lien se serrait très fort de la mère à la fille, de la sœur à la sœur, plus fort qu'il ne serait jamais d'homme à homme. Dans la communauté des femmes, le petit mâle était, pour un temps transitoire, l'intrus désiré. Elles faisaient en sorte qu'il naisse en lui cette faim et cette soif impossibles à satisfaire, jamais, ni avec elles, ni avec aucune autre femme.

Partageant ce qui construit le plus élémentaire quotidien : manger, se vêtir de linge et de laine, régner sur l'humble royaume du vivant où se côtoient la vie et la mort, les femmes ont une intimité de couple, une promiscuité d'amants. Comme pour les couples ou les amants leur solidarité est pleine de violence, de nuit, d'éclairs, de désir de domination, de l'exercice de cette domination. Dans la communauté des femmes d'une maison, il y a toujours une hiérarchie, une vieille reine et une jeune reine, qu'elle soit sa fille ou sa belle-fille, il y a celle qui commande, celle qui doit obéir et tente de détourner l'obéissance, d'en sauvegarder les apparences. Le jour arrive de la passation des pouvoirs qui vient avec la mort ou la maladie. Il se peut que ce ne soit pas la vieille qui meure, mais la plus jeune, confirmant l'ancienne dans son pouvoir, un certain temps du moins – stupides mâles qui se remarient. Forts moments de triomphe terrible, ils se solderaient par un surcroît de charges mais aussi un surcroît de gloire. Les hommes ne trouvent cela que dans la guerre, lorsqu'ils ont en commun tout ce qui concerne la nourriture et le corps. On sait quelles amitiés sans faille sont ainsi créées. Mais alors qu'eux connaissent cela dans le spasme infernal d'un moment exceptionnel de l'histoire, les femmes l'ont comme pain quotidien, c'est le banal fil des jours.

« *Aqui çò que siàs* », dit Lucie.

J'étais salué et exclu.

Je suis né dans une maison pleine comme un œuf, accrochée à mi-pente, juste au-dessus de la coulée bleue et grise du volcan, dans un monde plein, lui aussi, mesurable par le pied, le pas des bœufs et des chevaux, le regard, la mémoire. Et quand s'arrêtait la mémoire des hommes, dans l'épaisseur des temps, là où rien ne brillait plus, même un bref éclair, de mémoire vague, comme légendaire, il restait les châtaigneraies, les murs des plus vieilles maisons, les chemins tracés depuis si longtemps, et plus loin encore la lave, le ciel et les sources.

Je suis né dans un temps vaste qui n'était jamais l'instant, ni même le jour, mais avançait à larges pas, d'une saison à une autre, l'unité du jour n'était rien de plus qu'un comptage commode, confortable, de plus grandes tranches de temps. L'unité de l'heure nous était inconnue encore. Il y avait bien sûr l'heure de la messe, l'heure du car, l'heure de l'école, mais c'était tout. Et encore la messe nous était-elle annoncée par les trois coups de l'église de Saint-Martin. La cloche disait *venetz lèu*[1]. On savait bien que les gens n'avaient pas l'œil sur la pendule et qu'ils se guidaient le matin au chant du coq. Les enfants qui venaient à l'école des fermes lointaines, arrivaient « à peu près » à l'heure, souvent très à l'avance, car on se levait au lever du jour. On se rendait compte que le temps avait passé à la croissance ou à la décroissance de la lumière, tout en nuances, à la transformation des

1. Venetz lèu *[benez leôu] : venez vite.*

ombres, à la hauteur du soleil, à l'angélus de Saint-Martin – ce regard des gens qui levaient la tête vers le ciel et tendaient l'oreille –, à la faim qui montait dans le ventre, à la fatigue qui pesait. Lorsqu'on institua « l'heure nouvelle », on bouleversa la lecture des signes et les gens se mirent à regarder leur pendule parce qu'ils avaient peur désormais de se tromper. Il leur aurait fallu réévaluer tous leurs repères. Certains restèrent fidèles à l'heure « réelle » et prétendirent que les bêtes ne voulaient pas en connaître d'autre. Pour le temps annuel on avait superposé au calendrier des P.T.T. les lunes, les menstrues, les foires, la maturation des récoltes, l'année liturgique. Quant au temps de la vie, il était interne et biologique. C'est en soi qu'on sentait qu'il avait passé. Aux douleurs, aux rides, aux cheveux blancs, à la faiblesse des jambes, à la bronchite, au sanglacement !

Quand il arrive au seuil de la vieillesse, au moment où il *carga la capa*[1], semble laisser les responsabilités à son fils ou à son gendre, et va désormais marcher à petits pas derrière les bêtes, faire

1. Carga la capa *[cargo la capo] : « Revêt la cape », c'est-à-dire celle des bergers. Lorsque les vieux ne pouvaient plus travailler on leur confiait des travaux plus faciles, comme de garder le bétail. Comme ils ne pouvaient pas courir, un enfant parfois les accompagnait qui servait de chien berger et courait à leur place pour « virer » les bêtes.*

silence, faire paix et devenir celui près duquel les enfants se serrent, un paysan de mon pays n'a pas accompli plus de trente fois le même cycle de labours, de semences, de moissons, souvent plutôt moins. Je veux dire accompli sous sa totale responsabilité. Ceux de là-haut, ceux de Corbières qui vivent dans la lumière de ce pic, sont des hommes qui ont respiré largement au rythme de l'année, au rythme du ciel. Leur vie n'est pas émiettée en une multitude de parcelles brillantes mais sans ordre, elle saute à grands bonds ralentis d'un printemps à un autre, plus doux ou plus rude, d'une neige à une autre neige, d'une récolte bénie à une récolte pourrie, d'une chasse à une autre. Les printemps et les automnes y forment un ensemble, s'équilibrant l'un l'autre, se compensant.

À se répéter annuellement, ou à des intervalles de plusieurs mois, les choses prennent une épaisseur qui leur fait des visages différents : « l'année où le porc était si gros », « la foire où il a fait cet orage », « l'hiver où il y a eu tant de sangliers », « la chute de neige qui nous a isolés dix jours ». Lorsque s'achève un battage, lorsque les noix sont ramassées, lorsque naît le veau, lorsque la foire est finie, on compare et on projette. Le jambon, on ne le goûtera le plus souvent que d'une année sur l'autre. La valeur d'un événement, annuel ou unique comme une naissance, un voyage, n'est jugée que dans un ensemble cohérent. L'événement est porté derrière et devant. Il cesse alors d'être minuscule. Il cesse d'être dérisoire. Il s'inscrit dans une fresque immense mais totalement remplie où il a sa place, près des saisons du ciel et de la terre, je veux dire l'année liturgique et les récoltes, la pluie, le givre et la chronique des familles.

Les foires – tout le monde est capable de réciter par cœur les dates des foires, 20 janvier, dernier samedi de février et de mars, 27 avril, 18 mai, 11 juin, foire des bergers, des enfants, 15 juillet, 26 août, foire des bêtes, 11 septembre, 10 octobre, 5 novembre, 6 novembre, foire des chevaux, samedi de Noël –, les Rogations, Pâques, la fête, le pèlerinage à Notre-Dame-des-Buis, la moisson, la cuisson du pain, le dimanche, la vendange, toute récolte, rythment le temps autrement qu'au pas du jour, d'une façon à la fois circulaire et linéaire. On retrouve les choses, chaque année, aux mêmes points du cercle, qui d'ailleurs ne se superpose pas au précédent, mais avance, monte comme une spirale. Vers la mort. Vers Dieu. À mesure on s'alourdit de mémoire et de morts.

À Corbières on est contre le ciel. Il pèse directement sur la tête, sans commencement ni fin, comme un anneau, avec ses nuages, ses vents et les lumières qui le traversent, celles de la nuit, celles du jour. Le ciel est l'incompréhensible grandeur de Dieu, le temps immuable où vient buter l'histoire passagère des hommes, l'espace sans limites, alors que la terre est toujours trop étroite, cloisonnée de murettes, sillonnée de chemins multiples, partagée, face au bien commun du ciel. Il est sans bornes ni haies, comme la robe sans couture de Dieu. Il n'y a là-haut ni les comptages, ni les achats, ni les possessions, ni les héritages. Il n'y a dans le ciel que la course des nuages qui crée des lignes fuyantes, le chemin du soleil, le découpage de la nuit qui font un partage de toute éternité qui n'est pas de main humaine. Il est la donnée de Dieu et non la décision ou la peine des hommes. On a très peu de pouvoirs sur lui, on l'a surtout observé. Le soleil se lève du côté de Verlac et se couche l'été sur Prades-d'Aubrac, l'hiver sur Capdepau. La lune se lève une fois sur Aubignac, large comme une courge, et du même rouge, une autre fois sur le Truc dels Trescoals, menue comme une griffe d'oiseau. Lorsque le tonnerre gronde et que l'on craint la foudre, on suspend dans la cheminée un chaudron plein d'eau pour que se noie le feu du ciel, on allume le cierge de la Chandeleur, on récite : « Sainte Barbe, sainte Hélène, sainte Marie-Madeleine, préservez-nous du feu du tonnerre ». Ou bien on envoie quelqu'un sonner la cloche d'Aurelle pour couper l'orage en deux, la cloche d'Aurelle dans son église de grès rose. Mais ce sont de très petits pouvoirs. On ne peut arrêter le vent.

Ni le *soledre*[1] qui brûle les moissons et le feuillage des arbres. Ni la bise brune venue du nord qui coupe en deux, troue la peau de froid, siffle sur la cheminée contre la « tuile à loup ». Ni le vent d'autan[2] qui rend fou, travaille la tête de certains, plus sensibles, et chez tous provoque l'énervement, les disputes.

On ne peut rien à tout cela, on ne peut que se protéger, s'abriter. On ne peut rien contre le froid, ou la chute de la neige. Et on se transmet les récits d'hiver terribles, quand on faisait de maison à maison, non pas des chemins dans la neige, mais des tunnels, quand le pain ou le fromage gelaient dans le buffet et le café dans la cafetière ; quand les femmes en revenant de la source remontaient, pendus à cette sorte de joug qui leur passait derrière le cou et qu'on appelait le cerceau, deux seaux déjà couverts de glace, et que le bas de leur jupe était raide de gel, quand il fallait casser à coups de pal de fer la glace du *nauc* pour faire boire le troupeau, quand les arbres éclataient, quand le Lot était pris – la pellicule de glace commençait sur les bords, accrochée à l'herbe, et progressait de jour en jour vers le milieu de la rivière,

1. Soledre *[soulèdré] : vent qui, d'est ou d'ouest, suit le cours du soleil.*

2. Vent d'autan *[bén d'aoutan] : vent du midi ou du sud-est. Il a la réputation de rendre fou.*

arrêtant la marche de l'eau, permettant de se servir du lit du fleuve comme d'une immense route, dangereuse, car en la traversant certains se noyaient.

Contre le ciel on ne peut que plier le dos.

La terre profonde est tout aussi inaccessible, pleine de minéraux des temps anciens du volcan, de la lave sur laquelle Corbières est bâti. Le paysage est bleuté, du gris-bleu profond du basalte. Les sources, les ruisseaux viennent des nuages et sont longuement digérés avant d'être rendus à la lumière du jour, brillants comme du verre, ayant suivi des itinéraires de filtrage qui sont des mystères si profonds qu'on craint toujours que l'eau ne se perde. Les sources révèlent parfois un peu du ventre de la terre, comme la « fontaine de l'argent » et ses paillettes de métal, la « fontaine des rubis » qui charrie des morceaux de quartz rose, comme le ruisseau d'Aurelle qui roule de petites parcelles d'or. Nous avons toujours bu ces eaux comme des dons de Dieu. Nous avons toujours su qu'il fallait épargner l'eau et ne point la salir. Qui l'a goûtée ne saurait plus jamais s'abreuver d'eau fade ou sale. Comme ces truites qui vivent là de peu, minces dans le fil du courant, plus vives que des oiseaux.

Sur la surface, juste sur la croûte de la terre, l'homme s'est établi, entre les deux forces incontrôlables. Là, sur cette mince pellicule du dessus, dont la profondeur est celle du soc et de la force des bœufs, l'homme « sait » un peu, il peut prévoir et décider. À peu près, en tout cas, bien qu'il répète : l'homme ne fait rien, le temps fait tout. Depuis des générations, il laboure, soigne, dépierre, peigne les jardins, monte les murettes qui retiennent la terre. Il a mis ses champs, planté ses arbres, tracé ses plates-bandes, établi ses maisons, construit ses moulins sur les torrents d'eau vive – ils broient les farines et, en leur temps, les noix.

Le nôtre c'était la Germanie. Pour s'y rendre, Apollonie menait ses vaches et son char sur un des itinéraires de ces chemins multiples qui sont l'essentiel de l'univers où je suis né.

Les chemins sont le pas même des hommes. Ils avaient besoin d'aller à une terre, à un pâturage, à une fontaine, à l'église, aux autres maisons. Les chemins vont toujours quelque part, comme l'homme qui ne se promène jamais pour se promener mais qui est en marche. Ils sont les voies de l'intelligence, du cœur, de la foi. Seule la main de l'homme est capable de les tenir. La main, le pied, donc l'âme. C'est de l'usure qu'ils sont entretenus et ils se referment dès que la vie ne s'écoule plus par eux, il suffit d'une saison, parfois, pour que les ronces les envahissent. Ils sont comme un réseau de veines. Larges, ils vont aux organes importants, il y chemine alors beaucoup d'hommes et des convois. Menus et sinueux, à peine tracés d'un pied posé devant l'autre ou de quelques bêtes à la queue leu leu, ils indiquent les petits déplacements journaliers. Entre le réseau des veines, celui de la sève et des branches, et une carte d'état-major avec les ruisseaux et les chemins, la ressemblance est étonnante et non fortuite. Est-ce pour cela que nous aimions tant la carte que nous fournissait tous les ans le calendrier des P.T.T. et que nous la gardions précieusement ? Au-delà de son utilité y avons-nous vu une ressemblance biologique, avions-nous une tendresse pour cette représentation de notre corps intime ?

J'ai suivi jusqu'à vingt ans les chemins creux aux parois garnies de bruyères et de fougères sous la voûte des châtaigniers, ce châtaignier convulsionnaire dont le ventre est assez fendu parfois pour abriter par mauvais temps une bête égarée, un berger surpris par l'averse, un enfant comme moi, nourri de leur lumière.

Dans ces chemins on passe avec le bétail ; les vaches et leurs cloches y résonnent. On y levait en passant des merles, des grives, des écureuils et de vastes rapaces gris ou bruns dont l'envol faisait craquer les branches. De minuscules itinéraires croisaient ces carreiroles, ceux des bêtes sauvages, suivant le temps et les saisons, ceux des sangliers qui étaient là depuis toujours, semblait-il, et qu'on se disait de père à fils. Nous y courions avec nos sabots et nos galoches, le laguiole ou l'Opinel dans la poche. Nous taillions sifflets et cantarelles dans les branches de noisetiers ou de châtaigniers et nous nous faisions des bœufs dans le fraïsse, comme l'oncle Henri nous l'avait montré, des bœufs aux cornes immenses qu'il suffisait de faire tenir contre une pierre pour avoir l'impression qu'ils étaient à l'abreuvoir ou à l'écurie. Nous les attelions à des sortes de chars eux aussi taillés dans les branches. Nous aidions aussi quand l'hiver nous accompagnions les hommes lors des coupes de bois. C'était un travail d'initiation, une entrée dans les activités d'adulte et nous étions si fiers que nous n'avons jamais « plaint » notre peine. On ne nous confiait que le travail facile et sans danger. Nous n'avions pas le droit de toucher au passe-partout, cette longue lame d'acier aux dents de requin tirée par deux hommes et régulièrement graissée d'une couenne de lard. Je revois Apollonie tailler au couteau la couenne d'un lard un peu rance au moment de partir ou prendre dans le buffet celle mise de côté pour cet usage. Nous regardions et nous admirions, nous faisions passer la couenne. On nous faisait garer au moment où le chêne ou le châtaignier tombait. C'était pour moi chaque fois un peu la fin du monde. Le fracas de l'arbre qui choit rebondissait loin et longtemps dans la vallée de Born, de Lunet, d'Aurelle. Le bruit allait mourir au bout du monde.

Il fallait des bœufs de cinq ans pour tirer le tronc dans le chemin. Tandis que les hommes s'occupaient de le débiter, nous, les enfants, nous faisions des fagots avec les branches et à l'abri de la carreirole nous entretenions des feux pour faire chauffer la gamelle du repas, pour cuire des pommes de terre, des châtaignes ramassées sur place. Nous étions heureux de participer à ce repas d'hommes. Les femmes, à un moment de la matinée, arrivaient avec un grand panier recouvert d'un torchon dont plus jamais je n'ai retrouvé l'éclat bleuté. J'ai en moi l'odeur et le goût de tout cela.

Après la chute des feuilles, le décor était vert et mordoré. Verts la mousse et les lichens, mordorées les feuilles, les branches, et les langues-de-bœuf en étagères le long des troncs. Il reste toujours une feuille au bout d'une branche de châtaignier : elle tourne et chante au vent.

Du chemin nous sautions dans les châtaigneraies. Comme nous les exploitions, elles étaient propres comme des jardins, le sol était couvert de mousse, on y trouvait facilement les fruits. La cueillette se faisait d'ailleurs en deux temps, pour ramasser le plus possible de châtaignes : elles ne tombent pas toutes à la fois, leur chute s'échelonne avec leur maturité. Après la série des cueillettes on lâchait les porcs sous les arbres. La châtaigne leur fait le lard souple et rose.

Comme le châtaignier a besoin de beaucoup d'espace, l'homme et l'enfant se sentent à l'aise et à l'abri sous ses branches. Les bruits venus d'ailleurs, les voix y sont adoucis, et même les vents et le froid. Sous le couvert la neige est toujours moins épaisse. Il arrive même que les chemins en soient envahis alors que les châtaigneraies n'en portent pas trace. On y est dans une maison qui serait pleine de chants d'oiseaux.

Dans ces chemins dont pas un, je le répète, n'est horizontal, dans le rayon assez court de Corbières et de ses terres – après, là-bas, c'était l'univers non exploré – nous faisions quotidiennement un nombre important de kilomètres. Nous les arpentions tant que leur géographie de trous, de cailloux, de détours nous était connue comme une deuxième maison. Les grands trajets qui consistaient à aller à Verlac, à la messe à Saint-Martin, à Saint-Geniez, à Lunet, étaient plus rares, hebdomadaires pour la messe ou mensuels pour la foire, ou uniques, comme une visite à la famille lors d'un décès ou d'un mariage, un voyage administratif à Rodez, le pèlerinage à Lourdes, les vendanges dans un village du pays-bas. Il était rare que l'on prenne « la route grande ». Au-delà de notre monde, de celui sur lequel nous marchions, s'organisait un univers étonnamment vide où brillaient quelques lieux. Nous ne les connaissions que par les récits des gens ou par quelque incursion exceptionnelle, toujours marquée par un événement inouï dont on ruminait longtemps les plaisirs et les enseignements. Le chemin le plus long et le plus familier, tout en n'étant pas quotidien, était d'aller à Lunet, dont les sons de cloches nous parvenaient par temps de pluie et de vent d'ouest. On le voyait de Corbières, ce village qui par rapport à notre hameau sans commerçants semblait une petite ville. Il y avait à Lunet un important couvent-école où les sœurs recevaient une centaine d'enfants. Elles assuraient la nourriture de la communauté et des écoliers en cultivant les champs autour de vastes bâtiments, dont la taille frappait dans ce minuscule village. Il y avait à Lunet trois couturières, deux modistes, les *capelièiras*[1], deux menuisiers de charrettes et de charpentes, un forgeron, deux épiceries – l'une des deux épicières s'appelait la Clavette[2] –, un couvreur

1. Capelièiras *[capéleiros] : modistes. Elles font les chapeaux, en occitan* capels.

2. *Clavette désigne à la fois une petite clef et le lézard gris des murailles.*

qui, l'hiver, taillait les lauses dans le schiste et le reste du temps les posait sur les toits, brillantes au soleil comme des écailles. Il y avait aussi à Lunet quatre cafés, où les femmes n'entraient pas, qui au besoin faisaient restaurant et travaillaient beaucoup le dimanche, jour du Seigneur et des cuites. C'est le dimanche que les hommes y prenaient *une fumada*[1], ou à Saint-Geniez, ou à Verlac. Lunet faisait vraiment partie du monde familier, il ne fallait qu'une heure pour y aller en descendant, en sautant le ruisseau, en remontant de l'autre côté de la boralde, aussi haut que Corbières, et en recommençant : descendre, sauter, monter, pour le retour. Sa relative proximité, la quantité de services qu'on y trouvait le rendaient presque aussi précieux que la ville, en bas, déjà trop grande et dangereuse et suspecte comme tout ce qui était « de la vallée » : les braconniers, les commerçants, les ramasseurs de champignons. Les gens de Lunet étaient comme nous, des hauteurs. Les rapports de travail, les mariages, donc les cousinages, étaient étroits. Ils arpentaient les mêmes chemins que nous, aussi se méfiait-on moins d'eux.

Là, en surface de la terre, sur une étendue limitée et dont le quadrillage était de moins en moins serré à mesure que nous nous éloignions du centre de

1. Une fumada *[uno fumado] : une cuite.*

la maison, sur les chemins nous étions dans notre royaume d'homme, tout y disait l'histoire des familles, des villages, des autres, familières parce qu'elles sont le sujet des conversations. On sait à qui est ce champ, ce troupeau, là-bas, contre la pente, cette maison qui dépasse. On sait nommer le ravin des Escoudats, celui des Crouzettes. Lorsqu'on est au Clapas et qu'en deux pas on a quitté les maisons, après le défilé de roches – de même qu'en rentrant, essoufflés de garder les bêtes, nous arrivions brusquement aussi dans le nid où est situé le hameau et nous éprouvions tout d'un coup tant de douceur pour l'eau, la flamme, le repas qui nous attendait –, lorsqu'on regarde vers Prades-d'Aubrac, on sait le nom de chaque crête, de chaque ferme, on sait même un peu au-delà du regard, guère plus, mais dans la boralde parallèle à la nôtre on situe le Bousquet et les trous d'eau du ruisseau où sont truites et écrevisses. On sait que dans ce creux, invisibles, mais révélées par une fumée, il y a les maisons de Rascoual et derrière *lo Ranc del Salt*[1] : Aurelle, ce bout du monde. On sait quel chemin il faut prendre, où il faut sauter le torrent plein d'eau de neige. Il n'y a pas une

1. Lo Ranc del Salt *: « La falaise du saut ». Allusion à un prêtre précipité du haut de la falaise à l'époque révolutionnaire.*

maison dont on ne sache qui y vit, comment il vit et une partie de ses secrets, même les mieux gardés.

Car avec les hommes, les nouvelles marchent sur les chemins

Pourtant on ne dit pas tout. On se tait beaucoup et farouchement. Dieu punit les paroles inutiles, affirment les traités de vie pieuse. Les paroles inutiles sont celles qui vont trop loin dans l'intimité. Alors, même dans le secret de la nuit obscure, même les yeux dans les yeux à ceux dont on est sûr, il y a des mots qu'on ne prononce pas. Les femmes qui étaient la parole et la mémoire ont veillé à ce que les chroniques soient débarrassées des laides traces des histoires. Comme les régimes politiques les plus autoritaires, elles ont épuré les archives, effacé les pistes, fait silence autour de certains morts, de certaines amours, autour des cris déchirants du corps et du cœur. Elles ont travaillé comme les retoucheuses des portraits ou des photographies historiques, effaçant les rides, les traces de certaines larmes, en ajoutant d'autres où il convenait d'en peindre, supprimant des personnages entiers, des épisodes entiers : cette aïeule qui avait perdu les idées, faisait ses besoins le long de ses jambes ; affligée d'une bronchite chronique, elle crachait partout autour d'elle toute la nuit, sur l'édredon, sur le plancher, sur les murs autour du lit. On la langeait de langes inefficaces. Après sa mort il fallut tout jeter et on brûla le matelas. Mais il n'y a pas plus d'excréments dans les portraits de famille que de pantalons rapiécés, de fous, de suicidés, de vêtements sales, on se fait photographier avec ses plus beaux habits, on réserve aux collatéraux et aux étrangers la pourriture et les mauvaises odeurs. Chez soi on fait fuir les puanteurs et les mouches d'un coup de torchon, comme on le fait au-dessus de la soupe. Pour les autres, en commençant par le « côté » du mari, on est sévère, on charge volontiers, on ne gomme pas, on n'efface pas, on juge. Si cette aïeule avait été une belle-mère, on n'aurait pas manqué de monter tous ces détails en épingle, de se faire plaindre d'avoir eu à supporter de telles choses. Mais la mère de la mère, pour si autoritaire, violente ou mauvaise qu'elle soit, est présentée enjolivée, sans défauts, sauf minimes, débarrassée de ses tares. Les portraits sont toujours reconnaissables et les photos de groupe toujours semblables, mais ils sont devenus transparents, hagiographiques. Elles sont ce qu'on a rêvé et voulu. Les femmes se sont contentées d'allusions et de silences. Je serai fidèle à leur démarche.

Mais parfois les livrets de famille ont parlé après la mort, ou alors des visages sur des photos, des ressemblances ont clamé l'adultère plus fort que la volonté de se taire qui avait cousu les lèvres. On se tait sur ses misères, sur ses tares, sur le passage du malin dans les fermes et les âmes : l'orgueil, l'envie, le mensonge, l'ivrognerie, la lubricité. Seulement, de même qu'on parle des autres sans indulgence, les autres parlent de vous quand vous n'êtes pas là et les mots marchent sur les chemins et la paix profonde pour laquelle on avait travesti les vies est en permanence menacée par les secrets qui circulent.

Qui circulent avec des milliers de nouvelles anodines, qui circulent des uns aux autres portés par un flot de petits renseignements innocents. *L'Auvergnat de Paris,* s'il se tait comme il convient sur les haines d'héritages, les spoliations, les vols, l'inceste et le crime, donne la foule des nouvelles que tout le monde peut connaître. « Pierre Bosc a réussi au certificat d'études primaires », « Josette Cayzac, la fille de notre secrétaire de mairie, et Bernard Majourel de Saint-Geniez ont célébré leurs fiançailles », « une nouvelle porte vient d'être installée dans notre église », « Marguerite M… s'est éteinte doucement à l'âge de quatre-vingt-quinze ans, à Peyrelevade, où elle était venue prendre la retraite après avoir travaillé cinquante ans à Paris », « les sapeurs-pompiers sont allés faire un voyage à Carcassonne », « Monsieur Clairac de Rhodes a été hospitalisé », « Joceline D. a été nommée agent de recouvrement du Trésor », « un petit garçon prénommé Nicolas est né au foyer de notre médecin », « Monsieur et Madame Fanjaud ont dû s'aliter quelques jours ». Toutes ces choses-là circulent entre les maisons, au grand jour. Que telle personne a ouvert un bar-restaurant, qu'on a bu le vin *paillé*[1], qu'on a planté le mai[2], que Brigitte travaille comme aide-soignante à la maison de retraite, que la postière est en congé de maternité, que Jean-Paul a endommagé sa voiture, que Pierre en a changé, que la maison que les Fontanel font construire est très avancée.

Nouvelles officielles, petites pierres du vécu nécessaires à la construction de la vie quotidienne. Chacun les a en tête et elles viennent s'organiser autour des noms et des visages de tous ceux qu'on connaît, des vivants, des morts et aussi de ceux dont on entend parler sans les connaître.

On aime savoir ces choses et c'est celles-là que l'on dit de soi sans se cacher, sans mentir. Mais tout

---

1. Vin paillé Vin palhat *: vin dont le raisin a reposé quelque temps sur la paille.*

2. Le mai *: c'est à l'origine un arbre que l'on plante, le premier jour de mai, devant la porte de quelqu'un que l'on veut honorer, en particulier une femme aimée. Par extension on appelle « planter le mai », et cela à n'importe quel moment de l'année, la tradition qui consiste encore à dresser un mât orné de branchages devant la maison des nouveaux élus. On fait alors une fête autour du « mai ».*

cela n'est pas si clair. Les petits événements apparemment sans mystère – « le cimetière a été agrandi d'un mur de pierre », « Marthe est hospitalisée pour une opération » – sont replacés dans ce que l'on sait d'une vie, d'une famille. À propos d'eux on rappelle certains événements parmi ceux qui sont connus et ceux qui sont tus. Il est toujours dangereux pour le silence que les autres parlent de vous, fût-ce pour dire que vous avez recrépi votre maison, car à partir de là on va en venir peut-être à ce qui est le plus caché : comment vous vous comportez avec l'amour et avec l'argent. On vit tellement sous le regard d'autrui, son regard indiscret et hostile, que les gestes sont toujours vus de quelqu'un, analysés dans l'instant et au cours des années, au fil de multiples conversations, tournés, retournés, détournés aussi. Au long des chemins il se fait de bouches à oreilles une alchimie de chaque vie et peut-être, finalement, au bout du compte, une vérité des vies.

On parle sur le chemin de l'église, à la sortie de la messe, à la foire mensuelle, on parle avec chacun de ceux qui viennent à la maison, dans chaque maison où l'on va, à chaque rencontre.

Un des personnages essentiels pour la circulation des nouvelles, c'est le facteur. Il n'y a pas seulement celles qu'il charrie dans son sac, encore qu'elles aient leur importance et qu'elles s'ajoutent aux autres. Lorsqu'il donne un pli, il sait d'où il vient, ce qu'il contient. On lit souvent la lettre devant lui et il échappe toujours, même si on ne veut pas se laisser surprendre, une phrase, une expression, une remarque jaillie sous le coup de l'émotion. Le facteur l'enregistre, voit de plus la maison et son ordre, ce qu'on a fricassé pour le repas, le vêtement que porte la femme. La plupart du temps c'est elle qui le reçoit, et elle est impatiente ou heureuse, attend de toute façon cette visite exceptionnelle, bavarde, avide de dire et de savoir, et elle est bien obligée de dire un peu pour savoir, de se dire, de se révéler pour amorcer les confidences. Certains s'abonnent au journal uniquement pour la visite quotidienne du facteur et des nouvelles qu'elle représente, autres que les nouvelles du journal. C'est lui qui à l'occasion annonce un deuil, un enterrement, de maison en maison, et répand la nouvelle noire.

Les hommes se méfient de lui, de cet homme introduit dans la maison quand eux sont absents. Dans les fermes isolées, lorsqu'il le voit « monter » dans les chemins, il arrive au patron de ramener très vite le troupeau, ou de laisser la charrette, pour le recevoir, lui, pour être là lorsqu'il boit le café, ou mange un peu de soupe. Les hommes n'aiment pas cet homme, capable de parler de la même manière que les femmes des mêmes choses menues, ils n'aiment pas son bavardage séduisant, le lit trop proche, l'ébriété qui monte avec la tournée. Non, ils n'aiment pas du tout l'histoire du coucou.

Il arrive que la maison soit vide lorsque le facteur arrive avec une lettre. Il pousse la porte – toujours ouverte – et la pose sur la table. Mais alors, il est bien rare qu'une voisine n'arrive pas : « Attendez. Vous l'avez à la fontaine… Au jardin… Par les prés… » Et tout l'art c'est de faire attendre le facteur, de le faire parler, car rien ne vaut d'être là sur-le-champ, au moment où une lettre est ouverte et où l'émotion s'inscrit sur un visage, où une phrase jaillit du cœur, de l'ombre. On ignore toujours si on tirera quoi que ce soit du renseignement appris ou donné, mais il est posé là dans la tête et servira à la somme globale. On ne s'intéresse pas qu'aux événements importants ou graves, mais aussi aux vêtements que portent les autres et à ce qui cuit dans les marmites.

Allant de maison en maison, arpentant ce territoire qui est le monde où vivent les hommes, le facteur est un lien essentiel de la circulation des nouvelles internes à ce monde. Même s'il est discret, il est toujours indiscret, même s'il limite les renseignements qu'il donne de ces événements menus ou graves qu'on n'hésiterait pas à publier dans *L'Auvergnat,* il est un des moteurs de la circulation des nouvelles et non le moindre. L'été avec un casque colonial, l'hiver avec des raquettes, il écoute, observe et transmet. Les femmes sont capables de l'interroger, de lui « tirer les vers du nez » quand elles savent qu'il vient de telle maison. Elles veulent savoir si c'est une lettre de famille, un mandat, une lettre annonçant un événement important, un papier officiel. Lequel ?

Le facteur avec sa sacoche fait, en plus, les commissions pour lesquelles il ne paraît pas nécessaire d'écrire une vraie lettre dans une vraie enveloppe. « Vous direz à Rascoual qu'on battra la semaine prochaine », « qu'Émilie n'est pas libre avant le 15 ». Il fait aussi passer les messages des garçons aux filles, loin des regards indiscrets. Il fait même les commissions tout court, quand dans une maison on est un peu juste, quand on ne peut attendre la prochaine foire ou descendre à Saint-Geniez : auprès des lettres et des journaux il transporte du café, du sucre, une bouteille de rhum. Il rapporte les remèdes de la pharmacie. Il est une sorte de petit commerce ambulant. Il prend même sur lui de dire au maire, au docteur ou à la famille : « Vous devriez passer chez l'Antoine ou chez Lucinou, je ne lui trouve pas bonne mine. » Ou : « Il tousse ». Ou : « Il ne s'est pas levé depuis quelques jours ». Ou : « Il ne fait presque pas de feu ».

Il est aussi une poste en réduction : c'est lui qui ramasse les lettres déposées dans la boîte près de la croix, c'est lui qui, avant de les mettre dans son sac, les tamponne avec le timbre qu'il lui suffit de mettre au chiffre du jour, en le tournant d'un cran. Certains qui n'ont pas pris la peine d'aller jusqu'à la boîte lui donnent directement les lettres et l'argent des timbres. Il en vend, il rend tous ces services qui ne sont pas très officiels comme de prendre l'argent d'un mandat à expédier.

C'est un homme utile, on le soigne, on lui offre toujours quelque chose, au besoin on lui donne la pièce. Il est le sang des petits chemins du monde.

Il n'est pas le seul à les arpenter largement, propageant ainsi les nouvelles. Il y a le médecin, le prêtre, les religieuses-infirmières. Mais les circonstances de ces visites sont graves, dramatiques souvent et assez rares. Et puis le prêtre, s'il sait beaucoup de choses, n'en dit pas. On n'ose pas l'interroger. Il y a ce secret de la confession dont personne ne doute, ce qui n'empêche pas qu'on interprète ses silences et ses paroles évasives. On ne l'interroge pas sur la vie des autres, on lui demande conseil pour soi. On le fait souvent au moment du mariage, puisqu'il sait, parfois sur deux générations, le sérieux des femmes et des hommes. Il est dépositaire des secrets de famille. Avec lui n'ont pas lieu ces conversations banales du seuil de l'église, de la foire, du voisinage, du passage du facteur, mais ses allées et venues dans la paroisse sont observées et commentées. S'il est entré dans une maison où il n'y a personne à qui donner l'extrême-onction, ni de mourant auquel on vient donner le bon Dieu, il s'agit alors d'un mariage ou d'une affaire de famille : une réconciliation de frères et de sœurs, d'épouse, un adultère d'époux grave avec un bâtard, un mari dissolu qu'il faut semoncer, une entrée au séminaire, au couvent.

On pouvait aller le voir après la messe, mais alors tout le monde le remarquait et voyait de plus la tête qu'on faisait, on préférait donc qu'il passe à la maison. Il organisait une « tournée » de temps en temps et visitait les gens qui avaient besoin de lui ainsi que d'autres qui se trouvaient sur son itinéraire. Il allait sur les chemins, le bas de la soutane crotté ou mouillé ou poussiéreux et parfois, en ralentissant le pas, il en profitait pour lire le bréviaire. Oh ! on savait bien qu'untel avait reçu la visite du curé, mais on pouvait toujours dire qu'il était passé « comme ça », ce qui n'empêchait pas de parler. Il était un peu l'écrivain public d'un petit peuple, pas toujours illettré, mais maladroit devant les papiers officiels, embarrassé pour trouver une phrase, s'expliquer en face des gens supérieurs ou dans le cas d'un décès ou de décisions de famille – qui prend en charge le vieux père ? Comment on partage le bien ?

Les passages du prêtre étaient plus rares que ceux du facteur mais combien riches de possibles et d'événements qui sortaient de l'ordinaire.

Le médecin, comme le prêtre, est un homme « différent ». Celui-là n'est pas de Dieu, mais son savoir l'isole comme sa fortune. Lui non plus ne parle pas à bâtons rompus avec les gens des maisons mais ses déplacements sur les chemins du monde sont signe de vie et de mort et d'une chose plus grave que la vie et la mort : la santé. La maladie est pire que tout. Pour assumer le dur travail des pauvres, l'effort de chaque journée, il faut des femmes et des hommes solides. Même ceux qui prennent des remèdes sont suspects. On n'aimerait pas épouser une femme qui voit trop souvent un médecin, ou une femme trop maigre, ou un homme qui se fatigue facilement.

Il y a aussi les accidents, presque aussi terribles que les maladies. Les brûlures fréquentes parce qu'on manipule de grands chaudrons de liquides bouillants, les gens qui tombent des charrettes, des échelles, des arbres et se cassent les membres, ou se luxent les articulations. On se recolle vaille que vaille et le pays a des gens qui boitent, des gens dont le bras est plus court ou immobilisé, dont l'épaule est bloquée ou plus haute, la hanche raide.

La maladie fait choir l'économie, trouble l'ordre des maisons, vide les sacs de leurs pièces d'or. Après le médecin, passent les religieuses soignantes, celles des piqûres, des pansements, vêtements et voiles au vent, noir et blanc comme des pies dans les chemins, traçant les itinéraires des maladies, des accidents. Elles passent après ce médecin dont la chimie inquiète, elles rassurent, car elles sont de Dieu, on a confiance en elles. Elles confirment le diagnostic, ou le modèrent. Elles disent : « Ça, c'est bon », ou « ça, n'en prenez pas trop ». Le docteur est trop riche, on le soupçonne. Quand, en 1891, un frère et une sœur d'Apollonie moururent de la typhoïde, le docteur vint plusieurs fois. Marie Auguy descendit à Saint-Geniez chercher les remèdes. Le pharmacien les lui donna et lorsqu'elle s'aperçut que c'étaient les mêmes flacons, les mêmes couleurs – elle ne savait pas lire – elle voulut les jeter dans la rivière par-dessus le pont, car elle savait bien qu'ils n'avaient pas guéri ses malades. C'est les sœurs qu'elle alla trouver toute désemparée, pleurant avec son flacon inefficace. Elles lui dirent de persévérer. Cela ne servit à rien, mais cette démarche qui consiste à leur demander conseil avant et après le médecin est toujours présente.

Lorsqu'on va sur les chemins, en suivant son trajet quotidien, on rencontre toujours quelqu'un qu'on connaît. On le salue, on échange avec lui quelques phrases, fût-ce un enfant. C'est un cantonnier, c'est un voisin, c'est un homme à cheval, à pied, tout seul ou suivi d'un âne ou d'un mulet. C'est une de ces femmes de Saint-Geniez qui font le ramassage des œufs de maison en maison, dans les hameaux et dans les fermes des pentes, puis les revendent de maison en maison à la ville. Elles portent leur panier sur la tête, posé sur le *cabeçal*, modeste couronne de reines pauvres. Elles posent le pied sûrement, toutes droites, marchant avec lenteur pour ne pas bouger leur fragile fardeau. C'est un tout petit métier de veuve ou de femme âgée. Elles aussi connaissent tout le monde, transmettent les nouvelles et en apportent de fraîches de la ville.

Comme tous ceux qui marchent, viennent de quelque part, vont quelque part, on s'enquiert. Où ? D'où ? C'est une occasion de plus de savoir. Chaque individu, chacun de ses mouvements, on le situe dans le puzzle du monde. Il faut que tout s'y imbrique parfaitement et si le contour coince ou laisse du vide on n'a de cesse de minutieusement s'appliquer à marier les courbes et les creux, au long des heures et des jours de silence, pendant tous ces travaux qui laissent seul, les doigts occupés.

Il arrive que l'on voie monter les gendarmes. C'est rarissime, mais voilà un événement bouleversant qui parle de braconnage, de vol et de Dieu sait quoi d'autre.

D'autres fois viennent jusqu'aux maisons par le jeu des chemins des gens qui, par « la route grande », arrivent du reste de l'univers. C'est un lieu vague et presque vide mais d'où peuvent venir les précieux renseignements de la nouveauté. Des vendeurs de draps passent. Ils sont des Pyrénées, des Cévennes, de Toulouse. Parfois on les a déjà vus une ou deux fois, parfois jamais. Les grandes routes qu'ils ont suivies avant d'arriver aux chemins familiers les font porteurs d'étranges choses. Leurs habits, leur langage parfois, un occitan aux sonorités différentes, au vocabulaire étonnant, ont l'odeur fascinante du voyage. Ils ont un mulet et des ballots de linge dont les gens disent entre eux qu'ils sont volés. On ne les fait pas toujours entrer. C'est sur le seuil qu'ils déplient leurs coupons et les mesurent les bras tendus. Ils trompent sur le métrage mais comme ils sont pressés de finir leurs marchandises et toujours sur le qui-vive – on voit ça à leur regard – on peut marchander et les faire descendre jusqu'à d'incroyables limites. Ils disent qu'ils viennent d'Espagne où ils ont pu avoir les toiles à bon compte. Les femmes touchent les draps entre le pouce et l'index, écoutent parler de villes inconnues et, tentées mais économes et voulant faire une bonne affaire, sortent enfin de l'armoire l'argent nécessaire.

Passent des *pelhaires* pour lesquels on a mis de côté des peaux de lapin, d'agneau, de cabri, de veau, de taupe. Les gens les gardent étirées par un arc d'abarine et salées de gros sel. Il s'y ajoute parfois en hiver une peau de renard, épaissie par le froid, ou celle d'un lièvre roux. On garde pour eux la cire d'abeilles et quelques chiffons, rarement car ils « font toujours besoin ». On leur garde aussi les duvets d'oies et de canards qui n'ont pas servi pour les édredons de la maison. On les connaît ces « pelharots ». Ils tiennent boutique à Saint-Geniez, s'appellent Pezet, la Picarde. Ils vous disent ce que les autres ont cédé et à quel prix. Un prix le plus souvent évalué en vaisselle de terre – en *tarralha*[1], assiettes, plats et toupines – et non en argent qu'ils répugnent toujours à donner. Ils mentent sur le prix consenti par le voisin, le faisant tout petit, tout en sachant, bien sûr, qu'on se renseignera.

L'étameur de Saint-Geniez monte quelques fois dans l'année ramasser du travail. Des chaudrons troués, des seaux, des récipients divers qu'il répare d'une étoile d'étain brillant. Il prend aussi les couverts qu'il rapporte tout neufs et qui ternissent avec le temps, même si on les nettoie régulièrement avec des cendres. En attendant sa tournée, on a « ciré » le seau troué, c'est-à-dire colmaté le trou d'une goutte de cire. C'est assez solide et cela permet d'attendre.

---

1. Tarralha *[taralyo] : vaisselle ordinaire de terre (d'où son nom). On appelle* taralhetas *les plats et assiettes de poupées.*

Des pauvres aussi passent de porte en porte. Ces *raballaires de Dieu*[1] récitent des prières en échange de la soupe, de quelques pièces ou de pain. Ils s'assoient sur le seuil et attendent. Certains travaillent un peu, l'un répare les parapluies, l'autre les charnières d'un morceau de cuir fixé avec des clous. Ils arrangent ainsi une cage à lapins, un coffre, une caisse à salaison. Ils couchent à l'écurie après avoir donné leurs allumettes ou leur briquet. Les enfants en ont peur.

Ainsi sont peuplés les chemins du monde. Pleins de gens, pleins de nouvelles. Au-delà il y a le reste de la terre : Rodez, le pays-bas, Lourdes, Paris et la mirifique Argentine.

Un des rares voyages de la vie que presque tous ici ont accompli une fois, c'est le pèlerinage à Lourdes. Si l'on excepte les occasions de sortir de chez soi qui sont très rares, un malade à l'hôpital de Rodez, une visite à une religieuse, une entrée au séminaire, et qui ne mènent jamais bien loin, Lourdes fut pour plusieurs générations d'Aveyronnais le seul dépaysement de la vie. Ils n'y « plaignaient » ni le temps ni l'argent puisque la motivation était religieuse. Ils partaient avec le pèlerinage diocésain,

---

1. Raballaires de Dieu *[rabalayrès de diou] : les errants de Dieu.* Se rabalar *[sé rabalar] : se traîner.*

groupés par villages autour de leurs prêtres, avec toujours quelques enfants de Marie en uniforme : un large ruban bleu ciel, qui croise jusqu'au milieu de leur dos, porte la médaille ovale de la congrégation. Elles sont vêtues de bleu marine et sur la tête, tenu par un ruban bleu ciel lui aussi, elles portent un voile de tulle ou de mousseline, souvent le voile de leur communion. Les photos en témoignent où tout le groupe est pris sur les escaliers de la triple basilique, les enfants de Marie devant, les couples derrière, le prêtre et les religieuses dominant le tout. Ce triangle révèle bien la hiérarchie : devant la virginité, au-dessus l'Église, et au milieu le troupeau – parmi lequel parfois on s'aperçoit à peine –, la masse des chrétiens écrasée et fondue entre ce qu'il y a de plus honorable, la virginité des filles, et ce qu'il y a de plus noble, l'état ecclésiastique.

Encadrés et presque disparus, ils étaient heureux ces montagnards de cette parenthèse de plusieurs jours. Heureux et attentifs à tout, regardant les cultures, faisant des remarques sur le climat, sur le bétail, l'avance ou le retard de la végétation, la race des vaches. Tout en récitant le rosaire ils emmagasinaient les images, les réflexions. À heure régulière, dans ce trajet interminable, à midi, 4 heures et 7 heures, comme chez eux ils tiraient de leur bagage la charcuterie, le vin *canin* des pentes, le laguiole et le pain, et mangeaient. L'absence de soupe leur donnait l'impression de faire un pique-nique. Dans le filet au-dessus d'eux, le plus souvent il n'y avait pas de valises, ils ne voyageaient pas assez pour en avoir, mais quatre articles : *lo sac, lo grand sac, lo pichou sac et lo paraplueja*[1].

Pendant presque une semaine, ce serait dimanche chaque jour. Ils allaient vivre le chapelet aux doigts, au rythme des messes, des chemins de croix à genoux, des bains dans la piscine, pour les plus dévots, des confessions, des rosaires, des adorations du très Saint-Sacrement, des bénédictions de pèlerins devant la grotte, des processions nocturnes aux flambeaux.

Ils mangeaient avec circonspection et curiosité les menus que leur servaient ces couvents qui s'étaient fait une spécialité des pèlerins. C'était chose étonnante pour les femmes de « mettre les pieds sous la table », de critiquer, de comparer, de n'avoir pas seulement à enlever son assiette, si étonnant qu'à leur table elles rassemblaient la vaisselle, les couverts et ramassaient les miettes dans le creux de leur main.

1. [lou sac, lou gran sac, lou pichou sac é lou paraluéjo] : le sac (moyen), le grand sac (avec les vêtements de rechange), le petit sac (sac à main) et le parapluie.

Ils revenaient au pays, confortés dans leur foi par la vue des foules en prières, des malades, des dévotions ferventes, des chants et des litanies lancés avec la force de milliers de voix, des récits de miracles, et surtout par le nombre des chrétiens, la basilique pleine.

Quand ils rentraient, ils avaient les mains plus blanches, qui n'avaient pas touché de quelques jours aux eaux glacées, ou brûlantes, à la terre, au fumier ; la mine reposée ; l'œil brillant de nouveautés, prêts à une longue rumination de ce vécu. Dans leur sac, ils rapportaient la fameuse photo, des chapelets bénis et des images pieuses passées sur le rocher de la grotte, des bouteillons remplis d'eau de Lourdes qui iraient dans le coin de l'armoire attendre parfois des années les maladies graves – elle avait, cette eau, la réputation de ne pouvoir se corrompre.

L'autre dépaysement saisonnier, mais celui-là profane et dangereux, et que d'ailleurs tout le monde n'accomplissait pas, c'étaient les vendanges dans le pays-bas. Là non plus on ne partait pas seul, comme pour aller à Lourdes, comme pour s'exiler à Paris, comme on le fit pour l'Argentine, on ne partait qu'avec un groupe de son village, c'était pour n'être pas en perdition. Sans ce transport d'une partie de la communauté, sans ces connaissances qui aideraient à tenir debout, on avait l'impression que l'être se serait effondré, qu'il aurait glissé tout de suite dans l'immoralité, le péché. On trouvait ainsi, aussi loin que l'on soit de sa maison, à la fois accueil et surveillance.

Toutefois, on se méfiait beaucoup des vendanges. La plaine du bord de mer était suspecte. Tout le monde s'y voulait à la pointe de la mode et on ne savait pas y travailler. Ces vendanges qui paraissaient un amusement aux durs paysans de la montagne, les Languedociens ne s'avisaient-ils pas de les trouver éreintantes ? Leurs hommes étaient toujours prêts à embrasser et à séduire les filles.

D'en bas, on rentrait avec de l'huile d'olive, des tomates et des souvenirs de rigolades. Les jeunes filles partaient sur les chemins en se tenant par la taille, se parlaient à l'oreille en s'amusant comme des vierges folles. Cela plaisait si peu aux prêtres qu'ils rayaient autrefois, systématiquement dit-on, des enfants de Marie, les filles qui étaient descendues faire les vendanges. Mais peut-être étaient-ils renseignés par les confessions.

Comme on exploitait ces voyages par dix, vingt, et plus encore de récits divers, les autres se faisaient une idée des Pyrénées, du patois qu'on y parlait, du musée d'art populaire, des grottes de Betharam, des vignes immenses, des villages languedociens tout blonds, aux couvertures de tuiles, aux toits bordés de génoises, de la chaleur torride des nuits, de l'absence de sources, des ruisseaux qui n'étaient que lits de cailloux et trous d'eau pourrissants et de la mer étonnante – « comme si le plateau d'Aubrac c'était de l'eau et toute bleue ». Chez nous l'eau n'est pas bleue, elle est transparente et brillante comme du verre dans les torrents et verte dans le Lot – où ils avaient trempé les pieds, les hommes en retroussant le bas du pantalon mais en gardant le béret sur l'œil, les femmes en enlevant les chaussettes ou les bas, les manches relevées sur des bras blancs comme du caillé.

Tout différent était Paris. On n'y allait pas, on y partait définitivement. En deux temps souvent. Les roulles, les ouvriers agricoles, les moissonneurs des *colles*[1] et les lieuses qui les suivaient, ces filles perdues nécessaires aux hommes seuls, partaient l'hiver à Paris. Ils allaient comme garçon de café, serveuse ou monteur de charbon chez une connaissance, un cousin, un oncle, un ami. Quelques années peut-être durait ce va-et-vient, puis le départ définitif intervenait et la relation avec l'Aveyron d'origine ne se faisait plus que par des lettres, quelques photos. Un unique voyage, et encore lorsqu'on n'était pas trop

1. Còla *[colo] : équipe de travail. Groupe de travailleurs. Parfois toute une* colle *de vendangeurs était recrutée dans un seul village.*

pauvre, lors du décès du père ou de la mère s'il y avait des questions d'héritage à régler. Tant qu'au pays il y avait quelqu'un de proche, père, mère ou frère ou sœur, on en recevait des signes et des gâteries, un peu de charcuterie qu'on mangeait comme une communion aux ancêtres. On savait des nouvelles précises de la terre et de la qualité des récoltes, des nouvelles arrivaient de la vie des familles tout autour. Là-haut, on s'inscrivait à une association, Ceux d'Aurelle-Verlac, les Anciens de la Canourgue, les Enfants de Saint-Geniez à Paris. Là, on demandait des nouvelles comme on en aurait demandé à la foire mensuelle, on recevait le bulletin. On s'abonnait à *L'Auvergnat de Paris.* On continuait à tenir en cercle autour de soi, comme on pouvait, la chronique du village et de la famille.

Des couvents, des écoles, des petits séminaires, l'armée dispensaient un savoir nécessaire à ce départ. Et tous les ans mon pays envoyait à Paris sa quantité d'ouvriers, de cheminots, d'employés des P.T.T., d'instituteurs, de commerçants. La saignée fut longtemps invisible et servit d'équilibre. Longtemps ? Tant que les familles firent des dizaines d'enfants.

Le départ le plus étonnant et qui nous valut, à Corbières, de recevoir des lettres d'Argentine, avec des timbres que les autres venaient regarder comme une curiosité, tamponnés en espagnol, fut le départ d'une cinquantaine de familles d'Espalion et de Rodez comme « colons » à Pigüe.

C'est très près de Saint-Geniez qu'avait commencé cette grande aventure qui devait avoir tant d'importance dans la mentalité des gens de ce pays. Clément Cabanette avait suivi la voie classique des enfants des familles nombreuses : il était parti au petit séminaire. Les couvents, les séminaires recrutaient dans les familles de toute notre campagne. Vers l'âge de dix ans filles et garçons quittaient le milieu familial, la paysannerie, recevaient une instruction primaire et secondaire solide, et s'ils ne devenaient ni curé ni sœur étaient d'excellents produits d'exportation. Ils ne revenaient plus à la terre familiale ou à l'artisanat : les filles faisaient la classe, devenaient des demoiselles, puis des dames. Cabanette s'engagea dans l'armée, devint grâce à son instruction sous-lieutenant, puis « monta à Paris » où il travailla dans une banque, la quitta pour faire de l'instruction militaire en Argentine. Son destin et le nôtre pointaient. Là-bas, où il arriva en pleine révolution, il dirigea une société « pantéléphonique » qui devait promouvoir ce nouveau moyen de communication. Il y fit entrer des amis aveyronnais qui avaient déjà suivi à l'étranger cet homme entreprenant, plein d'enthousiasme et d'optimisme. En effet, il quitta sa société au moment où un mouvement de colonisation se dessinait vers ce « désert » nouvellement conquis par les Argentins, cet Ouest tout neuf. Il forma le projet d'y créer une colonie aveyronnaise. Il acheta à cet effet 20 000 hectares de terre au gouvernement. Ce que put représenter de fabuleux pour un Aveyronnais cette terre vierge, seuls ceux d'aujourd'hui peuvent le comprendre et comprendre l'ivresse de cet homme, ce projet insensé, ce rêve soudain possible de s'offrir, d'offrir à son pays, aux siens, un agrandissement. C'était une folie d'homme, d'homme d'un pays où on vivait parcimonieusement dans le petit peuple, sur quelques hectares, moins de dix, et quelques dizaines pour les plus riches. Il faut l'imaginer en train de constituer des lots de 300 hectares, d'une terre intacte comme au jour de la création, ni épuisée, ni divisée, qu'il sentait comme extensible, capable de sauter les limites des bornages, une terre où ne s'inscrivait pas en champs triangulaires et exploitation à trois ou quatre – trois héritiers se partageaient tel champ en bandes horizontales ou verticales – les complexités, les âpretés des héritages, de plus une terre plate, une immense plaine.

Un Aveyronnais, Issaly, fut chargé de la propagande. Elle fut difficile, mais il alla proposer de village en village ce rêve de la terre et les alouettes vinrent en foule au miroir, la richesse parlant plus fort que tout ce que les craintifs purent dire sur l'esclavage, les bêtes fauves, la terre stérile, les serpents, des Indiens mangeurs d'hommes et une terre – qui sait ? – hypothéquée.

C'est ainsi qu'une quarantaine de familles quittèrent Rodez le 23 octobre 1884 et après sept jours de traversée débarquèrent en Amérique, avec les femmes, les enfants, un prêtre, leurs titres de propriété, une pierre d'autel consacrée et une institutrice. Nantis de ce qui faisait leur force : la religion, la famille et le savoir, ils s'apprêtaient à faire fortune sur ce qu'ils aimaient le plus au monde, la terre qui, bénie et investie, cesserait d'être étrangère. Ils prirent possession de leurs lots en décembre. Ils laissaient l'hiver dans leur dos, arrivaient dans leur nouveau pays pour la belle saison. « C'est l'Aubrac en juillet, écrivaient-ils, l'air est pur, la terre est noire comme du fumier, le lin, le maïs, les pommes de terre y viennent d'une façon luxuriante. »

Le pays pourtant les déconcerta malgré sa prospérité. Les hivers y étaient rudes, il y gelait tardivement, en plein printemps, il y pleuvait peu. Des animaux pratiquement inconnus et dont on n'aurait pas attendu grand mal, les daims, les cerfs et les sauterelles, devinrent les vraies bêtes sauvages, redoutables. Les noyers, arbres-clés de la civilisation aveyronnaise, mouraient là-bas. La vigne qui était pour tous un luxe et un honneur ne venait pas, non plus que les arbres fruitiers.

Mais les facultés d'adaptation des Aveyronnais étaient immenses, les récoltes étaient fabuleuses, les territoires vastes, les annuités de Cabanette en fin de compte modestes, et l'argent, le bel argent, coula avec une étonnante abondance.

Il arriva dans l'Aveyron des lettres de l'étranger et le facteur les porta dans les chemins où elles circulèrent et il écouta la lecture que les gens en faisaient en hochant la tête, en regrettant, en doutant, et il répéta lui-même les machines qui moissonnaient 16 à 18 hectares par jour, les troupeaux de plus de mille têtes, des cheptels de trente-six bœufs, les propriétés qui passaient de 200 hectares à 500, l'ouvrier agricole devenu propriétaire de centaines, et même affirme-t-on de milliers d'hectares. C'est alors que s'en alla la sœur d'Apollonie, Joséphine, son aînée de deux ans seulement, bientôt suivie de deux de ses jeunes frères, Justin et Jean-Pierre.

Elle, elle ne partait pas pour prendre une terre, mais pour s'engager comme domestique. Ce pays riche et neuf était moralement dangereux, malgré la présence de groupes cohérents d'Aveyronnais. Le jeu, la boisson, la débauche, tous les vices y éclataient avec la prospérité. Pigüe fut une ville de perdition où Joséphine, en effet, se perdit. Elle eut une fille naturelle : Juliette. Ce qui, sur place, chez nous, aurait été un douloureux scandale, vu de si loin devenait beaucoup moins grave. On en parlait. On n'en était pas ici, à Corbières, dans le reste de la famille, particulièrement fier, mais le jugement qui pesa sur Joséphine fut, somme toute, léger. Oui, elle avait une fillette. De qui ? On ne pouvait pas le dire. Mais c'était quelqu'un de très bien. Un médecin. Mais Joséphine l'élevait comme il faut, honnêtement et même, à mesure que le temps passait, on apprit que Juliette « réussissait bien aux écoles ». Cette enfant, qui aurait eu ici le destin habituel des femmes, devint finalement institutrice. Forte de son indépendance matérielle elle ne se maria pas. Pigüe, déjà engagée dans le progrès technique, déjà moderne au niveau des exploitations agricoles, avait une ou deux générations d'avance sur nous. Les femmes y commençaient leur promotion sociale.

Joséphine ne revint à Corbières que quarante ans plus tard et l'on prépara une immense fête qu'on appela entre nous « la fête du retour ». Il y avait tant de monde que le repas eut lieu dans une grange, un repas mémorable, unique, bien plus beau que celui des battages. Je fis la connaissance de ma cousine Juliette. Elle était pour nous d'une élégance et d'une beauté étonnantes, et plus encore que tout cela instruite, et plus encore rompue à des activités ici réservées aux hommes : le cheval et la chasse. Elle était autoritaire et orgueilleuse. « Elle s'en croit » disions-nous.

Elle nous prenait tous, nous, les petits-cousins, plus pauvres, plus « arriérés » pour des espèces de serviteurs et nous donnait des ordres avec un accent étranger insupportable, il nous était difficile d'imaginer qu'elle était de la famille. C'était bien la première fois que l'un des nôtres ne parlait pas patois !

« *Pétit, fais-moi courré lé chéval.* »

J'obéissais. Je faisais courir le cheval en le tenant par la bride et au passage elle sautait en croupe, fière de son agilité.

« *Pétit, fais-moi voir lé torrent…* »

Et je la conduisais.

Pour la première fois je rencontrais quelqu'un qui méprisait mon univers : elle le trouvait ridiculement étroit. Elle disait toujours « lé pétit champ », « lé pétit troupeau » et un jour où une compagnie de perdreaux avait croisé la carreirole où nous marchions, elle s'étonna : « Pétit, cé des perdrix, ça ? Chez nous elle est plus grosse » et, avec ses deux mains, elle montrait la taille de pintades.

Ainsi Pigüe vint jusqu'à Corbières, une fois. Mais revenait-on de ce Paris où l'on était parti aussi, revenait-on quand il n'y avait pas de congés et que les voyages étaient si chers ?

Seulement ça faisait tout drôle de penser à ces gens qui vivaient à contre-saison. Aussi Apollonie disait-elle parfois à sa mère, ou à ses enfants, ou à moi, en décembre : « Tiens, là-bas ils fauchent la luzerne… », « ils arrachent les pommes de terre… » ; en juillet : « il neige en Argentine » et devant les petits troupeaux égarés sur les champs : « Dire qu'ils ont des milliers de bêtes. »

C'est ainsi que nous avions onze cousins à Pigüe, dont cette Juliette que je détestais secrètement pour sa morgue, son accent, signes de la prospérité des « Argentins ».

On racontait – mais d'où Apollonie le tenait-elle, c'était peut-être après la « fête du retour » ? – qu'une des branches du cousinage avait gardé l'habitude de boire trop, de jeter son argent par les fenêtres, de faire la « bringue » – on entendait par là mener une vie dissipée, entretenir des femmes, jouer, ne plus avoir de religion. « Ils tiennent d'Antoine » disait-on d'eux, alors que l'autre branche se tenait « comme il faut ».

Bien longtemps, bien longtemps après, je me chantais un jour cette chanson qui dit qu'au bois de l'Alzonne il y a un « plan », sur ce « plan » des peupliers, sur le plus haut une branche, sur cette branche cent feuilles, sur une feuille trois fleurs, au milieu d'elles un nid, dans ce nid un œuf, dans l'œuf un oiseau. Et la chanson repart : l'oiseau est dans l'œuf, l'œuf dans le nid, le nid au milieu de trois fleurs, les fleurs sur la feuille, la feuille sur la branche au milieu de cent autres, la branche est sur le plus haut peuplier, le peuplier sur le « plan », le « plan » dans le bois de l'Alzonne.

Et j'ai pensé tout d'un coup qu'il était tel, le monde où j'étais né, enveloppé dans l'univers, mais non point noyé ou perdu, fragile de la fragilité de l'œuf dans le nid, mais fort d'être entouré, empaqueté.

Je ne suis né ni dans un coin perdu, ni suspendu dans le vide, mais au centre du monde. Et le centre du centre était la maison. Et le cœur vivant du centre du centre était la femme. Pour moi c'était Apollonie. Jusqu'au fond de l'espace et du temps, j'étais entouré d'une foule de vivants et d'une multitude de morts.

V

Autour de la femme et de l'enfant : des morts

19 février 1944

La Marie de Simon a mis son plus gros fichu de laine noire. Entre les pans noués sous son cou et renoués encore sur la nuque, son vieux visage lisse, peu ridé, est jaune dans l'éclat du jour. Elle est sourde. Un jour où elle gardait ses vaches en tricotant, tranquille, quelqu'un par manière de plaisanterie lui a sauté dessus. Elle a eu si peur que cette frayeur est à l'origine de sa surdité. C'est ce qu'on raconte. Un peu infirme, elle n'est pas mariée et a soigné père et mère. Passé la quarantaine, à l'âge requis par le droit canon pour les servantes d'ecclésiastiques, elle est devenue bonne de curé. Son visage a l'étrange absence d'expression de ceux que n'atteignent plus les bruits du monde. Le chemin sera long de Verlac à Corbières. Il y a très haut de neige durcie de gel. L'air est sonore, immobile et d'une profondeur glacée. Ses sabots y résonnent. Elle s'efforce d'aller vite et son haleine sort de sa bouche en bouffées rapides. Elle porte la mort chez Apollonie.

Tout à l'heure, lorsqu'on a téléphoné au curé de Verlac, il s'apprêtait à célébrer des obsèques. On enterre la fillette des Fessouyres, une gamine de quatorze ans, une jolie petite fille qui faisait plus que son âge et qui est morte un peu sottement, après avoir pris froid. Le médecin venu en hâte, à pied, « n'a pas connu son mal », dit-on. Henri l'avait rencontrée à une noce, peu de temps avant, et l'avait un peu et gentiment courtisée. C'est à cause de cette cérémonie que le curé envoie Marie à sa place. Si ce n'était pas cet enterrement, il se serait chargé lui-même de la nouvelle. Il l'a souvent fait au cours de cette guerre, d'entrer ainsi dans les maisons, d'être accueilli par des sourires de femmes, et avant même qu'elles n'aient le temps de faire un geste d'accueil, d'être obligé de parler de la mort, de voir se porter vers leur cœur ces mains qu'elles allaient tendre, de voir en un instant les visages se démolir, et, en un instant, de rendre dérisoire et tragique l'ordre domestique, le torchon blanc pendu près de la fontaine et les photos sur le buffet. Mais aujourd'hui ce sera Marie. Déjà elle a averti la Jaboune qu'elle a rencontrée dans Verlac et le facteur qui préparait sa tournée.

La postière de Séverac a téléphoné à Saint-Geniez. La nouvelle se répand et fait tache d'huile, mais elle n'a pas encore atteint Corbières.

À Séverac-gare où elle est morte, tout le monde sait déjà. C'est de cela que l'on parle chez le boulanger, chez l'épicier, dans les maisons. On se déplace au besoin en courant vers une maisonnée qui serait dans l'ignorance. Certaines pleurent : « Pauvres petits… et de quoi donc ?… Et cette fillette qui n'a pas un an… et les deux autres… Qui l'aurait cru la semaine dernière… C'est le cœur qui a lâché ?… Elle avait peut-être quelque chose aux poumons… »

On dit ce qu'on sait et on lance des suppositions qu'on annoncera dans la maison suivante comme des certitudes. Cet homme veuf maintenant avec ces trois petits… On l'enterre quand… On la ramène dans son village, non pas ici… Pauvre petite… Ce dernier bébé l'a fatiguée… Il paraît qu'elle avait du diabète. Tout d'un coup, oui. Il a fait venir le docteur mais c'était trop tard… Elle n'a rien dit… Rien… L'autre a trois ans… Mais la grande a treize ans… Elle fera la maman… Heureusement qu'elle a cette grande fille… Non elle n'est pas là en ce moment, elle est à l'école à Corbières, chez sa grand-mère… Elle était si jolie. Elle n'avait pas l'air bien heureuse…

Déjà dans la maison, une de ces maisons de la « compagnie », neuve et raide avec des volets bleu tendre, arrivent la religieuse et deux femmes pour la toilette de la mort.

À Corbières Apollonie est seule. Henri est parti avec les filles de Rascoual à l'enterrement qui se prépare. Il monte en ce moment vers Verlac. Hier on a tué le porc. Sylvain d'Aubignac est venu saigner et Céline a passé la journée à aider sa sœur à charcuter. Ce matin elle est partie à Rascoual faire la *maselièira*[1] pour la journée. Apollonie aujourd'hui a tout rangé et les fritons se font dans la *pairole*. Il y a grand feu dans la cheminée. Les torchons tachés de sang trempent et sur la neige dehors, une grande flaque rose et la mach lavée d'eau bouillante attestent le tuage d'hier. Les mains d'Apollonie s'activent. Au plafond, la saucisse est luisante de fraîcheur et dans le sac de toile recouvert de papier jaune tout poussiéreux, il ne reste presque plus rien des jambons de l'année dernière, quand Julia était venue presque

---

1. Maselièira *[maselyèro] : charcutière. Femme capable de diriger la fabrication de la charcuterie, le jour du tuage du porc. Elle conseille, montre, dose. Toute fermière était plus ou moins* maselieira, *mais on s'assurait, pour ce jour important, l'aide d'une ou plusieurs femmes plus spécialisées. Ma tante Céline était une de ces femmes.*

au terme de ses troisièmes couches. Ce reste de jambon, près de la saucisse et des saucissons frais, montre bien qu'il était temps de lier sans interruption le porc finissant et la nouvelle production.

Tandis que la Marie de Simon se hâte, dans Saint-Geniez on parle déjà de cette mort. On attend d'avoir des précisions sur l'heure des obsèques, et alors la femme qui annonce commencera sa tournée. Elle ira de porte en porte et dira avec ce ton particulier, une sorte de mélopée sur un air élevé, comme si elle récitait « Julia Cayzac est décédée. Dieu la bénisse. Enterrement à Saint-Martin le... » Parfois, sans même se déranger, une voix de femme criera : « Oui ! Merci. » D'autres fois elle sortira dans le couloir, la main sur le cœur, pour faire parler Jeanne, un instant. Jeanne reste debout la main sur la poignée de la porte, refuse d'entrer et de s'asseoir car elle a beaucoup à faire, mais elle échange quelques phrases et dit ce qu'elle sait et comment elle l'a appris. « Non, on ne sait pas encore de quoi... Elle était menue comme sa mère... C'était l'aînée d'Apollonie... Mais elle était solide... Il n'y a personne de malade du cœur dans la famille... »

Au moment où Henri qui monte à Verlac et Marie qui descend se rencontrent, à la hauteur de la maison d'Alain, mon destin à moi a déjà basculé. L'oncle Jurquet m'a amené chez une voisine avec le bébé, ma sœur France. On m'a embrassé avec emportement. J'ai vu des larmes dans les yeux de tous, j'ai vu le visage défait de mon père. Mais je ne le sais pas. Il me faudra vingt ans pour le comprendre.

Ai pas una bona novèla per tu[1], a dit Marie de Simon à Henri, et elle a dit la nouvelle en criant trop fort, comme les sourds. Lui, il a fait demi-tour, en courant. Il s'essouffle dans le chemin, l'air glacé brûle ses poumons, et il pleure et s'étouffe en courant. Là-haut, sa mère fait les gestes tranquilles et ancestraux du porc. Mais il n'ose pas rentrer chez lui et dire que Julia est morte, qu'on ne sait pas de quoi, qu'on n'a pas de détails, qu'il faut partir tout de suite à Séverac. Il s'arrête à la maison de la Pierroune. Puis à celle de la Sandroune. On murmure. On retient d'une main sur la bouche un cri d'étonnement tout près, si près d'Apollonie dont le visage est éclairé par le feu. Rien ne lui vient du dehors, que la lumière du jour et le silence de la neige. Julia doit venir dans deux jours. Elle lui a écrit. Tout le monde mangera du porc frais, elle emportera des provisions car,

1. [Ai pas uno bouno nouvèlo per tu] : je n'ai pas une bonne nouvelle pour toi.

quittée la campagne on mange mal et cher. Le marché noir fait rage. C'est la maison d'hiver, close sur sa chaleur, préservée encore de cette nouvelle étalée là, tout autour, propagée déjà par le facteur, ayant presque atteint, mais pas encore tout à fait les limites du monde.

« Il faut aller prévenir Céline à Rascoual, et de là vous irez jusqu'à Lunet chercher Rose. » Il faut partir vite, il ne faut rien dire à Apollonie, ont conseillé les voisines. « Il faut dire que la petite est bien malade. C'est tout. Il sera toujours temps. – Et l'autre à l'école ? – Il faut la prendre, sa place est là-bas. Mais ne rien lui dire non plus. Elle aussi a le temps de savoir. C'est elle qui va se retrouver la petite maman de tout le monde. »

On ne marche pas facilement dans cette neige glacée. À Rascoual, Céline abandonne la joie chaleureuse du jour du porc et la chaleur et l'assemblée soudain figée à l'annonce de la nouvelle. Céline sanglote en marchant. Elle aime sa nièce Julia comme sa petite sœur.

Derrière eux, devant eux, le froid pèse. Toutes les cheminées respirent imperturbablement et ce n'est pas la mort qui va les arrêter, elle n'arrête pas les cœurs, même si elle les brise, et en pleurant les femmes continueront à saler la viande pour qu'elle se conserve, à préparer la soupe, à assurer la marche du temps, à imbriquer les mois et les ans les uns dans les autres, avec la table, le feu, les fêtes, le travail.

Après avoir sauté le ruisseau, Céline, Henri et Sylvain ont pris la pente. Ils se taisent. Que pourraient-ils dire alors qu'ils ne savent rien ? Sauf « mon Dieu », sauf pleurer. Du bois de la Vayssières, on les hèle. Ce sont deux jeunes gens de Lunet et de Corbières qui se cachent là pour ne pas partir au S.T.O. Ils habitent une fois dans un *secadou*[1], une autre fois dans un grangeot[2], et la famille leur porte des provisions. Ils n'ont rien à faire. Ils vivent de courir, le fusil sur l'épaule, de manger, de s'arrêter dans une ferme isolée et connue, d'y rester le temps d'un repas et d'une *fumada*. L'un des deux est Jean Mercadier, le beau-frère de Rose – le frère de son mari Joseph. « Retournez à Rascoual, dit-il, je vais prévenir Rose et Jépou et je leur dis que vous les attendez là, puis moi j'irai le dire dans les fermes. On va faire plus vite, nous. On a l'habitude de courir. »

---

1. Secador *[secadou] : séchoir à châtaignes. Souvent situées sur le lieu même, dans les châtaigneraies, ces petites constructions sans fenêtres comprenaient un rez-de-chaussée où l'on entretenait un feu pour dessécher les châtaignes, qui devenaient ainsi châtaignons, et un étage à claire-voie où étaient posés les fruits.*

2. Granjot *: petite grange.*

Aude est en classe. Elle a treize ans, le regard droit et les cheveux frisés de notre mère. Elle écrit sur son cahier avec une plume sergent-major la leçon de morale du jour, en écriture anglaise : « Au navire brisé, tous les vents sont contraires. »

Quand Rose et Joseph, Henri et Céline, arrivent en haut de la ruelle, tout Corbières sait. Lorsqu'ils ouvrent la porte, en même temps que l'haleine chaude de la cuisine, en même temps que l'odeur de charcuterie, ils reçoivent le regard et le sourire d'Apollonie. Elle va les faire approcher du feu et leur offrir du café chaud. Mais non. Le balancier de cuivre de la pendule reflète ce tableau immobile, cette dernière minute de plénitude. Tout est doux, les mains d'Apollonie luisantes et blanches de graisse ont interrompu leur geste, doigts écartés en avant, pour ne pas salir. Une lame de couteau brille. Au lieu de faire halte dans une maison chaude, le groupe vient d'ouvrir les portes noires pleines de cris et de larmes de la mort et c'est cela qui est entré.

« Il faut partir tous, même Aude. Julia est bien malade. »

Pour aller à Séverac, qui est très près pourtant, il y a un voyage en trois étapes. À pied de

Corbières à Saint-Geniez. En car de Saint-Geniez à Campagnac et en train de Campagnac à Séverac.

Le car, le train avancent dans le paysage noyé de neige, tandis que Jean Mercadier, comme un renard le long des orées de bois, va de feu en feu annoncer que Julia est morte.

Le corps de Julia dans sa douceur, dans l'abandon particulier de la mort est livré maintenant aux habilleuses. Elle est allée d'une neige à une autre neige.

Dans le bruit du train, un peu avant Séverac, Apollonie apprend de Céline que je suis orphelin pour toujours.

Vingt-cinq ans après, c'est encore février qui lui avait apporté la mort. Non pas la mort qui survient au bout d'une vie, mais de nouveau la mort scandaleuse des êtres jeunes. La guerre et la mort. Deux fois sans rien comprendre. Deux fois sans rien savoir. Mais comprend-on jamais ce sur quoi on se brise ?

Ce n'était rien pourtant, n'est-ce pas Apollonie, que la mort de l'homme comparée à celle de l'enfant ?

Entre elle et Julia passe la lame qui coupe en deux le fruit, transperce les viscères uniques, ceux qui n'ont pas de double : le foie, l'estomac, le cœur.

Et elle pense à ces images des douleurs de la Vierge et du cœur du Christ.

Quand Henri était mort, elle s'était accrochée à ces trois vies auprès d'elle. Mais aujourd'hui où s'appuyer ? Que serrer dans ses bras contre le froid de joues plus froides que le fer glacé des seaux ? En février 1916, la vie montait en elle et autour d'elle. Ses seins étaient pleins de lait et elle serrait la main d'une fillette en grand deuil. Mais aujourd'hui ?

Il ne lui restait qu'une chose triste et cendreuse : la haine. Il y a vingt-cinq ans elle avait avancé sur les exigences de la vie. Aujourd'hui elle allait accuser l'homme, celui qui avait pris Julia, c'était plus facile. Comme il y avait cette petite fille de dix mois, on dirait que Julia ne s'était pas remise de ses couches. Et les couches, c'est l'homme qui en est responsable. Lorsque la naissance est sans problème, l'accouchement et l'enfant appartiennent à la femme. Elle n'a même pas à le réclamer. C'est ainsi et incontestable. On peut bien laisser à l'homme le nom et les déclarations à grands coups de gueule, lui qui n'est jamais sûr d'être père. Mais qu'un bâtard survienne, qu'une femme meure, et voilà que l'homme réapparaît avec ses appétits, ses exigences, son absence de contrôle, ses jugements sur la femme déclarée « facile » ou paresseuse. Haïr c'était plus facile que d'accuser la justice de Dieu, et si le beau-fils se remariait ce serait plus facile encore. Ils se remarient tous.

Apollonie serrerait les enfants à Corbières, même s'ils ne lui appartenaient pas. Elle savait bien que l'homme accepterait, démuni qu'il est et lâche devant la soupe à faire, la maison à tenir – tenir bien droite, tenir fermement entre ses mains pour éviter qu'elle ne s'écroule – qu'il céderait à la facilité. Un temps du moins. Un temps pour elle, même si, demain, remarié, il venait les chercher.

Dans la chambre où allait se faire la veillée, il y eut un grand moment terrible. Apollonie hurla qu'elle allait demander une autopsie. Elle voulait savoir exactement de quoi était morte Julia. Elle voulait autre chose que « mort subite », « peut-être embolie », « diabète ». Est-ce qu'on meurt subitement quand on est jeune, fraîche, gaie, qu'on a nourri son enfant et qu'on est d'une famille solide ? « Chez nous, crie Apollonie, il n'y a pas de maladie de cœur. » Et elle se frappait la poitrine du poing. Céline la calmait, la berçait en pleurant et l'entraînait.

Puis, lorsque le cierge de Chandeleur fut allumé, lorsqu'on eut mis dans une soucoupe un peu d'eau bénite, qu'on eut posé à côté le rameau béni, tout se tut et on n'entendit plus que le murmure des prières. Elles ne seraient interrompues que par des phrases dites à voix basse ; celles de ceux qui viennent faire la visite.

Chez nous on ne quitte pas les morts. On reste près d'eux pendant cette période incertaine qui précède l'ensevelissement. Bien qu'on sache que rien ne les fera revenir, on les garde, on les regarde, on les épie. Comme si l'âme flottait là, entendait les paroles, voyait les larmes et y trouvait du réconfort.

C'est une camionnette de la S.N.C.F. qui, le lendemain, partit pour le cimetière de Saint-Martin. Nous étions tout près du cercueil, derrière, mais je ne m'en souviens pas. Je ne puis qu'imaginer les cahots et la caisse de châtaignier, le bruit et les mouvements que nous imposaient les virages. C'était le lundi 19, au matin. Lorsque la camionnette s'est arrêtée, nous étions tous éblouis et titubants dans la lumière sous la neige. Antoine a reçu sa sœur dans ses bras. C'est lui qui allait la soutenir pendant l'absoute. C'est lui qui mettrait tout à l'heure au cimetière la main sur sa bouche pour l'empêcher de crier ces choses que personne ne doit entendre. De son chapeau pendait le voile noir qui permet à la douleur d'être discrète, qui ne laisse rien voir, ce voile de deuil que j'ai retrouvé chez elle et qui n'a plus servi, car la mode a passé de cet immense crêpe drapé.

L'église était pleine et les hommes qui n'étaient pas rentrés attendaient dans le cimetière et même au-delà, le chapeau à la main, que le prêtre entonne le *Libera me*.

Ma mère était un des premiers, peut-être le premier mort de ce minuscule cimetière de Saint-Martin venu là dans un véhicule à moteur. La fillette des Fessouyres enterrée l'avant-veille était venue dans le char à bœufs, dont les brancards avaient été décorés de lierre et de buis. Et des couronnes de lierre tressé entouraient le cercueil. Les femmes de Corbières en avaient tressé aussi pour Julia, mais il lui manqua le pas des bœufs, tous les pas derrière le char, le bruit des grandes roues sur la terre glacée et les cailloux, la psalmodie latine du prêtre vêtu de noir, ou du moins voyait-on les ornements noirs, sous sa cape, les clochettes des enfants de chœur.

Il n'y eut pas d'autopsie de ma mère. Cela aurait coûté le prix de deux bœufs et Apollonie avait encore une fois des enfants à charge, deux seulement car on confia la petite fille à la tante Jurquet, séparant ainsi ce qui avait été étroitement uni par notre mère, encore une fois un garçon qui s'appelait Henri. C'était moi. Cela devait durer quelques années, jusqu'au remariage de mon père, et donner à Apollonie cet élan que je lui ai connu, cette force pour pétrir, porter des bottes d'herbe, faucher des jours entiers, et nous faire la soupe. Encore une fois elle se retrouva avec une grande fille qui pouvait s'occuper de la maison, s'occuper de moi comme une femme, traire les vaches et porter la pitance aux travailleurs. La vie reprit pour elle comme si elle avait eu vingt ans de moins. Mais la menace pesait de ce père qui périodiquement montait voir ses enfants, portait des tissus, de l'huile, du café, du chocolat, de l'argent, était si jeune encore et ne tarderait pas à monter un jour avec une nouvelle épouse. Mais il y avait cette tombe qu'elle voyait chaque dimanche et vers laquelle elle descendait souvent, trouvant à tirer une herbe, à arranger un peu, un bref apaisement.

Elle devint, plus encore que pour son mari, jardinière des morts, comme le sont toutes les femmes. Celle qui entretient les tombes ne fait que continuer les gestes qu'elle exécute au jardin : désherber, ratisser, planter, enlever les feuilles sèches, les fleurs fanées. Elle va « sortir l'herbe » aux morts avec un petit *bigos*, une biquette[1]. Des choses sont là, plantées dans un carré qui ressemble à celui des semis. Elle se penche dessus avec cette idée peut-être que le grain enfoui qui pourrit va germer un jour, qu'il n'est jamais qu'un espoir de moisson. Le jardin était le lieu privilégié d'Apollonie, le cimetière aussi, mais c'est la même chose, la vie et la mort ne sont contradictions qu'en apparence. Elle avait soin

1. Biqueta *[biquéto] : serfouette.*

des graines gardées dans des boîtes, dans les pots sur la cheminée, attentive à la lune et la tête pleine de dictons. La chose essentielle est de mettre en terre pour la subsistance de demain. Et comment ces morts, enfouis jour après jour, ne seraient-ils pas une semence ? Ne parle-t-on pas de jardins célestes et ne commencent-ils pas ici ? Certes il n'y a pas de fruits à cueillir, de récolte, du moins visibles, mais les jardiniers des morts les entretiennent, scrupuleusement fidèles. Il y a une paix extrême à savoir qu'on sera là soi-même un jour, et que d'autres qu'on aime se pencheront comme vers la salade et le haricot, sur ces poignées de cendres qui auront été nos cœurs d'hommes. L'église de Saint-Martin ouvre sur son cimetière comme une bouche, les morts reçoivent la sainte haleine et la visite des vivants qui, en se rendant à la messe, passent au milieu d'eux. On y est à la fois près de Dieu et près des siens. On a beau croire en Dieu, on craint terriblement la solitude de la terre, et même si l'Église répète que l'âme est au ciel, quelque chose est là avec la chair qui aime la compagnie des hommes.

On n'aime pas voir de tombes abandonnées, comme on n'aime pas l'idée de « partir seul » sans une église pleine, comme on a en horreur celle de mourir à l'hôpital, loin de son lit, ou seul « comme un chien ». Il semble que doive être réunie aux divers moments du passage la communauté de la famille et du village.

On voudrait pouvoir demander, près de soi, quand arrive l'heure, la douce prière des agonisants : « Que vous soit rendue la robe blanche que vous aviez au baptême. Frère très cher, je te confie à celui dont tu es la créature. Puisses-tu ne rien connaître de l'horreur des ténèbres. Que l'assemblée des anges se hâte à ta rencontre. Que tu aies ta place dans les pâturages toujours verts du paradis. Que le Seigneur te reconnaisse comme une de ses brebis. »

On voudrait pouvoir écouter les prières, les yeux ouverts sur une vie en ordre, confessé, une main dans celle de l'homme, de la femme, ou de l'enfant. À un moment cette main deviendrait légère et on passerait ainsi de l'Aubrac aux terres encore plus hautes du ciel. Les prés divins et les brebis, ce ne serait rien d'autre que la continuation de la vie de paysan. Et on n'aurait nulle crainte. Rien ne fait plus peur que la mort subite, qui n'a permis aucune précaution, aucune disposition. On la craint si fort qu'il existe des pratiques et des prières pour s'en préserver. La congrégation de la Bonne Mort ou la dévotion à saint Joseph garantissent de cette horreur qui serait de plonger directement, tout seul, dans l'éternité. On craint cela, même pour ceux qui paraissent les plus purs, des religieux, de très vieilles gens, comme une qui avait quatre-vingt-dix ans, chantait et priait en gardant ses brebis, que nous entendions en passant sur les chemins, qu'on citait en exemple de simplicité de cœur et de sainteté. Elle mourut tout d'un coup en lisant son journal, face au ciel, et on fit prier pour elle, car la mort subite est toujours effrayante.

Après l'instant ineffable de douceur où la tête s'abandonne et roule dans un mouvement de tendresse, où la main s'est abandonnée, si légère, c'est au plus proche de fermer un regard dont la dernière vision est un visage familier, une cuisine où la vie s'emboîte à elle-même, dans la main de la femme sans s'interrompre ; un feu plus nourri qu'à l'ordinaire contre le froid de la mort et bien qu'on sache que c'est inutile car ce froid-là vient du dedans de la chair, avec les trois sueurs. Un regard qui a vu les horizons inchangés depuis l'aube des temps de la même terre, qui n'a été traversé d'aucune image étrangère. On livre alors le corps aux mains des femmes. Elles l'apprêtent avec soin. Elles taillèrent et essayèrent les habits des vivants, elles firent des chaussettes à la mesure des pieds, elles lavèrent l'enfant, le vieillard et le malade. Elles savent en plus peigner, faire joli, car il ne s'agit pas seulement de couvrir, de même qu'à table il ne s'agit pas seulement de nourrir. Elles font sortir les hommes, parlent tout bas et font des gestes très doux, car ce corps peut peut-être encore souffrir, on ne sait pas, il peut peut-être encore entendre, être mal à l'aise, et elles auront soin de son confort, comme elles étaient attentives à ne pas faire de plis dans le lange ou dans le lit du malade.

Elles choisissent les vêtements de l'éternité comme pour d'ultimes noces. On n'en attend pas moins d'elles. C'est un service nécessaire, autant que le pain, dans la continuation du pain. Aux hommes, souvent, quand ils n'avaient pas trop grossi, elles mettent le costume « novial », aux femmes jamais. La robe de noce a été prêtée, ou débitée en vêtements d'enfants. On leur met parfois, car elles pensent à ces choses, les vêtements qu'elles ont désignés.

Les mains jointes et le chapelet aux doigts, le corps bien posé, un beau drap glacé et la couverture de coton crochetée par les femmes ; les récipients d'eau vidés ou retournés, les miroirs, s'il y en a, voilés : le mort est prêt pour les visites. Car on va venir en foule le voir, même les enfants, et prier un instant pour lui. La visite est double, pour « celui qui part », et pour « ceux qui restent », mais toujours par rapport à celui qui est mort. Il est à l'honneur ce jour-là, on va parler de lui, ici autour du lit mais aussi dans le monde. C'est dans la mémoire des autres que ces derniers moments de présence se déroulent. Faire visite, ce n'est pas une obligation, c'est une appréciation parfois délicate où entrent le degré de parenté, le voisinage, la relation, l'amitié. La visite peut paraître déplacée parfois, ou motivée seulement par la curiosité, curiosité très forte de savoir comment était le mort, quelle tête il avait, s'il avait changé, si on l'avait bien arrangé, si l'on pleurait ou non autour de lui, et cela pour nourrir la chronique.

Cette visite, elle se fait en trois temps. D'abord, l'arrivée et l'étreinte aux endeuillés, les larmes. Il serait là tout à fait malséant de parler d'autre chose que du chagrin de cette mort. Puis on passe près du mort, avec les prières, le baiser, la bénédiction du corps d'un geste du rameau béni trempé dans l'eau bénite, qui dessine en l'air la forme de la croix. Puis le retour auprès de la famille endeuillée assise sur des chaises. Il y a toujours quelque parente dont la douleur est moindre ou qui dit « je ne sais pas comment je fais tout ça, c'est machinal » et qui s'occupe du feu, du café, de faire asseoir, du confort des visiteurs. C'est là qu'on s'informe des circonstances de la mort, de tous les menus détails – le récit sera répété à chacune des visites –, des paroles prononcées et de la manière dont se comporte cette chair qu'on plaint de sa solitude, de sa froideur, de sa raideur. On a toujours des choses à dire sur le corps et son entrée plus ou moins difficile dans sa boîte. Je me souviens de la mort du vieux Foit. Il gardait ses brebis à plus de quatre-vingts ans, plié en deux par « les douleurs », le nez au niveau de la ceinture, pierre au milieu des pierres, au milieu des sonnailles et des grelots du chien. Il avait perdu un œil d'un coup de couteau, et son immobilité de vivant déjà nous effrayait. Un beau jour il se coucha. On crut que c'était la fin, mais non. Il ne mourut pas. Six mois il resta dans le même lit, tout plié en deux comme lorsqu'il marchait, roulé en boule dans des draps sales. Il ne mangeait ni ne buvait. Il était là comme un bout de bois. À peine voyait-on sa respiration. On se contentait de s'approcher de son lit et on écoutait. C'était si long que l'on s'apprêtait chaque fois à dire la nouvelle : le Foit est mort. Et puis non, on voyait son dos se soulever. Un jour, un jeune de la famille dit : « Il nc pourra jamais entrer dans la caisse, il faut le redresser. » C'est ce qu'on fit. On l'attacha tout droit à une planche et il était déjà droit comme un mort préparé avant qu'un jour, en le regardant bien, en écoutant dans sa poitrine (*lo còr es lo darrier mòrt*[1]), sa femme n'annonce que ça y était.

---

1. [Lou cor es lou darrièr mort] : « Le cœur est le dernier à mourir ».

On a toujours quelques histoires de ce genre à raconter, de femmes très grosses, ou de mortes si menues que leur cercueil semblait celui d'un enfant. Mais après, la conversation se détend un peu, les larmes s'apaisent et le visiteur s'informe des vivants. La vie si forte s'insinue. On n'a, en fait, rien d'autre à opposer à la mort que les problèmes de tous les jours. Parfois le visiteur a retrouvé là un membre de la famille qu'il n'avait pas vu depuis longtemps, ou avec lequel il était brouillé, ou fâché à mort. C'est l'occasion d'une réconciliation. Il arrive que la visite elle-même soit un moyen de renouer des liens distendus, d'effacer de vieux contentieux. Il y a une trêve de la mort, comme il y a une trêve de la naissance. Certains différends apparaissent dérisoires, autant devant le miracle d'un berceau plein que devant la stupeur de la mort. Ainsi celui qui est en train de partir – il n'est pas encore tout à fait parti, il est dans le passage, en train d'accomplir son passage – sert-il de lien entre les vivants. Il quitte la communauté en laissant derrière lui la somme de ses actes, les choses faites, les maisons bâties, les arbres plantés, les collines défrichées, les enfants sortis de lui, les méchancetés, les insuffisances de son être et toutes les choses inachevées, et derrière ce départ les autres se restructurent, les liens changent, les relations reprennent ou alors commencent les haines inexpugnables des partages, les séparations, les ruptures, les biens dispersés : ils sont assis, ils respectent toujours la trêve mais tout à l'heure ils se battront, peut-être, sans pitié.

Un jour, un jour et demi, durent les visites et il y a une ou deux nuits à veiller. On n'imaginerait pas de laisser seul un mort, et dans l'horreur de la morgue l'idée de ce corps dans le froid, sans rien autour de lui de la sollicitude des vivants, est la pire de toutes. La veillée est assurée par tous, par roulement souvent, et souvent on envoie se coucher le plus éprouvé par le chagrin, lui montrant que le relais est là et qu'il peut faire confiance. À l'arrivée de chaque nouveau veilleur on prie, on dit un chapelet, une dizaine. Puis la conversation reprend, basse, douce, autour du feu, autour du café et des gâteaux. Et l'aube arrive.

Il est bien rare que dans la masse des parents il n'y ait pas à ce moment-là une femme enceinte ou un enfant qui vient de naître. Alors il se dit « les uns s'en vont, les autres arrivent ». La mort est sentie comme la place qu'il faut nécessairement faire. La naissance comme une nécessité de combler les vides. La mort s'enchaîne à la vie.

C'est dans la stricte intimité de la famille étroite que l'on dépose le mort dans le cercueil de chêne ou de châtaignier fait pour lui par le menuisier du village. Car en cet instant la douleur l'emporte.

C'est le moment de gestes et de mots excessifs et il ne serait pas convenable de les étaler devant tout le monde.

L'enterrement, lui, par contre, rassemble tous et toutes. C'est comme une obligation d'y assister, pour si peu qu'on ait fréquenté le défunt, même dans de lâches relations de voisinage. On peut accomplir un voyage assez long pour ne pas déserter au moment de rendre ce dernier service. N'avoir déplacé « personne », c'est-à-dire peu de monde, est la pire des misères. Lorsque l'on vient à des enterrements où l'on n'a pas grand chagrin, lorsqu'on vient par nécessité, un peu en colère d'être obligé de perdre une matinée, on pense à soi, un jour, un jour de toute façon, et à cette foule qu'on voudrait voir – on a la vague idée qu'on verra – autour de soi, ceux qui furent l'essentiel de notre vie comme ceux qui furent des instants, comme ceux qui ne firent que passer en fond sonore et qui étaient puissants : le maître d'école, le patron, le maire du village. Tous serrés, comme si chacun d'eux avait une parcelle de nous et qu'il soit scandaleux que cette parcelle ne soit pas là. Rien ne doit manquer, l'âme doit être complète, doit être totale – les deux âmes, la bonne et la mauvaise – au moment de la transparence et de la pesée, pour que rien ne manque. Il ne doit rien manquer non plus à la chair au jour du jugement dernier, même pas les dents de lait.

Enfin le mort est rendu à la terre que depuis des générations les siens ont soignée, labourée, dépierrée, peignée de champs et de jardins, attentifs aux mystères de l'eau, du vent et du soleil, désirant se les concilier pour leur pain et celui de leurs fils.

À cet instant même où le mort va ensemencer la terre, les vivants se réunissent pour manger, avec l'appétit féroce de ceux qui continuent, et ils arrêtent à un moment leurs sanglots pour mâcher une bouchée de pain, et mangent tout en pleurant. Le repas des funérailles qui rassemble un peu plus que la famille – s'y joignent ceux qui sont venus de loin et ne peuvent repartir « comme ça » – est préparé par la même parente qui cette nuit faisait le café et s'occupait des choses matérielles, des vêtements de deuil, des démarches à faire, des cierges, des sous à donner au curé et aux enfants de chœur. Ce repas est rarement triste jusqu'à la fin. Le vin peut libérer la parole, voire le rire et même les chants. Mais les femmes sont là pour faire respecter la bienséance, même si elles rient sous cape, gardiennes sans clé de l'ordre moral comme du feu, des souillardes, des provisions et des armoires.

Demain, penchée comme une jardinière, la femme ira arranger les couronnes de lierre, mettre du gravier de rivière ou de torrent dans l'enclos bordé de pierres, de ciment, ou entouré d'un fer plein de volutes qui le fait ressembler à un lit d'enfant. Demain, après-demain, elle ira au cimetière, jardinière du silence, d'un jardin d'âmes sans fruits ni légumes à cueillir.

Après l'ensevelissement, le service aux morts continue. Car où sont-ils, eux, alors que nous faisons aller la vie et qu'ils nous pèsent, comme nous pèserons un jour sur eux, et c'est un devoir sacré de les laisser peser, ombres qu'ils sont, si menues, ne trouvant de poids qu'ainsi, à être évoqués, ne fût-ce que d'une image floue à la lecture d'un nom sur une tombe, ne fût-ce que d'une bribe d'histoire que nous renouons autour d'eux avec une famille, un fin réseau de souvenirs qui les empêche de sombrer ?

Nous savons plus ou moins clairement, plus ou moins chrétiennement, très peu chrétiennement en fait, qu'ils ne sont pas soumis au temps des pendules, des repères solaires du jour, et des astres qui rôdent la nuit. Ce qui leur est arrivé n'est pas comme pour nous apaisé par le temps qui passe. En échappant aux ans, la douleur redevient cuisante et la faute entière, même si des années et des dizaines d'années ont passé. Où ont-ils été projetés quand arriva l'échéance ? En haut ou en bas, dit cruellement l'Église, dans la lumière ou dans les ténèbres, la félicité ou l'indicible malheur définitif. Mais dans quel temps ? L'éternité des justes est-elle devant, l'éternité des méchants derrière ? Ou inversement à cause du paradis terrestre ? Ou peut-être n'y a-t-il ni devant, ni derrière, ni dessus, ni dessous et tout est serré contre nous, tous les morts, tous les temps, toutes les âmes qui errent, celles qui demandent justice, celles qui veulent réparer, celles qui veillent, celles qui font du mal, celles qui font du bien, ceux qui sont morts de mort subite et attendent le pardon, ceux qui n'ont pas eu leur compte d'amour, d'argent, de bonheur.

Peut-être ceux qui sont près de Dieu nous ont-ils quittés pour toujours ? Ce n'est même pas sûr, car s'imagine-t-on soi-même désintéressé de ce qui fit la vie, des récoltes, du poids du porc, de la croissance des enfants, de la lactation des vaches ? Peut-être toutefois y en a-t-il qui dorment dans la paix d'un passé immuable, ou d'un futur encore inachevé.

Alors, les âmes sont là, contre les vivants, et chaque geste les brasse, et elles nous regardent. Il nous faut être attentif à leurs manifestations, garder leurs sépultures, nous préserver, nous faire dociles. Ils n'arrêtent pas de nous lancer des signes précis mais peu clairs, dans les plantes qui poussent sur les tombes, dans le bruit du feuillage, les bruits de la maison, la force du vent, les objets déplacés, le grignotement des vers de bois, les petits lézards gris des murailles, sacrés parce qu'ils passent sous les pierres et visitent les cercueils.

Parmi les âmes qui sont là, de très heureuses nous frôlent que le présent combla et enferme, d'autres hurlent et nous interpellent, nous demandent des comptes. Elles n'ont pas voulu d'autre éternité que notre présent, et leurs paroles passent près de nous, les bêtes peuvent les entendre. Tout d'un coup dans la nuit les vaches meuglent et s'agitent, le chien gémit comme sous une caresse ou un coup, la boiserie craque, une porte claque, ce sont les morts. Au crépuscule *quicòm d'emblancat*[1] a traversé la carreirole près de la source, un inconnu a parlé à l'enfant sur le chemin de l'école, on a trouvé posées en croix ses propres épingles à chignon, la chaise a été déplacée vers la cheminée : un mort est venu prendre « un air de feu ». Telle maison fermée a une étrange disposition d'orties sur le seuil, un lapin aux yeux rouges, presque nu, est arrivé dans la portée, on a rêvé du pauvre Joseph ou de la pauvre Irma : les âmes du Purgatoire demandent des messes. Une petite flamme bleue le long

1. Quicòm d'emblancat *: « Quelque chose de blanc » (en réalité* emblancat *se traduirait : emblanchi).*

d'une haie ou le long du mur du cimetière, on appelle ça « des clartés de feu », ou sur une tombe précise, c'est encore elles.

C'est surtout la nuit qu'elles se manifestent. C'est sûrement parce que fermés aux signes du travail et du jour, nous sommes plus attentifs aux leurs. Tous ceux qui s'attardent dans les chemins la nuit, ce qu'il faut d'ailleurs éviter, ou au crépuscule vous diront, s'ils le veulent bien, qu'ils en ont rencontré.

Un soir d'hiver l'attelage d'un charretier fut arrêté par des formes blanches qui parlaient d'une petite voix incompréhensible. Il descendit de son siège et les fit fuir avec son fouet des lanières tressées de cuir de bœuf au bout d'une branche de noyer. Rentré chez lui, il s'avisa que les lanières étaient pleines de sang. Pensant qu'il avait eu affaire à des fantômes, mais à d'étranges fantômes, il s'en ouvrit à son curé. « Vous avez rencontré des petites âmes des limbes[1], dit le prêtre. Elles vous demandaient le baptême. Retournez-y et baptisez-les. » Le charretier retourna sur les lieux.

1. Les limbes ne sont pas l'Enfer – on ne pouvait y mettre des enfants qui n'avaient pas péché – ne sont pas le Paradis – on ne pouvait y trouver que des baptisés –, mais un lieu intermédiaire de tristesse et d'errance. C'est là que l'Église mettait les enfants morts sans baptême en attendant le Jugement dernier.

Avec un peu d'eau et la formule rituelle, il donna le sacrement aux âmes des enfants morts sans baptême.

Les chemins de nuit sont pleins de mystères. Il faut y marcher en connaissance de cause. Seuls s'y aventurent imprudemment les noceurs, les impies et les brigands.

Les âmes en attente sont le plus souvent celles du purgatoire et elles réclament des messes, souffrant mille morts jusqu'au moment de la délivrance – elle se manifeste par une étoile filante : « Tiens, une âme vient d'entrer au Paradis. » On ne sait combien de temps doit durer la pénitence imposée. En tout cas, elle ne se mesure pas en longueurs humaines. Des siècles peut-être pour les grandes fautes, celles dont on parle à mots couverts dans la souillarde, à la fontaine, sur le chemin de l'église. Les suicides, les crimes, les enfants conçus, grandis et nés en cachette, serrés dans des corsets et jetés aux porcs à peine nés, ou enterrés dans le secret de ces fermes lointaines, isolées. Les enfants du père et de la fille, ou du frère et de la sœur. Ou du prêtre.

On ne dit pas les mots, on se tait, mais tout le monde comprend, après, lorsqu'on raconte qu'on a vu un feu follet sur telle tombe, car c'est le feu qui sort de l'enfer ou du purgatoire, ou quand quelqu'un affirme que des bruits étranges de métal viennent de cette maison-là et qu'il ne faut pas y passer après la nuit tombée. Les enfants les fuient.

Pour se faire bien voir et mériter les messes qu'elles demandent, les âmes du purgatoire rendent de menus services, comme de vous réveiller à une heure précise le matin, si vous le leur demandez. Elles veillent tandis que vous dormez et vous réveillent quand il faut d'un coup dans la poitrine.

On peut toujours craindre les âmes qui viennent comme des juristes dire à la famille que leur droit ou celui de quelqu'un n'a pas été fait, et exigent réparation.

Les âmes damnées sollicitent aussi les vivants, les torturent et demandent elles aussi des prières. Dans mon pays on se pend le plus souvent, on se noie quelquefois car il y a des gouffres profonds et qu'on ne sait pas nager. Les noyés – pourquoi eux – appellent souvent du fond de l'eau, préviennent des malheurs. Dans cette vallée immergée du Lot au-dessus de Saint-Geniez, l'église noyée fait sonner ses cloches pour avertir les vivants des dangers qui planent. Qui les avertit, sinon les morts du cimetière, morts deux fois : morts d'abord, puis noyés ?

Mon arrière-grand-mère, m'a-t-on raconté, vit dans un arbre l'âme de celui qui s'y était pendu. Il l'envoya – elle était alors une petite fille – faire une commission à sa mère « tu diras à ma mère… ».

Elle affirmait, cette Marie, avoir fait la commission et avoir oublié quelques jours après ce que c'était. Peut-être ne voulait-elle pas parler, liée par un secret d'outre-tombe ? C'est un grand péché, un grand désespoir que de quitter volontairement la vie et les morts qui se sont suicidés, leurs maisons, les « maisons de pendus », inspirent une peur particulière. Ils sont damnés et désespérés pour l'éternité. On ne peut pas grand-chose pour leur apaisement.

On ne saurait trop faire attention aux âmes. Aussi le cimetière est-il un des plus beaux lieux du village, petit belvédère à l'abri du clocher, à Saint-Martin il est même suspendu dans le vide, avec pour les morts le plus beau paysage, la splendeur de l'horizon. Ils sont si petits, ces cimetières, que les tombes fraîchement creusées et fleuries y prennent tout leur éclat. Il n'est pas rare que des églantiers aient poussé, sauvages, les vivants les ont laissés faire, les ont parfois greffés et les tombes s'ornent de solides fleurs rose pâle. Des buis les enserrent. Ils sont le symbole de la foi tenace, impossible qu'il est de les arracher, et leurs fleurs sont douces aux abeilles dont la place est bien au milieu des âmes, elles qui sont pures au point qu'il ne faut pas, près d'elles, dire du mal ni des blasphèmes.

La terre des cimetières est âme pour toujours. Dans certains champs qui étaient d'anciens cimetières oubliés, on trouva des sarcophages. On les emporta dans des fermes où ils servirent d'auges pour les cochons. Mais les cochons mouraient d'avoir mangé dedans. Et on comprit alors pourquoi les arbres n'avaient jamais pris dans ces champs, pourquoi, quand on les labourait, on était soudain submergé d'une odeur de chair pourrie. Il ne faut pas troubler, même innocemment, les corps en repos et transformation des morts. Il ne faut labourer là, ou jardiner, ni pour le profit ni pour l'utilité ; même les plantes sauvages, on n'en aurait jamais ramassé aux abords des cimetières, car les âmes se logent aussi bien dans les herbes.

J'ai grandi au milieu des morts, dont on parlait comme de personnages familiers, absents seulement, un peu plus absents que les absents, définitivement immobilisés dans leur âge et leurs gestes, mais guère plus que tous les adultes autour de moi qui me paraissaient immuables. Les passages au cimetière étaient l'occasion de bavardages, de commérages. On évoquait les drames, les manquements graves au code social, les séries noires chez des gens qui n'avaient pas de chance. Les dates sur les pierres étaient significatives : plusieurs années de suite enfants, père, mère, aïeux se suivaient dans la mort comme si le chagrin les avait entraînés. Ceux qui étaient sous terre avaient pour moi un visage que je reconnaissais dans celui de leur fils ou de leur neveu, ou d'un frère, ils avaient une histoire souvent triste. Apollonie me racontait cela penchée vers le sol qui est le ciel des morts. Parmi les morts il y avait l'ombre légère de ma mère dont on me disait très peu de chose, dont on m'avait montré le sourire sur des photos, dont je savais qu'elle était jolie et gaie, pleine de goût et de grâce, sur laquelle pourtant personne n'insistait jamais, ni pour être tendre avec moi, ni pour être faible. Souvent un adulte disait en me montrant « c'est le fils de la pauvre Julia ». Cela suffisait à mettre ma mère du côté de ces morts qui nous pressaient de toutes parts.

J'entendais parler d'eux à tout moment, dans les veillées, dans les conversations, et ils étaient si mêlés aux vivants qu'il me semblait toujours les voir, le soir quand après avoir gardé nous rentrions lentement avec Roger dans le crépuscule, et qu'une ronce s'accrochait, un souffle passait sur ma joue. Les grands soirs d'été nous regardions la voie lactée qui est leur chemin et si un buisson s'agitait nous disions : *Se siás une bona causa, parla. Se siás míchanta, Dieu t'accompanhe*[1].

1. [Sé sios uno bouno caouso, parlo, sé sios mitchanto, Diou t'acounpagno] : « Si tu es une bonne chose : parle. Si tu es méchante : Dieu t'accompagne. » Formule à réciter pour se préserver des mauvais esprits.

Est-ce que j'avais peur ? Nous partions en courant vers la lumière de la maison car nous ne voulions pas approcher trop longtemps les mystères. Il nous suffisait de les côtoyer.

Mon pays et tous ses chemins étaient pleins d'une multitude de respirations secrètes, parallèles, superposées à celle des vivants.

VI

Autour d'eux, d'autres maisons, et dans les maisons, des vivants

1951

LONGTEMPS, LE TEMPS FUT POUR MOI giratoire et finalement immobile. Il vivait d'un frémissement intérieur – il faisait bons les vins, les fromages et les confits –, et je le savais allant et bougeant, un peu à la manière des châtaigniers ou des noyers qui en leur temps donnaient des fruits et changeaient de visage, mais de l'éternité desquels au fond je ne doutais pas.

Le point fixe et le cœur étaient le volume où régnait Apollonie, bientôt dans ma mémoire associée à Rose, étroitement, bien que je ne sentisse la majesté que de l'une. Tout instant, et surtout ceux du temps d'hiver, me ramenait dans ses lieux de rayonnement, la maison et le jardin, le champ où elle travaillait, mais surtout cet asile inviolable, la maison où j'étais hors d'atteinte et comblé, assistant à la magie des femmes : la cuisine, voyant les secrets se dérouler sous mes yeux, sur la cuisinière et le feu, vers lesquels elles étaient penchées. Le plus souvent, je les vois penchées, ces femmes de mon enfance : vers le tricot, vers la reprise, au-dessus des casseroles, vers la terre, devant le Seigneur. Je comprends alors parfaitement ce que signifie être tête en l'air. Tout s'échappe, alors que dans la mince distance entre le front et les mains, le front et la table, le front et le sol toutes les choses restaient prisonnières et se tressaient l'une à l'autre, faisaient masse sur les traits à mesure qu'avec le temps la femme s'épaississait de vécu. Toutes les photos d'Apollonie qu'il me reste, où Julia n'est plus à ses côtés, sont celles d'une femme vieille, aussi bien à cinquante-huit ans lorsqu'elle perdit sa fille, qu'à l'approche de sa mort. Mais d'une vieillesse étonnante, comme celle de centaines de femmes dans tout mon pays, droites comme à vingt ans, et peut-être plus agiles encore, toutes noires, sauf les grands tabliers de toile blanche du porc et du pain, taillés dans d'anciens draps : pareillement coiffée au jour de ses noces comme au jour de sa mort.

Quelque chose s'était passé dans sa vie, discrètement, sans grands éclats de voix, mais irréversible. Dix-huit mois après la mort de Julia, son fils Henri se mariait. Il épousait une des plus jolies brunes de la montagne : Marie des Infruts, qui venait de plus haut que Prades-d'Aubrac, d'un pays de neige et de loups. Jolie, Marie ? Plus que cela, belle, avec son teint de cire compacte, ses longs yeux posés horizontalement, ses cheveux drus d'un noir de corbeau et sa bouche un peu grave, un peu distante parce qu'elle était close sur les mauvaises dents des gens de la montagne. L'arrivée d'une belle-fille était une chose dramatique et banale : il n'y avait qu'un seul pouvoir. Le partage n'était ni dans les usages, ni dans le comportement aristocratique des femmes. Apollonie était depuis trop longtemps maîtresse et accoutumée à l'être pour accepter longtemps l'intruse et la délicate composition quotidienne. D'autres le faisaient, partout, non sans drames et sourde haine, mais souvent pourtant sans violences extérieures, physiques ou verbales. Les tâches se répartissaient : une dehors, l'autre dedans, l'une à la couture, l'autre au tricot, l'une au fromage, l'autre à la cuisine, les femmes d'une maison étaient rarement deux à cuisiner, poste clé, source d'honneurs multiples et de la considération des hommes. On voyait même parfois d'assez bonnes connivences, une complicité de femelles, qui toutefois restaient rivales, pour l'obtention du pouvoir. La vigilance pour prendre la place était intacte et ne souffrait aucune capitulation. Parfois, le moment d'être à son tour souveraine arrivait avec la vieillesse extrême, n'empêche qu'alors la femme s'étalait dans son règne, se redressait de fierté car, enfin, – l'autre était clouée au lit ou au coin du feu ou disparue – elle pouvait ouvrir les armoires à sa guise, fouiller dans les tiroirs, tripoter le linge et l'argent, avoir main sur tout ; au lieu d'avoir seulement un coin à elle, elle pouvait enfin cacher des choses et s'installer dans le lit d'honneur. Elle ne disait jamais « c'est trop tard maintenant », pour se pavaner, même édentée et tordue de douleurs, dans la position de celle qui gouverne.

Lorsqu'il s'agissait d'une mère et de sa fille dans la même maison, c'était plus simple, moins conflictuel, car elles étaient du même sang et portées l'une envers l'autre à l'indulgence. La fille était habituée depuis l'enfance à se soumettre, et puis le mâle n'était pas au milieu d'elles, il n'était jamais qu'à côté et il n'intéressait pas directement la mère. Mais entre mère et belle-fille, le fils était là, enjeu de tendresse et de jalousie.

Quand Henri se maria à presque trente ans, il était devenu depuis longtemps l'homme de la maison. Certes on n'avait pas oublié qu'il devait partir un jour, mais on vivait comme si cela ne devait jamais arriver, le fils menant le bien du père, enfin homme, vrai homme courant les foires et les cafés, gai, dépensier, et coureur de filles. Sa mère avait pour lui toutes les indulgences et lui fournissait un peu plus d'argent que n'en avaient les autres jeunes gens de sa condition.

Ces situations, qui se reproduisaient souvent là où le père était mort, cette longue habitude du fils célibataire devenu le maître des lieux, rendaient la venue de la belle-fille encore plus difficile. Si Apollonie n'avait pas été atteinte au cœur, je la vois très bien acceptant le défi et la lutte et venant à bout, très vite, de la fille trop jolie et sans expérience, un peu puérile, que lui ramenait son fils. Mais quelque chose avait basculé avec la mort de Julia, et Apollonie laissa la place. Elle profita de la naissance d'un enfant chez sa fille Rose pour aller lui rendre les services d'usage et ne rentra pas à Corbières. Elle m'emmena avec elle. Aude à ce moment-là avait quitté l'école et commencé sa vie de travail, comme petite bonne, à Saint-Geniez d'abord, puis plus tard à Millau. Je me retrouvai à Lunet, juste à une portée de boralde, sans connaître d'arrachement puisque je n'avais pas quitté mon monde. Ce que fut la brisure pour elle je le soupçonne – on ne meurt pas d'un ulcère ou d'une tumeur à l'estomac sans que se soient battus là, au centre du corps et avec violence les sentiments les plus excessifs – mais n'en sus jamais rien.

Je comprends maintenant pourquoi le dimanche Henri venait à la messe à Lunet, tout seul, accomplissant comme en se jouant ce trajet de monte-descend, au lieu d'aller tranquillement à Saint-Martin. Il descendait par le pré du Pouget, la châtaigneraie, il traversait le ruisseau d'Aurelle gros ou mince suivant les saisons, piquait droit sur le sécadou de Blanc et remontait de l'autre côté vers le Four del Mas au son des cloches du « premier ».

Il était mon parrain et j'imaginais, dans ma candeur d'enfant, que c'était moi qu'il venait voir. Il arrivait à la maison où il avait un moment à passer avant la messe, il ne se déshabillait pas et prenait son premier verre de vin, tout beau du dimanche, frais rasé, portant toujours quelque bricole pour ses neveux : une roue de moulin avec des palettes de noisetier à installer sur un ruisseau, une paire de bœufs ou un char qu'il avait taillés en sifflotant une bourrée, ou pour les parents un de ces râteaux à foin dont il avait la spécialité, solide, adapté à la main et au geste, en bois de noisetier ou de frêne. La joie qui éclairait Rose et Apollonie de revoir ainsi l'enfant gâté, seul, pour des retrouvailles brèves, je croyais que c'était la joie du dimanche, le chou farci qu'on mettait au coin du feu avant de partir à la grand-messe.

Avec mon cousin, nous nous mettions du côté des hommes et c'est près d'eux que nous nous serrions à la sortie de la messe, des célibataires enviés, d'Émile de la Bastide, d'Auguste de Falq, de ceux du Bousquet, de la Roque, de la Vayssières, de la Commellerie, de Blanc de Rascoual. Nous les écoutions sans trop rien dire. Ils parlaient de chasse, de braconnage, de service militaire, car il y avait toujours quelque militaire qui était le centre d'intérêt, ou alors un revenu pour un temps « de Paris ».

Nous nous faisions petits pour suivre les jeunes gens chez Marcillac ou chez la mère Pégorier. Nous tendions les oreilles et il nous tardait d'avoir de la moustache, de fumer et de savoir les choses qu'ils se disaient à l'oreille et les faisaient rire ; des murmures qui n'étaient pas pour nous. La mère Pégorier était jolie sous son chignon jaune et si méticuleux que c'en était une légende. Nous, les enfants, buvions du rouge-limonade dans de tout petits verres et nous écoutions parler de la qualité du vin, de celle du foin, des vaches et des foires, de la fidélité des filles ou, en hochant la tête, de celui de la Vidalerie qui devait se faire prêtre – c'était une jolie ferme bien tenue, avec une maîtresse de maison tirée à quatre épingles, propre et « rangée » aussi bien que les champs. Avec Roger nous étions très fiers, car c'est la laine du troupeau de son père qui fit le matelas du trousseau du séminariste. On évoquait toujours Jeanne de la Bastide. Elle était si jolie que tout le monde aurait bien voulu l'épouser. On parlait des dernières cuites. Parfois, sur la table, une magnificence arrivait, offerte par un qui était au régiment ou celui de Paris en visite au pays : de la fougasse, un paquet de *chaudèls*[1], des cigarettes « cousues ». « Prenez donc une cousue », disait le visiteur. C'était un luxe. Sinon c'étaient les paquets de gris qui faisaient le tour de la table. C'était dimanche et le temps était autre, pour une fois on pouvait s'asseoir sans travailler et faire provision de tout ce que nous ruminerions dans la semaine aux heures de travail.

Car nous travaillions. Beaucoup moins qu'à la génération précédente, semblait-il, et on ne manquait pas de nous rappeler combien nous étions privilégiés par rapport à nos pères et nos grands-pères, combien nous étions gâtés, nous qui avions pour tous les jours des choses qui étaient pour eux de rares friandises, comme le chocolat, combien nous étions pourvus et luxueux alors qu'il y avait eu un temps où on économisait même les sabots : pour neuf enfants là, à la Pomarède, et nous connaissions la famille, il n'y en avait que quatre paires et ils allaient à des messes différentes pour être décents et chaussés. Mais nous devions nous tenir au travail, mon oncle Joseph ne badinait pas, il n'aurait pas fallu dire que nous étions

1. Chaudèls *[tchaoudèls] : petits gâteaux échaudés, souvent parfumés à l'anis.*

fatigués, et on nous confiait des tâches d'hommes. Dans ce pays où il y a toujours des murs abrupts pour maintenir la terre, nous devions tenir l'aiguillon et maîtriser l'avancée des bœufs, doux il est vrai, mais énormes, à un mètre du vide. Nous donnions à manger aux poules, nous allions tirer le vin de la barrique, nous gardions les vaches, les cochons, les moutons, ce qui était une responsabilité importante, car des bêtes mal tenues ou mal surveillées pouvaient faire d'importants dégâts. Nous conduisions le bétail au pré et allions le chercher. Nous étions chargés de couper le bois et d'en entretenir un tas suffisant près du feu, de débiter des branches ou des ascles à la scie pour qu'elles entrent dans la cuisinière. Rien n'était plus sévèrement jugé que la paresse, même celle des enfants, mais si nous savions nous tenir au travail on nous traitait avec douceur et gentillesse. Lorsque l'oncle nous prenait à la foire, il nous faisait un petit cadeau. Apollonie nous donnait des « sous », notre espace était respecté, on pouvait jouer, faire des cabanes, emprunter n'importe quel itinéraire. Nous y trouvions toujours quelqu'un pour nous parler, demander des nouvelles des nôtres, pour nous surveiller aussi : « Où tu vas, petit ? » « Qu'est-ce que tu fais ? » « Et où est ton oncle ? » « Attention que je le répéterai à ta grand-mère, elle t'aidera ! » Lorsque avec Roger nous organisions des courses sur le dos des cochons, il y avait toujours quelqu'un pour nous dénoncer, souvent le vieux Marcillac qui n'avait rien d'autre à faire, handicapé qu'il était, que de tout scruter de son balcon et d'écouter ce qui se disait au téléphone public. On nous traitait avec humanité dans le travail. L'heure de notre lever, c'était après la traite du matin, assurée par les hommes et les femmes, au moment où ils mangeaient la soupe, et parfois une pascade ou un peu de viande froide de la veille. Eux avaient déjà travaillé deux heures au moins. Nous retrouvions à ce premier repas le domestique Émile, de la Bastide, le berger Mouisset, en plus des nôtres. À partir de là, comme nous étions pris dans les saisons, nous accomplissions ce qui nous était réservé dans les choses à faire : les coupes de bois, l'entretien des murs et des chemins, du matériel, les labours, les semailles et l'été le grand travail de l'herbe, des moissons et des battages.

Nous n'avions pas notre monde à part. Nous avions notre part dans le monde, auprès de tous les habitants du village, fréquentant beaucoup, d'abord, les femmes et les vieux, puis peu à peu accédant au fil des ans à notre place. Nous écoutions beaucoup. Nous entendions souvent raconter les mêmes histoires et elles devenaient ainsi notre mémoire et notre savoir de deuxième main. Le nom des terres, la plantation d'une châtaigneraie, comment soigner cet animal, pourquoi la lune, l'aménagement d'une fontaine, les transformations venues du fait qu'on vivait mieux aujourd'hui : « Oui, là, autrefois il y avait du grain, ça ne paraît pas possible, c'est si petit, mais on travaillait beaucoup, on était nombreux et il fallait tirer parti de tout. » C'est en vivant près d'eux, simplement, que nous avons appris que nous étions petits face à l'orage, face à la forêt, qu'il fallait être prudent devant le précipice et le torrent gros de neige fondue, qu'il fallait ne pas gaspiller, ne pas perdre, ne rien laisser perdre.

Nous apprenions la continuité des choses en les voyant se transformer sous nos yeux : de l'abeille au miel, de la vache au fromage, de la vigne au vin, du feu à la cendre, du noyau à l'arbre, de l'œuf à la poule, de l'hiver à l'été, de l'enfant à l'homme, de la vie à la mort.

Nous étions au milieu d'hommes et de femmes qui nous inspiraient des sentiments divers. Nous en admirions certains, beaucoup me semble-t-il, et pour des raisons diverses, les uns pour leur savoir-faire, les autres pour leur personnalité, d'autres nous inspiraient de la curiosité, de la peur, d'autres nous faisaient rire.

Nous avions pour le berger Mouisset la plus grande considération, malgré son mauvais caractère et des colères épouvantables qui nous inspiraient une grande crainte. Toutes les choses qu'il faisait étaient étonnantes bien que son langage, lui, fût presque uniquement à base de dictons d'almanach, sans aucune originalité. « Il va pleuvoir, c'est le vent solaire... » « Les oignons sont bien habillés, l'hiver sera rude... » « Les hirondelles volent bas, l'orage arrive... »

D'abord il y avait dans sa famille, un « riche ». Un frère à lui avait brillamment réussi à Paris, et sa nièce religieuse, sœur Saint-Pierre, était montée en grade dans la hiérarchie de la congrégation, puisqu'elle était l'économe du couvent. Ce n'était pas « n'importe qui », comme on disait, alors qu'on était plutôt habitué à voir comme bergers des gens de très humbles familles. La fortune de son frère, la position de sa nièce en faisaient un berger « distingué ». Distingué, il l'était surtout par ce que nous appelions son érudition. Dans sa musette de berger il y avait *Le Pèlerin*, le journal régional, sa Bible et un livre, le plus souvent d'histoire. Il était incollable sur des dates que nous avions du mal à retenir et nous nous amusions à l'interroger. Quand il était de bonne humeur, il avait toujours une petite anecdote à nous raconter sur Napoléon ou Louis XIV, les protestants ou les violences des rouges et les inventaires des couvents contre lesquels, en bon catholique, il fulminait. Nous n'étions pas loin de penser qu'il était une sorte d'encyclopédie.

Il gardait le troupeau avec sa chienne Toutoune, et au lieu de lui parler, comme les autres bergers, il lui faisait des signes avec son bâton, mais elle avait l'habitude et comprenait. À midi, souvent, nous lui portions la soupe où il gardait. Il la partageait avec sa chienne d'une manière dont l'ingéniosité nous ravissait : il quittait un sabot, mettait une pierre sous la pointe et vidait dans cette écuelle la moitié de sa gamelle. Nous éprouvions une certaine répugnance à le voir remettre son sabot mouillé et gras de soupe. Tout ce qu'il faisait nous dégoûtait vaguement. Il gardait des mégots à l'intérieur du ruban de son chapeau, en tirait de temps en temps quelques-uns pour se rouler une cigarette neuve, pour les mettre dans sa pipe ou pour chiquer. Mon oncle l'aimait bien et nous disait que l'on pouvait boire dans le même verre que Mouisset, car « un homme qui chique est un homme en bonne santé ».

Le soir, il mangeait la soupe avec nous et nous avions du mal à nous retenir de rire à voir sa barbe pointue, blanc et roux, qu'il ne voulait ni couper, ni entretenir, se déplacer dans l'assiette comme une queue de canard. Un jour où mon oncle Sylvain lui coupait les cheveux – il faisait ça, l'oncle, le dimanche avant la messe –, au moment où Mouisset s'y attendait le moins, Sylvain lui raccourcit la barbe d'un grand coup de ciseaux. Cela donna lieu à un incident sérieux. On évita à Sylvain une raclée et peut-être pire en retenant à pleins bras le colosse dont on connaissait la violence et en envoyant mon rigolo de cousin se cacher. Mouisset était chantre à la messe, sa voix puissante nous « ensourdait » dans les solos et dominait toutes les autres dans les chœurs. Il n'avait rien d'ordinaire, sauf son langage. Il soignait ses rhumatismes avec des frictions de graisse de blaireau. Il recevait un abondant courrier, ce qui était une rareté. On disait qu'il écrivait à des sociétés historiques pour se documenter. Il avait une philosophie étonnante de vieux garçon. Un jour, parmi son courrier, il reçut une de ces enveloppes bordées de noir qui annoncent les deuils. Nous allions manger ; il la posa sur le coin de la table et dit : « De toute façon ça n'y changera rien, je préfère savoir après avoir mangé. » Il fit son repas comme d'habitude et une bonne heure après ouvrit le faire-part, quitta la table en silence et fit son train. Personne ne lui demanda rien et nous ne sûmes pas, à ma connaissance, quel décès il avait appris ce jour-là.

Gabriel était le simple, le simplet dont les groupes humains avaient besoin. Il ne l'était pas de naissance, ne l'était devenu que vers l'âge de douze ans, après être tombé sur la tête. Ou du moins le disait-on, ou du moins voulait-on le faire croire. On craignait si fort les tares portées par le sang, elles auraient tellement rejailli sur les parents et surtout sur les frères et sœurs, empêchant parfois les mariages, qu'on craignait, s'il y avait un innocent dans la famille, d'en engendrer un, un jour. On se méfiait donc des mariages avec des inconnus, et « on prenait des renseignements », on préférait, et de loin, les gens du lieu, la crainte en était telle que l'on préférait parler pour les « idiots » d'une chute, ou d'une méningite. Au besoin on organisait la mise en scène. Peut-être profitait-on d'une chute réelle, sans gravité : l'enfant, un jour, était apparu badigeonné de Mercurochrome, la tête « pliée » dans un linge. On montrait alors l'endroit, c'était le cas pour Gabriel : telle murette de la *Bòria del Carri*[1] était désormais celle « où était tombé le pauvre petit », et l'on pouvait à chaque fois préciser, « vous savez bien, c'est de ce mur qu'il est tombé ». Ainsi l'accident, plus rassurant, remplaçait la tarc.

Ou alors, à l'occasion d'une maladie, d'une fièvre, on annonçait que le petit avait la méningite. On achetait deux pigeons. Tout le monde était au courant et il y avait toujours plusieurs voisines pour assister à l'opération. On coupait le

---

1. Bòria del Carri : *« La ferme du char ». Nom de l'une des exploitations de Lunet.*

cou des pigeons, on faisait couler leur sang sur la tête du malade, puis on ouvrait les bêtes en deux et on posait sur le crâne ces quatre moitiés tièdes, jusqu'au complet refroidissement de la chair. C'était assez spectaculaire pour qu'on en parle, pour qu'on le raconte de maison en maison, pour que le « monde » tout entier soit au courant.

Qu'en était-il de Gabriel ? Était-il réellement tombé ou non ? En tout cas c'était venu après une triste enfance d'enfant battu comme plâtre. Il avait trouvé là peut-être l'occasion d'échapper à un destin d'homme plus triste encore que sa vie d'enfant. Ce cerveau fêlé était étrangement clairvoyant sur la qualité des êtres, et il se faisait la voix des vices cachés, disait tout haut ce que les autres n'osaient pas dire. « Pourrie, pourrie », disait-il en riant et en désignant telle femme. Tout le monde savait qu'il ne se trompait pas. On l'appelait « le fou Gabriel » ou « Gabriel du Four del Mas ». C'était un géant pacifique à la force surhumaine, une espèce de Jean de l'Ours[1]. Le

1. Joan de l'Ors *[djan dé l'ours] : héros de contes occitans, fils d'un ours et d'une femme qu'il avait capturée et tenait prisonnière dans sa grotte, fermée d'un énorme rocher. Jean était velu et extraordinairement fort. Devenu grandet, il put ouvrir la prison et s'enfuit avec sa mère.*

char, un jour, s'était enfoncé dans le foin, les bêtes s'empêtraient sans pouvoir le sortir de la grange. Gabriel fit désatteler, se mit à leur place au timon, poussa un grand cri et sortit le char du foin. Et souvent, par manière de jeu, lors des fenaisons, il s'attelait ainsi, dévalait le raidillon qui menait à la grange, tirant son char ou plutôt courant, poussé par ce poids derrière lui qu'il maîtrisait quand même et dont il arrêtait l'élan quelques dizaines de mètres plus loin sous les yeux de ceux qui regardaient, admiraient, disant : « Il est fou, mais comme il est fort. »

Fou à l'église quand il se retournait vers l'assistance et se grattait la poitrine. Le curé ne savait pas, mais tout le village connaissait la signification de ce geste qu'il faisait d'ordinaire dans la rue en disant *gruma*[1] : il voulait dire que la Baumessa avait du lait. C'était un geste senti comme obscène bien que peu clair : cette femme quelqu'un – lui ? – aurait pu la téter. Pour excuser son originalité on répétait : « Il est tombé sur la tête. » Il était comme dédouané de tout à cause de cela, et pour cette raison aussi, on était excusé de l'avoir pris pour cible. En était-il au fond conscient ? En jouait-il

1. Gruma *[grumo] : « Ça écume ». Allusion au lait qui mousse.*

pour s'asseoir à n'importe quelle table, y manger ou se faire payer un coup à boire après avoir fait rire les gens en criant « croa, croa » et en bougeant les bras comme des ailes ? Il annonçait ainsi qu'il allait pleuvoir. Comme Gabriel ne se trompait pas, on n'était pas loin de croire qu'il était dans le secret du ciel, car l'innocent est de Dieu.

Si par contre on le rencontrait seul au coin d'un chemin, on pouvait parler avec lui tranquillement. Il ne faisait le pitre qu'au milieu des autres. Il était beau, il avait les yeux pâles, le teint rose et l'articulation difficile.

Le Rasclet était ouvrier dans une ferme lointaine. Il devait, pour rentrer chez lui, descendre tout un travers, sauter le ruisseau et remonter très raide de l'autre côté. N'empêche qu'il ne rentrait jamais sans un chargement de bois sur le dos. Un fagot c'est précieux. Combien de gens, marchant sur les chemins, se chargeaient d'un morceau, puis d'un autre pour ajouter au feu ? Quel plaisir de brûler un *soc*[1] de raccroc, un surplus qui venait d'ailleurs, de chez les autres, inespéré, et n'était pas pris sur sa propre réserve. Toute la force du Rasclet tenait dans cette nuque énorme. Il rentrait ainsi sa récolte de

---

1. Soc *[souc] : pièce de bois, tronc ou racine, non refendu, souvent noueux.*

fourrage, par plein *borràs*[1], depuis le pré sous sa maison jusqu'à son grenier. Le pré était si penché qu'il était presque à quatre pattes et le chargement le cachait en partie, faisait de lui une grosse tête de carnaval sans torse, avec seulement des jambes. Sa femme, Lucinou, toute ridée à cinquante ans comme à la fin de la vieillesse, gardait dans le travers un très petit troupeau d'une dizaine de chèvres, avec le lait desquelles elle faisait des pérails.

Il y avait Tonin, le raffiné, qui interdisait à sa femme Élise d'entrer dans le jardin et à plus forte raison d'y travailler, parce qu'elle « ne tirait pas droit » alors que lui le peignait avec soin, s'en occupait comme d'un ouvrage de dame. Le grand Tonin, mince, aux yeux clairs qui, lorsqu'il pêchait la truite, immobile contre un arbre, était maigre comme le tronc et hiératique comme les rapaces dont il a le profil. Il était rude au travail ce Tonin qui braconne encore, sait attraper les truites vives sous les pierres qu'il connaît, dans les trous d'eau du ruisseau de Lunet qu'il considère comme sa propriété, et qui aujourd'hui ne revient jamais sans le nombre de truites qu'on lui a demandé ou qu'il a annoncé.

1. Borràs *[boutas] : pièce de jute carrée de très grande taille. On déposait le foin au centre, on ramenait les quatre pointes et on portait cet énorme ballot sur la nuque. Il était plus gros qu'un homme, mais toutefois relativement léger pour son volume.*

Lorsqu'on connaissait Tonin et Élise on comprenait vite que leurs deux notions de l'ordre étaient incompatibles. Tonin, c'était la ligne droite du cordeau, celle du sillon dans la terre et du scion de la ligne. Élise, c'était le tourbillon, la fantaisie, l'imprévu. Chez elle, nous, les enfants, nous entrions librement, au besoin elle nous appelait pour nous donner un fruit, un biscuit, de la fougasse. Elle ne disait jamais, comme beaucoup : « Ne salis pas, attention ! » Elle était dons et sourires et caresses. Elle dilapidait un peu. Chez elle on s'asseyait n'importe où, on sculptait nos bâtons sans crainte « d'en mettre par terre ». Elle riait. J'étais bien. J'ai appris, depuis, que les maisons trop « récatées », les économies trop strictes disaient la sécheresse du cœur, l'économie aussi des sentiments. Apollonie, à cet égard, ressemblait à Élise qui, exclue du jardin, pour une fois masculin, régnait sur son chaleureux désordre.

Et la *Cauquilhona*[1], grande vieille fille raide, qui portait de longues robes noires, un béret, un blouson, chassait au fusil et menait deux ou trois fois

---

1. Cauquilhona *[caouquilyouno] : surnom. Le* cauquilhon *est un canard morillon. Faut-il voir dans une certaine démarche l'origine du surnom ? Les* escais *venaient parfois de loin, d'un ancêtre ayant une particularité. On ne peut dire avec exactitude ce que signifie celui-ci.*

par semaine le char en planches qui desservait Saint-Geniez et Prades-d'Aubrac ! À l'aller les paysannes avaient des volailles, des œufs, du beurre et au retour du café, du sucre, un peu de viande fraîche. Cette voiture de bois faisait tant de bruit qu'il semblait qu'elle allait perdre un de ses morceaux. Cela n'empêchait pas Louise d'en avoir grand soin. Cette échelle qu'elle tirait de dessous la voiture pour monter les paquets sur l'impériale, elle en essuyait les barreaux au fur et à mesure en redescendant, avec un journal qu'elle tenait à la main exprès pour cela. Et cette échelle était lisse comme un meuble.

Et « Tute » qui allait traire à la montagne et qui était si bête qu'on pouvait lui faire n'importe quelle blague. Un soir on lui avait fait tirer un coup de fusil sur un bonhomme de paille. Et cet autre qui faisait la *treba*[1]. Vêtu d'une peau de loup il passait dans les étables, les bêtes avaient peur et les gens de la ferme, devant le remue-ménage, croyaient au passage d'une âme et faisaient dire des messes.

Et la Foita qui venait derrière le poste de radio avec un bâton à la main pour voir qui parlait et où se cachaient les musiciens.

---

1. Treba *[trebo] : fantôme, revenant. On les appelait aussi des « peurs ».*

Nous faisions fête aux vivants de notre paysage quotidien. Nous faisions fête pour un jour ou deux à ceux qui passaient : les faiseurs de cordes qui en fabriquaient une grande avec plein de petits bouts qu'on leur avait mis de côté, les Gitans marchands de drap, étameurs, aiguiseurs de couteaux, fabricants de sacs, de paniers et de chaises. Autour de moi on ne les aimait pas beaucoup. On disait qu'il fallait tout cacher parce qu'ils volaient. Leurs femmes, je les trouvais jolies. Leurs pieds nus dépassaient de jupes longues aux couleurs vives. La verticale de leurs corps suivait une ligne de force invisible du sol au ciel et elles s'élançaient dans un mouvement qui allait de leur talon à leur front sans perdre un pouce de leur taille. Elles disaient la bonne aventure souvent dressées sur un pied, comme les oiseaux. Les voitures des Gitans étaient attelées de très beaux chevaux, des petits poneys suivaient la caravane et sous leurs roulottes de toutes les couleurs étaient attachées des cages avec leurs volailles. Elles se nourrissaient où ils les lâchaient, exactement comme eux, et quand ils les rembarquaient ils y ajoutaient une ou deux poules ou canards du village. Moi je les aimais bien et je les regardais pêcher à la mouche dans le ruisseau. C'était tout un spectacle.

Parmi les gens qui ne faisaient que passer, il y avait les religieuses qui revenaient périodiquement mais rarement dans la maison familiale, différentes, doublement promues par la religion et le statut social. Elles avaient été éduquées, étaient savantes, enseignantes souvent, ou infirmières. Elles vivaient dans des couvents qui paraissaient luxueux, tellement plus confortables que nos maisons…

Elles arrivaient toutes gaies, babillantes, n'en finissaient pas de se réjouir de revoir ceci, cela, tel membre de la famille. Elles venaient à la messe, à vêpres, tout le monde leur faisait fête, tout le monde les embrassait avec affection et déférence. Leur présence était une occasion de réunir les parents pour un repas. À la messe, elles se mettaient au premier rang, c'était presque de droit, répondaient et chantaient. « Comme elles chantent bien », disait-on et ce jour-là la messe était autre, plus belle, plus pieuse. Elles chantaient d'une voix étonnante, très haut perchée, avec l'accent pointu[1]. Souvent elles avaient perdu

---

1. L'accent pointu *: il désigne, pour les gens d'ici, l'accent « parisien ». Il apparaît plus « fin » que le nôtre, d'où peut-être ce nom de « pointu ». Dans un conte occitan le loup, qui parle « gros », plat, disons-nous encore, pour tromper les chevrettes et parler comme leur mère, plus finement, plus joliment, se fait « appointer » la langue par le forgeron du village. Comme cet accent pointu était distingué, tous ceux qui bénéficiaient d'une promotion sociale, qui voulaient paraître « plus », le prenaient. On disait d'eux : « Ils s'affectent. » On se moquait d'eux aussi en les appelant « les Parisiens de Rodez ». C'était cet accent que dispensaient les institutions privées réservées à la bourgeoisie.*

l'accent, même si elles n'avaient pas oublié ce patois dans lequel elles se replongeaient avec délices mais lui imposant les limites de l'usage affectif, pour montrer qu'elles étaient toujours de la communauté. Elles en étaient réellement membres, même absentes, comme les cousins de Pigüe.

D'elles, on ne disait pas, en les entendant parler « pointu » qu'elles s'affectaient, car elles étaient un peu sacrées. Leur transformation, y compris la manière de parler, faisait partie d'une promotion incontestable, indiscutable puisqu'elle était de Dieu. Souvent, elles avaient quitté la maison très jeunes, à neuf, dix ans et la congrégation ne tenait pas à des retours trop fréquents dans la famille. On gardait les fillettes pour les grandes fêtes religieuses, n'accordant des congés parcimonieux qu'une fois les fêtes passées. La volonté première était, par cela, de les intégrer à la congrégation, de les imprégner de façon forte, indélébile, d'éviter les tentations qui auraient éloigné l'enfant et surtout l'adolescente de sa vocation, mais le résultat était une séparation d'avec le milieu familial. Pâques, Noël, le 15-Août, les processions tout se passait sans elles. Les mères pleuraient, mais cette absence faisait partie du sacrifice. Quand le noviciat était fini, quand les prises de voile et d'habit étaient passées, souvent dans des couvents lointains, ce qui était l'occasion d'un unique voyage et posait dans l'univers un point à la fois grandiose et douloureux, on les affectait rarement dans le pays même. Sauf pour une cousine d'Henri et Rose, la toute petite sœur Marie-Gonzague, douce, effacée et jolie comme un cœur. Comme elle était fille unique, les parents avaient donné tout leur bien, terres et maisons, pour qu'elle reste à Saint-Geniez, ce que la congrégation respecta jusqu'à la mort des parents seulement. Après la mort de la mère, elle mourut à cent ans et sœur Marie-Gonzague à ce moment-là en avait presque quatre-vingt, elles n'hésitèrent pas suivant la règle à l'envoyer au loin.

Leurs retours faisaient donc à la fois éclater l'attachement aux parents, aux frères et aux sœurs, en même temps que le fossé qui les séparait. On leur réservait un lit à part, on dégageait pour elles au moins un coin de solitude, car cet isolement que n'avaient pas les gens des maisons, on pensait qu'il était nécessaire aux gens de Dieu. Parfois, elles allaient dormir au couvent, à Saint-Geniez, dans leur propre congrégation, pour ne manquer ni leur messe du matin, ni les prières des diverses heures. Si elles logeaient à la maison, c'est elles qui le soir avaient l'honneur de « crier » la prière à la place de la mère.

Elles partaient en pleurant. Leur absence durait souvent plusieurs années, elles savaient bien qu'une fois ou l'autre il faudrait à leur retour compter les morts. Elles se tenaient au courant par le courrier, savaient d'une façon abstraite naissances et mariages. Elles avaient une si jolie écriture ! Si peu présentes qu'elles soient en temps passé à la maison, elles étaient là dans la vie du village et de la famille, souvent mentionnées, citées, et revenaient pour les enterrements.

Les séminaristes, les prêtres, c'était autre chose. Leurs visites n'avaient pas ce côté de gaieté. On était grave. On s'émerveillait, on s'étonnait plus encore du prêtre que de la religieuse, parce que la chasteté des hommes apparaissait comme un tour de force, une vertu magnifique contre toutes les données de la nature. Le petit séminaire, qui ne se passait jamais très loin, puis le grand, toujours éloigné, séparaient l'enfant des siens de la même manière que pour les fillettes. Pendant les quelques jours où venait le garçon, une sorte de gravité pesait sur les travaux agricoles. Plus de plaisanteries un peu lestes comme il s'en faisait parfois au moment des grands travaux, dans les champs ou près de la batteuse, loin des femmes. Le « petit curé » était toujours compassé, guindé. À certains moments, il s'éloignait avec son livre de prières, peut-être avec ostentation, peut-être avec gêne. On craignait pour lui encore plus que pour la jeune fille, protégée par les femmes, ces retours où les tentations de la chair étaient nombreuses, dans les repas de battage où l'on mangeait trop bien, où l'on buvait beaucoup, où toute une ruche de femmes tournait autour de la table, les joues rouges du travail de la cheminée et de la cuisinière, les avant-bras nus, pleines d'odeurs comestibles et de sueur, le cou dégagé, enveloppées dans des tabliers éclatants.

Dans ma propre famille je vénérais certains personnages. L'un d'eux était mort depuis longtemps. Je ne savais de lui qu'une chose : il portait une boucle d'oreille, une seule, en or. Ce que j'ai pu rêver de cette particularité, avant d'apprendre qu'on se préservait ainsi des maux d'yeux, mais avec de l'or vrai, jamais avec de la pacotille ! J'avais imaginé secte, société secrète, franc-maçonnerie ; je fus très déçu le jour où j'appris qu'il s'agissait d'un remède, un peu magique il est vrai.

Tout près, à Corbières où nous allions souvent, mon parrain Henri était ma joie du dimanche. Il savait tout faire et ajoutait, à son savoir de paysan, des savoirs artisanaux. C'était le cas de beaucoup de gens de ce pays, mais Henri avait à sa disposition une multitude de possibilités. À la fille qui se mariait, il fabriquait la chambre à coucher, à celui qui mourait le cercueil. Il était capable de faire un buffet, un râteau, une masse, une fourche, une ruche, des manches d'outil, des jougs, des sabots. Seulement avec le banc, la plane et la hache. Il était véritablement menuisier. Il était vétérinaire et on venait le consulter pour les chevaux et les juments. Comme son cousin Sylvain, il coupait les cheveux avant la grand-messe du dimanche – une fois où il avait bu trop de vin, il planta la tondeuse dans une nuque. Il jouait de l'harmonica, chantait les paroles grivoises ou amusantes de dizaines de bourrées. Je le trouvais un peu poète. D'une certaine manière il ressemblait à Sylvain, mais avec en lui une douceur ou une douleur retenue.

Sylvain, sa femme Céline, son père Antoine dit Marty étaient notre joie. Apollonie trouvait que « ce n'étaient pas de bien beaux exemples ». Déjà son frère, que l'on surnommait Marty, était un peu le scandale de la famille. On disait de lui qu'il avait « vécu de belles républiques », dansant avec légèreté comme un ange, rôdant la nuit sur les chemins, s'oubliant dans les cabarets et les mauvais lieux, criant à l'approche des maisons pour bien montrer qu'il descendait en liberté dans la nuit – il attachait sa jument blanche au pont de Saint-Geniez, les gens portaient à manger à l'animal un, deux jours et un dicton courut en son temps la ville, sur la *paciença de l'èga à Marty*[1], à la voir attendre son maître – qui risquait fort de mourir sanglacé à avoir roulé

1. Car avure la paciença de l'èga à Marty *[cal aburé pacienço de l'ègo a Marti] : « Il faut avoir la patience de la jument de Marty. »*

dans la neige ou dormi dans un fossé du sommeil du vin. Mais il était « je-m'en-foutiste » et s'ornait du titre de châtelain. Il ne prenait jamais la peine d'ouvrir la claie d'un champ, il sautait par-dessus, et le fait de considérer les gens de Saint-Geniez comme des espèces de palefreniers à son service montrait bien qu'il se voulait noble. Quand il s'approchait, le soir, du château d'Aubignac, dépoitraillé malgré le froid cruel, à cause de la chaleur du vin, s'il n'était pas trop tard, il trouvait auprès du feu les femmes qui l'attendaient (son épouse et sa fille), veillant jusqu'à la limite extrême ; après, s'il n'était pas rentré, elles se couchaient. Il ouvrait brutalement la porte, faisait mine de s'étonner : « *La pietralha es encara aqui ? Ai lièch*[1] *!* » Il s'approchait alors du feu et urinait dessus pour l'éteindre. Il voulait montrer ainsi vigoureusement qu'il était le châtelain et entendait « couvrir le feu » à sa manière qui n'était pas celle des femmes si soigneuses, avec la pelle à cendres, mais la sienne, grossière et virile. Malgré le jugement d'Apollonie, c'est à cet Antoine que j'avais envie de ressembler, ou à son fils Sylvain.

---

1. « Les plus chétifs sont encore là ? Au lit ! » Petralha *est formé sur « piètre ». On le dit souvent des enfants ou de ceux qui n'ont pas d'importance.*

Sylvain était moins orgueilleux, plus jovial, plus sociable. Il aimait jouer de son habileté manuelle comme un prestidigitateur. Le temps d'une conversation, il attrapait un bout de bois, sortait son couteau et l'interlocuteur repartait avec un objet : une salière, un four de pipe, une hélice bien tournée, une petite boîte, une sarbacane. Il était saigneur de porc et ce savoir qui n'était pas tout à fait banal conférait à ceux qui le détenaient une dignité inquiétante. Il arrivait, portant autour de la taille de grands couteaux brillants et dangereux, tuait et découpait avec des gestes sans bavure. Sa femme Céline aidait à faire la charcuterie. Après quoi, à la fin du repas il prenait son accordéon et faisait danser. Céline était capable de danser toute la nuit. Elle avait pu courir d'un bout à l'autre de la maison, charrier des chaudrons pleins d'eau bouillante, laver le plancher, passer des heures à la fontaine à nettoyer les tripes, l'heure de la danse la trouvait fraîche comme une rose, solide, grande, belle de dents éclatantes et de chair massive, prête à rire et à lever la jambe jusqu'au matin. Autour d'elle flottait la considération d'un étonnant sinon scandaleux mariage, elle était celle « qui avait épousé son neveu ». On se disputait la présence du couple dans les assemblées dont on savait que grâce à eux elles seraient de celles dont on se souvient.

Dans ce fourmillement d'individus qui tous se connaissaient, les relations étaient subtiles. Les savoirs que j'ai cités, tuer, charcuter, jouer de la cabrette, fabriquer un outil, n'étaient pas payés en argent, seulement en échange de services dont la comptabilité était strictement tenue dans la tête des hommes et des femmes, mais qu'aucune réglementation, ou même règle, n'avait codifié. Ces lois du « bien vivre entre soi » n'étaient pas exemptes de mesquineries, d'observations minutieuses et sévères sur la nourriture donnée, les efforts déployés, et on assistait à des abandons de relations, à des fâcheries, des disputes, des haines parfois. Mais elles permettaient aussi d'apprécier des commodités de proximité ou de caractères, de prévoir les couples, les associations qui seraient fructueuses, de se faire une idée exacte des biens – on pénétrait dans la maison, on assistait à la récolte – des qualités de travail, d'ordre et d'économie, de la santé, de la solidité des gens d'une maisonnée. Elle permettait d'appareiller les gens avec justesse, d'unir sans trop se tromper deux familles.

En hiver nous veillions. C'était une des rares réunions que ne motivait pas un travail collectif, bien que cela pût se faire à l'occasion et qu'on y travaillât toujours.

Elles commençaient dès novembre, quand les soirs se posaient très tôt contre les hommes et que l'on n'avait pas forcément sommeil. À 5 heures solaires, à la mi-novembre il faisait noir. C'est dire que dès quatre heures et demie on ne pouvait plus être dehors, et qu'il fallait s'approcher de la maison et du feu, de l'espace tutélaire. La nuit existait vraiment, la présence d'une électricité parcimonieuse ne pouvait la nier, ne la niait que dans un étroit volume. On n'allumait qu'à la nuit noire. Le temps était très proche où on n'avait rien d'autre que le feu, où on n'allumait la lampe à pétrole que pour les travaux délicats des femmes, comme la broderie. Beaucoup de choses pouvaient s'exécuter avec la seule lueur des flammes comme le tricot qui, malgré des passages délicats, présentait de longs laps de temps où l'on pouvait machinalement jouer des doigts. L'épluchage des châtaignes pour le porc, l'égrenage du maïs, le cassage des noix pour la fabrication de l'huile. On préférait soigner les bêtes et traire quand il faisait encore jour, pour épargner l'énergie. Alors la soirée était longue. Hors de la maison et de la petite lumière vivante traversée d'éclairs, de couleurs inattendues comme le bleu vif, c'était la nuit, celle du ciel étoilé ou nuageux, de la lune vieille ou pleine, la nuit qui ferme les chemins, libère les loups, les revenants, les renards, les sangliers, les voleurs. Il n'y avait pas d'éclairage public dans les ruelles, ni à Corbières ni à Lunet. Certains étaient habitués et connaissaient si bien les accidents du sol qu'ils n'avaient pas besoin de beaucoup de clarté lunaire ou stellaire pour se conduire. Mais ils racontaient qu'il leur était arrivé de rencontrer des nuits si opaques, si totalement obscures, que leurs habitudes n'y pouvaient rien et qu'ils se perdaient.

On ne sortait pas des maisons sans nécessité après une certaine heure, car il y avait les fées, les trèbes – les âmes – les sorcières, les demoiselles, les chouettes blanches – toutes puissances féminines – et les grands-ducs debout comme de petits hommes. C'est à cause de l'obscurité de la nuit, entre autres, que l'on s'occupait de la lune, de sa croissance, de sa décroissance ou de sa disparition du ciel.

Dès la Saint-Martin, dans les temps anciens, les ours commençaient à hiberner en emportant dans leur sommeil les âmes des morts. C'est peut-être pour cela qu'on évoquait tant les morts aux veillées : on pouvait impunément le faire puisqu'ils avaient été honorés le jour des morts et qu'ils dormaient tranquilles contre le flanc des ourses dans les grottes de la préhistoire. On parlait d'eux, tandis que la nuit pesait dans le dos de tous, et qu'on mangeait des châtaignes et du vin chaud, une châtaigne, un verre de vin. C'est ainsi qu'ils devenaient nôtres à travers des histoires pleines de sang, de mystères, de haines, d'amour, de tendresse ou de rires, qui s'étayaient dans notre esprit de photos toutes marron où les gens étaient dignes et bien habillés.

On parlait de la guerre, de la dernière et des autres. Certains habitants de hameaux lointains n'avaient jamais vu d'Allemands. En entendant dire qu'il y en avait à Saint-Geniez en 1945, ceux de L… au fond de la forêt d'Aubrac se dirent qu'il « fallait voir ça », puisque c'était fini maintenant et que l'occasion ne se représenterait pas. Ils partirent à pied, marchèrent plusieurs jours, couchant dans des paillers de fermes pour ne pas manquer l'événement. Mais ça ne valait pas le couple que l'autarcie de sa vie avait totalement tenu dans l'ignorance de la guerre de 1914. Ce n'est que le jour de l'armistice, en entendant cette folie de cloches, qu'ils descendirent au bourg le plus proche :

« *De qué se passa ?*

– Es l'Armistica !

– Ah ! bon. I a agut la guerra[1] ? »

Vrai ou pas. C'était possible et cela nous faisait tire. J'aimais cette histoire comme une bonne blague.

---

1. [– Dé qué se passo ? – Es l'Armistiço ! – Ah boun. I a agut la guerro ?] – Qu'est-ce qu'il se passe ? – C'est l'Armistice. – Ah ! Bon ! il y a eu la guerre ?

Déjà on osait dire, pas trop fort et pas devant n'importe qui, que les prisonniers allemands dans les fermes se comportaient comme des paysans, avec la terre, avec les troupeaux, que les gestes du travail étaient identiques et qu'ils les sentaient frères, ennemis seulement à un niveau qui dépassait les hommes. On parlait de celui qui avait été précipité du haut du Ranc d'Aurelle.

De l'ancien temps, « c'est loin et loin », disaient ceux qui prenaient la parole. On évoquait les froids terribles, les hivers de 1870 ou de 1890 ; l'année où la neige avait tenu du 4 décembre au 1er mars, isolant complètement les hommes ; les disettes ; l'année où toutes les pommes de terre avaient pourri comme l'avait annoncé la Sainte Vierge à La Salette ; les épidémies, on disait « de peste », on l'appelait aussi la *mòrt negra*[1]. Le village des Cats avait été ainsi décimé, il n'avait survécu qu'un seul habitant qui avait quitté les lieux maudits avec son chat pour s'installer cinq cents mètres plus haut et faire repartir le village. On parlait de l'épidémie de 1850 qui avait sévi dans tout l'Aubrac, des prêtres qui enterraient à la sauvette pour ne pas effrayer les habitants, des cimetières transférés à cette époque. On parlait de

1. Mòrt negra *[la mort nègro] : la mort noire. Désigne la peste ou le choléra.*

l'épidémie de fin de siècle qui avait si rudement touché la famille d'Apollonie.

On parlait des guerres de Religion, des religieuses, « les dames de Pomayrols », toutes exécutées par les huguenots, de leur monastère rasé, de leur cloche jetée dans le gouffre, qui sonne tous les ans pour la Saint-Jean d'été. Des prêtres réfractaires cachés dans les maisons et les trous de la montagne – à la ferme du Bousquet, une *trapelle*[1] ouvrait sur une cave et on disait qu'elle avait servi de « cache » à un de ces prêtres.

On évoquait des pèlerins de Saint-Jacques-de-Compostelle et leur halte au monastère d'Aubrac, les hommes anciens du temps du volcan. L'histoire était aussi vague que le reste de l'univers. Tout se brouillait dans un passé obscur sans chronologie, où l'église d'Aurelle était « vieille », « ancienne », mais guère plus finalement que le château Gaillard, ou l'histoire de la source bouchée.

On parlait du « fou » du château Gaillard, du côté de Sainte-Eulalie. C'était plutôt un *idéiaire*[2], qui

1. Trapèla *[trapèlo] : petite trappe.*

2. Idéiaire *[idéyairé] : un homme qui a des « idées », une sorte d'idéaliste, de farfelu. Rien à voir avec la folie. Il s'agit seulement d'individus ayant des projets un peu fous, en tout cas peu banals.*

eut l'idée grandiose de choisir un défilé dangereux où tourbillonnaient les eaux pour y construire une filature. Il bâtit une sorte de forteresse aux murs énormes dont il exécuta tout seul les travaux de maçonnerie et de menuiserie, inventant le système mécanique qui devait entraîner les métiers avec la force des eaux. C'était un travail gigantesque, un de ces travaux comme les fées en imposaient parfois aux hommes qu'elles capturaient, une épreuve d'endurance, de courage, de force. L'homme, solitaire et toujours occupé à sa « mécanique », vivait de chasse et de pêche. Il perdit un œil en faisant des mines pour élargir le chenal dans le roc. Mais jamais sa filature ne marcha, et cet homme venu d'on ne savait où disparut on ne sait où, laissant son ouvrage qui résiste encore aux flots.

C'était une histoire toute proche. Certains avaient connu Gaillard, certains avaient vu la tour en ruine, les poulies, le chenal, les restes d'un rêve fou.

N'étaient-ils pas tout aussi fous ceux qui avaient bouché l'énorme source qui sortait à M…, gênait car elle inondait les meilleurs prés et créait un perpétuel bourbier entre les bâtiments ? L'eau sortait large comme une brassée d'hommes. Un jour, mais « ce n'est pas de ce temps » ni « de mémoire de vivant », on décida de la boucher d'une énorme pierre meulière qu'on entoura de peaux de mouton. C'était aussi un travail de géant. Mais celui-là réussit dit-on. La source se tut. On pouvait, affirmait le conteur, voir l'emplacement – je vous y mènerai, disait-il – et en posant son oreille contre terre, entendre les grondements et les gargouillis de l'eau prisonnière qui bute encore sur son ancienne porte.

Ces histoires ou légendes étaient bien d'un pays de torrents violents où l'on rêve de domestiquer la force brutale, ou de la museler.

Pendant ce temps, pendant que se dévidaient les récits, que s'évadaient les mémoires, les mains s'activaient à faire des objets utiles, des travaux de couture. Vannerie, paillassous[1], *atalada*[2], salières, pipes en merisier ou en buis, moules à beurre ornés de dessins spécifiques à chaque sculpteur, cannes ornées d'un serpent enroulé d'écorce, *còdias*[3] pour mettre les pierres à faux, fabriqués dans une corne de

---

1. Palhasson *[palyassou] : corbeille faite de paille de seigle en boudin, autour duquel on tourne une ronce fendue pour le faire très serré. Il sert habituellement à mesurer le grain, on y met la farine, la miche en attendant qu'elle lève.*

2. Atalador *[ataladou] : cheville implantée dans le timon à laquelle on attache les traits.*

3. Còdias *[coudios] : étuis de bois que les faucheurs suspendent à leur ceinture et dans lesquels ils portent la pierre à aiguiser et l'eau pour la mouiller.*

vache ou un bout de bois creux comme un cornet. On faisait de petits bricolages. On égrenait le maïs pour l'engraissage des canards et des oies.

De temps en temps un homme lançait une grivoiserie allusive, une devinette paillarde[1], un bout de refrain à double sens. Les jeunes filles faisaient semblant de ne pas comprendre et les femmes soit tançaient leurs hommes, soit l'espace d'un moment laissaient les plaisanteries s'étaler, puis mettaient le frein quand elles jugeaient que c'était suffisant, prétextant de notre présence pour les faire taire.

Beaucoup d'objets sortaient des doigts pendant les veillées. Nous, les enfants, nous avions les yeux brillants de sommeil.

Bientôt c'était l'heure de se coucher. Ceux qui étaient venus en visite s'emmitouflaient, car avec le noir ils allaient affronter le froid. Je me souviens de retours, de la lueur de la lanterne au ras du sol, du sommeil qui me tenait. Lorsque la veillée se faisait chez nous et que partaient nos hôtes, il entrait par la

---

1. La devinette la plus courante présente une chose très familière (un œuf, le vent, un châtaignier) d'une telle manière qu'elle est méconnaissable, tout d'un coup insolite, ou impossible. La devinette paillarde, au contraire, à peine énoncée fait penser aux organes ou à l'acte sexuel, et la réponse, toujours inattendue, renvoie à un objet innocent.

porte ouverte un air glacial, des bourrasques de pluie, des poignées de neige. Nous refermions la porte sur eux et quelle joie de rester au chaud, même s'il fallait monter vers le grenier gelé, dans l'odeur de pommes et de salaison, où seul le lit était une gloriette de chaleur. Il faisait bon s'y glisser même si on grelottait en se déshabillant. Le lendemain on se réveillait les draps gelés sous le nez. Le bruit des préparatifs du premier repas du jour montait avec l'odeur de la soupe et du feu.

Nous allions descendre et les femmes nous serviraient.

Dehors c'était l'hiver.

Le grand moment de l'année était les battages, préparés par les moissons. Les deux opérations nécessitaient la participation totale de tous, mais seuls les battages étaient une immense fête, une réception qui tenait sa joie du pain assuré, de la récolte enfin rangée.

Entre mon enfance et celle d'Apollonie, peu de chose avaient changé dans les moissons, sauf la coupe mécanique du blé par la faucheuse à la dent brillante que tiraient les bœufs. On emmenait encore le *volam*[1] pour faire le tour du champ à la main, permettre ainsi

---

1. Volam *[boulan] : faucille.*

le passage des bœufs, sans qu'ils foulent les épis. Derrière la faucheuse venaient les lieuses de gerbes, comme du temps de la jeunesse d'Apollonie, et l'on dressait les mêmes gendarmes et bientôt sur l'aire, les mêmes pignons dorés, pleins d'oiseaux.

Le timon enfilé dans la *redonda*[1], les *julhas*[2] qui attachaient le joug, l'aiguillon de l'oncle et le pas des bêtes étaient des choses ancestrales. La nouveauté c'était la lame, affûtée sur la pierre circulaire, le porte-lame, la bielle qui avaient relégué la faux, et par là même *còdia* et pierre, au rang d'objets désormais de deuxième nécessité. Toutefois la surveillance de la lame, du calibre de la gerbe avant de la déposer, du levier qui permettait dans l'instant de libérer la lame de la bielle devant un gros obstacle ou une couvée de perdreaux, était au rythme du regard et du pas. Les lieuses avec leur ligadou et leurs gestes anciens n'allaient pas plus vite derrière la moissonneuse que derrière les moissonneurs.

Nous mangions sur place, et ce n'était pas un des moindres plaisirs des moissons, assis sur des

1. Redonda *[redoundo] : anneau de cuir, ou plus anciennement de branchages tressés, pour fixer le timon au joug.*

2. Julhas *[djulyos] : longes de cuir qui fixent le joug sur la tête des bœufs.*

gerbes en faisant attention de ne pas abîmer les épis. Nous mangions la salade, le jambon « plié » dans du papier-chocolat, le lard cuit dans la soupe du matin, le fromage et le pain d'Apollonie. À midi, sous l'ombre de l'arbre où brillait le torchon de fil qui avait recouvert le panier, dans le silence des pentes, la respiration des bœufs, éblouis par la lumière sur l'or de la paille, Apollonie aurait pu croire encore qu'elle avait dix ans, ou j'aurais pu me croire de son enfance. Tout à l'heure, comme elle le faisait, comme l'avait fait ma mère, je glanerais, mais la machine chaude dégageait une odeur de mécanique, graisse et métal chaud, qui m'enivrait un peu. Mêlée à celle de la terre soulevée, à celle de la paille, elle avait quelque chose de magique.

La magie, sûrement, de ces temps nouveaux était le moteur qui, lui, avait complètement transformé les battages d'autrefois. Le moteur Bernard « teuf, teuf, neuf » arrivait sur un char à bœufs avec son équipage de jerricans d'essence, de graisse rouge, de courroies, avec surtout le mécanicien qui « avait la mécanique », le secret. Il était une espèce de dieu qui possédait les mystères.

C'était par un drap blanc tendu sur le puech que l'on confirmait le jour choisi à la messe du dimanche. Ce jour-là, c'était le point culminant de la force des hommes et de l'habileté des femmes. Si le temps ne menaçait pas, depuis huit jours les femmes déployaient une activité d'abeilles, riaient, calculaient, se levaient plus tôt encore, et se couchaient plus tard pour offrir la table la plus belle et la mieux garnie. Il y aurait deux grands repas dans cette unique, interminable, joyeuse, épuisante journée du dépiquage.

À partir du pignon, trois chaînes de travailleurs assuraient le rangement, chacune de leur côté, du grain et de la paille.

Deux hommes jetaient les gerbes près du tablier de la batteuse. Un autre homme coupait le lien de la gerbe, un homme ou une femme, avec le ligadou, répartissait les épis et les précipitait la tête la première dans la machine. Il fallait être habile et rapide. À la machine, les deux sorties étaient celles du grain et de la paille. Une chaîne d'hommes se passait la paille en la poussant avec des fourches jusqu'à la grange où le dernier la rangeait à côté du foin. Selon sa qualité, elle serait litière ou nourriture.

De l'autre côté, le grain sortait sale et mêlé à son enveloppe, on le récupérait dans un *paillassou* pour le porter dans le van, le *ventadou*[1] dont femmes

---

1. Ventador *[bentadou] : mot formé sur vent. On dit aussi la* ventaira *[bentayro]. À l'aide d'une manivelle entraînant des hélices, on fabrique dans cette machine un air artificiel. Dans les temps plus anciens on débarrassait le grain des restes de son enveloppe en utilisant le vent réel. Avec de grands paniers presque plats (vans), on jetait le grain en l'air. Le vent entraînait les déchets, légers, et le grain lourd et propre tombait sur le sol.*

et enfants tournaient la manivelle. Le ventadou avait lui-même deux sorties, à l'une venait le *ventum*[1] qui servirait pour les volailles, à l'autre le grain propre qui était versé dans un sac. C'est une femme qui tenait la bouche du sac ouverte. Car du sac au grenier où il serait entreposé, des hommes jeunes portaient le grain sous les regards de tous : des vieux qui ne pouvaient plus le faire, des enfants qui, demain, en seraient capables, et surtout des femmes qui se distrayaient un instant de leur cuisine ou s'arrêtaient carrément – ils traversaient, le plus souvent, la pièce où elles travaillaient – et enregistraient les exploits. C'était toute une démonstration de force qui était parade nuptiale, courtisement, affirmation de soi au milieu du groupe d'hommes, combat de cerfs ou de sangliers. Ils portaient tout le jour des sacs de quatre-vingts à cent kilos. Il y avait la manière de charger, la façon de se déplacer devant ceux de la batteuse, devant les femmes, la force mais la grâce aussi. Certains donnaient l'impression de danser, ils couraient avec légèreté sur la pointe des pieds, quitte à finir à genoux dans la solitude du grenier. On annonçait par moments que Justin allait essayer 145 kilos et il accomplissait – ou manquait – son exploit. Tous s'arrêtaient un instant de travailler et le regardaient.

---

1. Ventum *[bentum] : résidu du vannage, brins de paille et d'enveloppe mêlés au grain battu.*

Les femmes étaient belles et se surpasseraient bientôt, au moment du repas, dans la maison plus belle et pour le bonheur de tous. Pour les hommes forts elles avaient tué des poulets, des canards, plumé, farci, pétri de grandes roues de tarte, préparé les œufs à la neige, les fougasses, le bouillon de viande des grands jours, prévu les quantités, cuisiné le gibier de contrebande. Le gibier, c'est les hommes qui le portent – poil, plume ou poisson – jusqu'au seuil, tué seulement, ni nettoyé ni écorché, ni à plus forte raison plumé. Tout le monde ici est chasseur, tout le monde braconne et ceux des hauteurs pensent que le braconnage est leur bien. Pour éliminer l'odeur de l'homme, ils passent les pièges à la flamme. Ils savent où passe le gibier et suivent ses traces dans la neige, la boue, à travers les broussailles. Même les enfants comme moi savaient dresser la *tendelle*[1], la lause, pour attraper la grive d'hiver et suivaient les hommes dans le ruisseau.

---

1. Tendèla *[tendèlo] : la tendelle est un piège fabriqué avec une lause et des bouts de bois. On la plaçait l'hiver dans un genévrier sous la neige, quand il n'y avait plus de baies sauvages dans la nature pour les oiseaux. Elle se présentait comme un petit auvent sous lequel nous mettions une « friandise » : grains de genièvre, agrémentés de graines rouges de houx, faite pour attirer l'œil des oiseaux. En venant picorer, ils étaient obligés de déranger le jeu des branchettes et recevaient la pierre sur la tête. Nous les trouvions assommés sur place.*

Le gibier et surtout le poisson, et surtout cette écrevisse dont l'un des agréments est de passer du gris au rouge, où il n'y a pas grand-chose à manger et beaucoup à sucer, on le considère plus comme un signe que comme une véritable nourriture. Un signe de fête, un signe ancien de l'accord établi entre l'homme et son territoire, une sorte de cadeau de la terre donné sans les efforts de l'homme, alors que tout ce qu'on lui arrache est le fait de tant de travail. C'est pour cela que le gibier – la truite, l'écrevisse ou la perdrix – était présent aux repas de battage justement au moment où la terre rend sous la forme du grain, tous les soins qu'on lui a donnés, tout le travail de l'an. Quel beau contrepoint que d'avoir cette chair qui a coûté si peu d'énergie ! Devant elle on s'attable avec un contentement extrême, dans un triomphe facile sur les choses du monde.

Les femmes, qui préparaient cet exceptionnel repas aux héros, savaient cela : par petits sacs de vingt kilos, par paillassous au besoin, portés par les enfants, elles auraient pu rentrer le grain dans le grenier, là, tout de suite, sans avoir appris, mais il aurait fallu à l'homme des années d'apprentissage pour fournir à une tablée de vingt à trente convives. Ils accomplissaient des exploits inutiles, abîmaient leurs reins pour rien, pour plaire, pour être quelques minutes des dieux, pour pouvoir tout à l'heure, ce soir, peut-être, les enlacer et se laisser séduire. Elles les serviraient debout, éclatantes et roses, comme des abeilles nourrissent les mâles de la ruche.

J'avais dix ans et j'étais partout où l'on voulait bien de moi, au van, au paillassou, à la distribution du vin. Apollonie ne niait pas que la poussière du grain ça donne soif, mais elle m'expliquait qu'à celui-là il fallait en donner un peu moins, qu'il le supportait mal et qu'il fallait éviter que par bravade il ne veuille faire sauter la longue courroie de trois mètres de long qui reliait le volant du moteur à celui de la machine, au risque de se faire arracher les doigts, ou de tomber d'en haut sur une fourche, ou de plonger dans le broyeur.

On m'avait noué un mouchoir autour du cou pour empêcher que les débris ne passent sous ma chemise. Sur les cheveux, sur le visage se fixaient avec la sueur des parcelles de paille et une fine poussière grise qui nous faisaient des visages de nègres. Dès qu'un homme posait une fourche, un enfant la maniait. On montait sur le pignon, on allait recueillir le grain à la sortie de la machine. On grimpait à côté de l'homme qui coupait le lien, à côté de celui qui poussait la gerbe dans la machine, malgré les femmes qui avaient peur des accidents, et le soir nous cherchions la complicité des hommes pour échapper encore une fois aux femmes qui voulaient nous envoyer dormir, et nous passions la nuit.

Nous ne réclamions pas de porter les sacs, nous aurions eu honte. Je me disais que cela viendrait bien un jour. Je faisais confiance à la rondeur du temps.

J'ignorais que tout ce que j'avais appris ne me servirait à rien et qu'un jour très prochain il n'y aurait plus de battages, ni pour moi, ni pour personne.

VII

Les pilleurs d'épaves

10 novembre 1960 - septembre 1962

DANS CE MONDE QUI M'APPARTENAIT pourtant pierre après pierre, où j'étais totalement vivant et aimé, je ne possédais pas un pan carré de terre, pas le moindre mur, ni un bout de maison, ni le moindre *clapàs*[1] où me rouler en boule pour dormir. Apollonie m'avait appris à mener les bœufs, à leur tenir tête, moi qui n'arrivais pas à la hauteur de leur front, à les dominer de l'aiguillon ; je savais grâce à elle tenir la faux, aligner un jardin, mais elle n'avait pas de champs à me donner. La terre c'était pour le fils, partout autour de nous et il aurait fallu qu'il soit bien incapable pour qu'elle ne lui appartienne pas un jour. La loi, certes, garantissait l'égalité des enfants devant l'héritage, mais il y avait mille et un

1. Clapas *: employé ici au sens de ruine.*

moyens de la tourner, et d'écarter des partages – par le mariage, le célibat d'une « tata » totalement dévouée, domestique sans gages, la religion – un nombre maximum d'enfants. Moi je n'étais qu'un des petits-fils, ma mère n'était pas là pour défendre mes droits à son patrimoine, et sauf un savoir inutile pour moi, condamné à partir, je n'eus rien d'Apollonie, ni un meuble, ni une paire de draps, ni un menu bijou de pauvre. Je n'étais riche que de savoir traire les vaches, glaner, couper du bois, rendre tous les petits services nécessaires et faciles que l'on demandait aux enfants. Déjà le remariage de mon père avait amorcé la rupture avec le monde, déjà j'étais parti dans le reste presque vide de l'univers, pas loin pourtant, assez pour être dans un autre paysage, pour quitter les sabots, pour devenir « de la ville », pour être encore une fois orphelin, et, doublement orphelin, d'Apollonie, de ma maison, et de ce qui l'entourait : les autres maisons, les hommes et les morts. Nulle part je n'étais chez moi, désormais. Je n'avais aucune « affaire » à poser, ou à posséder, ni chez mon père, étranger à eux par son travail, ses habitudes, ni à Corbières, ni à Lunet. Toutefois quand j'arrivais, on se poussait dans la maison petite pour me faire place, et je retrouvais toute chaude ma place dans ce monde plein, au milieu d'objets qu'on me prêtait volontiers, de moissons auxquelles je participais comme si elles étaient mon pain, d'hommes et de femmes qui m'adoptaient et auxquels je me donnais sans réserve. Je retrouvais ma place, contre mon cousin, contre Rose sa mère dont je n'ai pas douté jusqu'à vingt ans qu'elle fût aussi la mienne. C'est seulement parti à Paris que je devins vraiment orphelin.

Je partis vers le nord, comme tous les Aveyronnais du nord. Ceux du sud descendaient vers le pays-bas, du moins dans les premiers temps de l'émigration, ils avaient depuis toujours avec la plaine méditerranéenne des relations étroites de travail. Ils descendaient, durs à la marche, durs à la tâche, en franchissant les montagnes à pied. Ils connaissaient à la fois l'agriculture de montagne et celle de la vigne, deux cultures qui avaient la bonne idée de se partager les saisons. Quand les moissons sont finies, les vendanges commencent et on pouvait remonter pour les vendanges d'en haut et les labours, redescendre quand la neige « serrait » la montagne pour la taille de la vigne.

J'allai donc grossir la cohorte des lecteurs de *L'Auvergnat de Paris* où je n'ai cessé depuis vingt ans de me repaître des nouvelles des miens, qui m'arrivaient presque évanouies car petit à petit je ne mettais plus de visages sous les noms. Des maisons poussaient dans le paysage (X, Y ou Z, ont fait construire sur tel chemin). On traçait des routes à travers champs. Le temps passait qui défait la topographie et les visages de l'enfance.

Je devins l'acheteur de disques de bourrée, d'accordéon, de cabrette, et je me nourrissais de cela, conscient de la pauvreté de mes nourritures, étonné même, au bout de dix ans, de ne pas être mort de faim, pareillement ému d'un refrain, d'une odeur de fourrage, de vache, d'un chant de coq. Intact et livré à la mémoire dès que cela venait à moi.

J'avais quitté mon monde, mais à reculons, les yeux toujours fixés sur lui, et ses couleurs restaient fraîches, et je le voyais vivre de derrière une vitre, exclu désormais, mais fidèle, continuant à l'aimer, à les aimer, d'un amour que je sentais virginal, sûr au fond de moi qu'un jour le retour se ferait et que je me réveillerais d'un cauchemar interminable, sûr que ceux qui y restaient m'aimaient assez – cendres comprises – pour m'accueillir à n'importe quel moment, garder en mon absence « les choses de périr », murs et prairies, et garder les tombes à ma place.

Je devins un de ces « cousins de Paris » qui avaient gravité à l'horizon de mon enfance et dont je n'aurais jamais cru faire partie. Je partis avec des faims, de vraies faims du ventre impossibles à satisfaire, cherchant pour toujours le pain, le saucisson, la soupe, le jambon, ne trouvant jamais que des remplacements médiocres de ces nourritures, me laissant piéger comme les millions d'autres aux mots : saucisson de pays, pain au feu de bois, à des images de toitures aux couvertures de schiste étoilées de lichens, comme de minuscules soleils tombés, de bordures de toits où poussait tout un petit jardin de fleurs minuscules, ayant mal à une plaie que je m'étonnais de trouver chaque jour intacte, lorsque les réclames qui montraient des sources et des torrents, des vaches, des seaux pleins de lait, arrivaient à mes yeux. C'est par centaines que m'atteignaient ces signes, jours après jours, et je recevais ces chocs douloureux et doux. Basalte et châtaignier. J'achetais des châtaignes ou des châtaignons que je ne savais pas faire cuire, qu'aussi bien je laissais périr, qu'autour de moi on ne savait pas cuisiner et que les nouvelles personnes de ma vie mangeaient du bout des dents en se moquant de moi. J'achetais des objets, pairoles et moules à beurre, avec je puis dire un sentiment religieux. Je les rapportais chez moi où, les découvrant inutiles – puisqu'ils ne pouvaient plus accomplir leur vraie fonction –, j'avais honte et ne pouvais me résigner à m'en servir comme pots de fleurs, ou à les accrocher au mur. Je devins un acheteur inconditionnel de paniers d'osier, de toutes formes de paillassous, de sonnailles de vaches. Je les emportais comme des trésors et les détestais vite. Il flottait sur ces objets des odeurs troublantes d'osier trempé, de veillée, et je ne pouvais voir une courge ou un grand pain rond fariné, si frelaté qu'il soit, sans que s'ouvre devant moi l'été, l'aire des battages, sa poussière acre à la gorge et la joie de la tablée. Mieux qu'un autre j'aurais pu dire ce qui était faux, et moins que n'importe qui j'étais capable de résister à tout ce qui me ramenait à la vitre infranchissable, sur laquelle je me blessais.

Je ne revins que trois ans après pour l'enterrement d'Apollonie qui se fit le jour des Morts, le jour de la fête des âmes. Tout était si affreusement détrempé de pluie que le corbillard ne put arriver au Bousquet et qu'on monta le cercueil sur un char à bœufs, jusqu'à l'embranchement de la crête, au four Delmas, là où les ruissellements empêchaient les fondrières. Elle eut, et j'en suis si heureux, ce qui avait manqué à sa fille : le pas des bœufs, leur patience sous la pluie, la lenteur et l'odeur des labours. Tout ce que je n'aurai pas. Je ferme les yeux et me tais sur la mort d'Apollonie. Elle a été là. Elle n'y est plus. Je n'ai rien d'autre à dire.

C'est cette fois-là que Roger me mena au hameau déserté et cambriolé. Je ne dirai pas son nom : il est à la limite de notre monde et c'est pour cela qu'il le connaissait. Roger lui, restait à la terre, il désirait s'établir là, s'y marier, élever des vaches. Son père était mort subitement d'une crise cardiaque, cet oncle Joseph que j'admirais sans réserve, car il avait pouvoir à la fois sur les bêtes et sur les moteurs. Il avait été un des premiers à savoir conduire une voiture et l'hiver, dans sa jeunesse, avait porté du charbon dans la capitale. « Tonton, lui demandais-je, est-ce qu'il y a des feux rouges à Paris ? » – on en parlait mais on n'en avait jamais vu – « Oui, disait-il, ils les ont fait mettre justement quand je suis monté. » Et je le croyais, je ne pensais pas que Paris pouvait résister à cet homme solide. Je le voyais l'aiguillon en travers des épaules, commandant et obtenant la pose des feux rouges. Mais il était mort et Roger avait pris, aidé de sa mère et d'Apollonie, la place de l'homme.

Il était encore tout jeune, il n'avait pu perdre le goût des explorations que nous faisions tandis que nous allions garder les bêtes et que nous avions devant nous de longues heures. Il voulait me faire profiter de sa découverte. Les rapports entre nous, élevés comme des jumeaux, et rapprochés encore par la mort de ma mère, étaient étroits et de peu de paroles. Nous pouvions nous promener sans presque rien dire. Il me mena dans le hameau déserté pour les premières neiges légères de novembre.

Sans parler nous avons arpenté la rue principale, pavée de grosses pierres, une rue qui ne donnait pas l'impression d'un abandon progressif, mais plutôt l'impression d'un abandon brusque et collectif : tout le monde semblait avoir fui le village, lors d'une épidémie ou d'une guerre, laissant tout exactement en place. Tous les toits étaient intacts. Il n'y avait pas de maisons en ruine. Et même l'une d'elles semblait crépie de neuf, et son toit bordé d'un feston de lauses disait autre chose que l'abandon : la vie brutalement arrachée. De jeunes peupliers étaient bordés d'un fin grillage. Quelqu'un venait s'en occuper, mais qui ? Toutefois si l'on regardait le *travers*[1] on voyait monter la forêt des petits sapins qui allaient noyer les châtaigniers cerclés[2] et de l'autre côté du ruisseau les

---

1. Travers *[trabèrs] : coteau.*

2. Arracher des châtaigniers pose de tels problèmes que lorsqu'on veut planter des résineux, on préfère les étrangler sur place. À la naissance des branches, juste là où le tronc se divise, on fait une profonde rigole et comme la sève ne peut plus arriver dans les branches ils s'étranglent lentement, en face des villages et des terres mortes.

murettes des jardins croulaient sous l'avancée de la forêt que des générations d'hommes avaient tenue en respect. À chaque maison, trois ou quatre escaliers descendaient vers la rue pavée. Les portes étaient closes, les volets aussi. Partout où elles avaient pu, les graminées sauvages avaient poussé avec les ronces et les mauves : la folle avoine et l'*espangassat*[1] – on l'appelle encore orge des rats – et les ombellifères sèches portaient une petite coiffe de neige. Dans le silence, à travers les bruits du vent qui le peuplaient, nous avons entendu couler l'eau, l'eau indispensable autour de laquelle ce groupe de maisons s'était constitué. Nous avons essayé de la trouver et nous avons marché vers le bruit. Nous avons traversé une place minuscule avec un arbre et une croix de mission datée de 1930. Des gens avaient vécu là. De petits sabots d'enfants avaient claqué sur les pierres. Des femmes au ventre plein étaient passées près de la croix en se signant. Des morts étaient partis, comme Apollonie, sur un char à bœufs, « pliés » dans un drap de lin, les mains nouées sur un chapelet, dans une caisse faite pour eux. Sur un char, car il n'y avait ici, comme au Bousquet, comme à Corbières, ni église, ni cimetière.

1. Espangassat : *graminée sauvage,* hordeum murinum.

La dernière ruelle qui menait vers l'eau, nous l'avons trouvée envahie par les ronces et l'épine-noire qui portait ses fruits violets. Nous avons dû dégager le chemin à coups de bâtons. Nous avons trouvé une vraie fontaine encore intacte, comme celle du Terron, avec des réservoirs taillés dans le bois, un bec de fontaine taillé dans une demi-branche, et un lavoir en miniature. Un auvent protégeait tout cela. L'ensemble était soigné, plein de douceur, je dirais de confort si je ne craignais pas de faire sourire, en parlant du confort d'un lavoir. Du moins comprendront ceux qui comme moi voient au-delà de la pauvreté et de la peine physique un monde de gens en marche, sachant où ils allaient par le travail, la prière, la faim, le troupeau, la transhumance, le rire, le deuil, la cueillette. Tout cela, village et lavoir, aurait pu tout de suite resservir : c'était en bon état. Que l'on prenne la rue, la fontaine, les fours ou n'importe laquelle de ces maisons, rien n'était mort de vieillesse. Il y avait l'eau, les murs, le ciel, les arbres, les prés, les jardins. Et pourtant les gens étaient partis. Je devais apprendre plus tard que des deux dernières habitantes de C…, l'une était allée mourir à l'hôpital, l'autre était morte toute seule, probablement de mort subite. On l'avait trouvée plusieurs semaines après, sur son seuil, le visage contre terre. Sur sa table, quelques œufs et les salades du jardin achevaient de pourrir. Un moisi blanc, léger comme de la neige, avait tout recouvert. Mourir ainsi dans ce pays où tous les gestes des gens étaient sous le regard des autres et à plus forte raison les événements importants de la vie, dont la mort, c'était la plus totale des aberrations.

Nous nous étions promenés, le cœur serré de mélancolie. J'avais posé mes mains sur des pierres usées par des hommes, sur des poignées de portes où des millions de fois s'étaient posées des mains d'hommes et de femmes marquées par le travail.

Et puis, tout d'un coup, une des portes avait cédé. C'était, comme les nôtres, une toute petite maison de pauvres : deux pièces de poupées, encore plus étroites que celles de Corbières.

Le désordre de l'intérieur nous renseignait : elle avait été cambriolée. Une fois les gens partis, les pilleurs d'épaves étaient arrivés. Tout avait été fouillé, tout était hors des tiroirs et des armoires aux portes béantes. Il venait de la fenêtre à quatre carreaux – classique – au-dessus de l'évier une lumière poussiéreuse et d'un beau jaune d'or, et froide, car après les pluies, le soleil avait reparu avec la neige et la bise du nord.

Tout ce que les voleurs avaient négligé révélait une humble vie, car ils cherchaient les bijoux, l'argent caché, les titres. Des couverts étamés et maintenant ternis, de petits paquets de graines pour les jardins rangés dans une grande boîte de métal, des pelotons de fil, de laine, et l'œuf en bois indispensable pour qui reprise et rapièce. Une vaisselle de pauvres : des faïences écrues ornées de frises vertes ou bleues. Dans l'évier, une très petite pierre taillée, on n'avait jamais pu poser qu'un seau. La pièce à côté, séparée par une cloison de bois, était une chambre. Étroite, si étroite que le lit tenait presque toute la place et que l'armoire encombrait. L'escalier très raide montait vers un grenier dont on voyait la clarté à travers la trappe. Les cambrioleurs avaient même éventré le matelas. Il révélait de la bourrette bleu marine et non de la laine. On était donc ici encore plus pauvre que chez moi, mais les voleurs savaient que malgré la pauvreté on épargnait sou par sou pour souscrire à l'emprunt, acheter une chaîne d'or, une paire de draps supplémentaire en lin lisse comme de l'eau. Dans l'armoire ils avaient laissé les chaussettes, les bas de laine et des piles de torchons bousculées. Les voleurs étaient-ils certains héritiers venus piller avant les autres, des voisins peu scrupuleux ? L'isolement rendait tout possible. La dernière à mourir fut-elle celle partie à l'hôpital ou la vieille qui tomba morte ? Lequel de ces vieux innombrables que la vieillesse et le temps plient inexorablement d'année en année dans nos villages ? Si c'était la vieille au milieu des tuyaux rutilants des perfusions, avait-elle pensé à la respiration de la fontaine ?

Avec Roger, nous avions passé en revue la famille et les maisons proches, essayant de mener notre enquête, étonnés, scandalisés d'une chose aussi nouvelle. Nous avions toujours vu des maisons fermées dont tout le monde savait qu'elles contenaient des meubles, des outils et du linge, mais elles n'étaient jamais cambriolées, et si quelqu'un se permettait de prendre un seul objet dans la grange d'un absent, il était un voleur et nous étions très sévères avec lui. On ne peut pas dire que ça n'arrivait pas, mais il s'agissait alors d'un objet isolé, ce qui ne nous empêchait pas de juger les voleurs avec la plus grande dureté.

Toutefois je ne compris pas bien ce signe. Je devais y penser souvent par la suite.

Pourtant un événement grave était survenu quand j'avais une dizaine d'années, qui m'avait paru le commencement d'un tremblement de terre, où j'avais reconnu le malheur et que j'accusai longtemps d'être le début de la mort de Corbières. Nous gardions les porcs avec Roger sur le pic de la Courtine. C'était une de ces journées d'août, épaisse de chaleur et violette d'un orage rentré. Nous craignions la foudre et le tonnerre. Nous savions que ce feu pouvait tuer bêtes et gens, n'en laisser qu'un tas de chair brûlée. Nous avions entendu ces récits où des hommes et des femmes avaient été déshabillés par la boule de feu, au point de se retrouver nus en pleins champs, sans qu'il leur reste seulement une paire de sabots. C'était plutôt rassurant, de savoir que l'orage était capable d'espèces de facéties : la grand-mère de Pierroune s'était retrouvée nue comme un ver, s'était cachée derrière une haie en attendant que passe quelqu'un. Sans se montrer, elle avait raconté brièvement son histoire et demandé des vêtements. Cela nous amusait de penser à cette nudité, nous qui, parfois, voyions le long des haies, le temps d'un bref regard, un homme ou une femme accroupi faisant ses besoins, les jupes retroussées ou le pantalon baissé, découvrant de tendres fesses blanches. Mais on racontait aussi comment ceux qu'avait traversés le feu du ciel gardaient toute la vie cet air d'hébétude et de stupidité que nous connaissions sur le visage d'Albert, qui avait reçu la foudre à la pointe de son parapluie. Il était resté idiot du choc et de la peur. Il y avait aussi tous ceux, bêtes et gens, qui étaient morts.

L'orage éclata enfin. La violence du bruit du tonnerre était telle que nous le sentions au-dessus de nous. Nous ne nous trompions pas beaucoup.

Les doigts dans les oreilles nous le vîmes tomber sur Corbières. Il s'éloigna très vite. La délicate fraîcheur et le soulagement nous baignaient déjà quand nous vîmes monter le feu. D'énormes flammes rouges sur un ciel de fer. Nous rentrâmes en hâte dans Lunet. Les gens attroupés expliquaient que c'était sûrement la grange de mon oncle Henri qui brûlait, car elle était sur le côté du village, vers la vallée. Une équipe d'hommes partit en hâte, mon oncle Joseph monté sur sa jument. Ils allaient faire passer des seaux inutiles, en chaîne pour aller plus vite, des fontaines au brasier. Qu'est-ce qui pourrait bien arrêter une grange qui flambe comme de l'étoupe, pleine de fourrage, en août ? Deux vaches étaient mortes foudroyées. Les autres, on avait pu les détacher avant que cela ne devienne trop dangereux. Ceux qui firent passer les seaux eurent cils et sourcils brûlés.

Le lendemain il restait ces débris, ce trou béant. Pendant plus d'une semaine, du pic d'en face, on vit monter la fumée au-dessus de la ruine.

À partir de ce moment, il me sembla que la mort avait commencé pour Corbières. Ce cadavre de grange qui demeurait là, laid et noir, derrière la maison de mon enfance, l'impression que cette famille abattue non seulement ne se relèverait pas, mais ne serait remplacée par aucune autre, cela ne fit que se préciser jusqu'au jour où je quittai le pays. Imperceptiblement d'abord, les murettes de pierres commencèrent à dégringoler, sans que personne les remonte, les carreiroles se resserrèrent parce qu'on n'y passait plus aussi fréquemment. Des maisons se fermèrent. J'accusais le destin et la fatalité de l'incendie, les prenant pour la cause d'un désastre. Je me trompais.

Peut-être étais-je trop jeune pour comprendre, peut-être avais-je été entretenu dans l'illusion d'une imperturbable continuité par tout mon vécu « là-haut ». J'avais vu se poser les jalons des choses qui s'enchaînent à l'infini. Devant la maison basse des Sales, un après-midi, j'avais attendu, avec quelques autres, écoutant les efforts d'une femme. Un enfant allait naître là. Et puis, nous l'avions entendu pleurer, nous avions vu passer le médecin, les femmes portant des linges pliés, nous avions entendu l'épais et chaud silence qui suit la naissance. Pouvais-je savoir que c'était le dernier ?

J'avais vu se construire une grange couverte de lauses. C'était un événement que nous avions suivi depuis la coupe des arbres jusqu'au travail du couvreur, jusqu'à l'arrangement intervenu entre la femme qui donnait les arbres et celui qui bâtissait sa grange. Elle n'avait pas vendu son bois mais demandé qu'en échange on lui fournisse son bois de chauffage jusqu'à la mort. Pouvais-je savoir que ce genre d'échanges allait disparaître pour ne plus laisser place qu'à l'argent ? Pouvais-je surtout savoir que le contrat ne serait pas rempli, parce que les deux parties déserteraient le pays ?

Quand j'y revins pour la mort d'Apollonie, les choses s'étaient dégradées. Les chemins n'étaient pas encore clos, seulement on n'y sentait plus les mains vigilantes, quotidiennement occupées à tailler, à combler une ornière, à « tenir » les murs de soutien. Tout sentait la hâte et la désaffection et le mot fait mal, « quand il n'y a plus l'affection », le cœur.

Les fruits des noisetiers étaient gros et mûrs. Je m'arrêtais de temps en temps pour en ramasser et je les cassais entre deux pierres. Le ciel était orageux et bas sur les arbres d'or. Avec Roger nous parlions de chasse, de fermages et de terres comme tous les hommes de mon pays depuis toujours, et nous montions. À mesure le paysage s'ordonnait sous nous et d'un peu loin, l'illusion était parfaite que tout était encore intact.

Deux ans après, en septembre 1962, je revins, seul cette fois, sur ces mêmes lieux qui me piégeaient comme une alouette. J'arrivais d'Algérie où comme tous les jeunes de ma génération j'étais allé faire deux ans de service militaire. Je faisais partie de la dernière fournée, l'indépendance était là. Mon cousin Roger lui aussi était là-bas, mais quelques jours avant mon départ je l'avais manqué. Un mot m'était arrivé de lui : « Je suis dans un camp sur le port d'Alger. Je ne sais pas très bien te dire où c'est, mais devant le camp il y a un grand tas de planches. » C'était une vraie indication d'Aveyronnais. J'y allai. Je désirais le voir, passionnément, comme on peut désirer, quand on a faim et soif, le four et la fontaine.

On se faisait tirer comme des oiseaux en cet août méditerranéen que je découvrais, différent du mien qui porte toujours quelque part dans l'air ou l'eau la fraîcheur de la nuit et des gouffres. Le gardien me dit que Roger était en manœuvres. Je revins au camp, malgré toutes les barrières des laissez-passer et le danger. Cette fois, on me dit qu'il l'avait quitté on ne savait pour où et ne reviendrait pas. Je partis donc d'Algérie sans le voir. Et j'arrivai au pays.

Ma première visite fut pour Lunet et Rose. Elle gardait les bêtes sur un puech au-dessus du Bousquet, et je m'avançai vers elle comme vers ma mère. Mes bras déjà se tendaient, dans la lumière d'or léger, vers cette femme, désormais la seule, Julia et Apollonie mêlées. Mais quand elle avança les mains pour caresser mes joues je sentis bien au fond de son sourire et de ses larmes qu'elle attendait son fils, qu'elle aurait bien voulu que ce soit son fils qui monte le chemin vers elle à ma place. Elle était seule pour mener la ferme, il faut le dire, et c'était atroce pour elle de penser qu'encore une fois l'homme risquait de lui manquer, son père d'abord, à cause d'une incompréhensible histoire inaccessible, son mari, en quelques instants, un soir de traite : il sort tout pâle de la bergerie et c'est fini ; son fils maintenant, sur lequel elle s'était appuyée.

Ainsi donc, même si on était heureux de me voir, personne ne m'attendait, aucune maison n'était vraiment mienne, je ne faisais pleurer personne de joie, comme ma mort n'aurait fait mourir personne de chagrin. On m'aimait bien, mais moins que je n'aimais, farouchement.

Corbières s'écroulait un peu plus et lentement. On avait enfin goudronné la route, au début les gens ne voulaient pas, pensant que les vaches se casseraient les pattes sur le goudron verglacé, mais cela n'empêchait pas les jardins de diminuer de surface, les toits de s'éventrer, les conduits des sources de s'encombrer de feuilles et de branches. Les enfants n'étaient plus là pour aller les dégager. À l'école il y avait de moins en moins de monde, cette école où il y avait eu jusqu'à trente enfants.

Je me promenai seul cette fois-là, cherchant ma place sans la trouver.

C'est dans ces circonstances que je visitai le domaine abandonné de Saint-E… Je savais seulement que les gendarmes étaient venus chercher Pierre, le fils, pour l'amener à l'asile, qu'ils avaient tiré la porte sans rien toucher, avant que rien ne soit rangé, et qu'ils avaient posé les scellés, les sceaux de cire rouge. Comme tout le monde, j'avais entendu parler de cette propriété glorieuse, complètement chue en moins de vingt ans, une des rares propriétés importantes de la région, car ni à Corbières, ni à Lunet, nous ne connaissions de fortune aussi considérable.

On ne savait pas si Pierre avait protesté ou s'il était parti docilement, s'il s'était accroché aux montants de la porte, comme sa sœur embarquée pour le même asile quelques années avant, dans les cris et les grossièretés. On ne sait s'il avait regardé l'eau de l'abreuvoir, le ciel, ou les branches déjà violacées de sève montante. Il avait sûrement cligné des yeux. Il n'était pas sorti depuis presque une semaine et le mois de mars éblouissait par sa limpidité. On savait qu'il avait tout laissé tel quel derrière lui : une maison dont il n'habitait plus qu'une pièce depuis le départ de sa sœur. Déjà bien avant son départ, la graisse dans les pots de la souillarde s'était rancie, la farine était habitée de vers, le moisi répandu sur les meubles, les manteaux pendus aux patères avaient des plis couverts de poussière épaisse.

Là aussi, encore une fois, les cambrioleurs étaient passés avant moi. Ils avaient sorti la porte de ses gonds et curieusement, ironiquement, respecté les scellés. Ils avaient pris lors de leur première visite – quand j'y allai, elle devait être assez récente – ce qui pouvait rester de précieux : l'argent et les bijoux dans la chambre de Marinette, la lourde argenterie dans les tiroirs de la salle à manger qui étaient ouverts et vides. Par bonheur ils ne s'intéressaient pas aux papiers et ce jour-là je ramassai dans un cabas tout ce que je pus trouver comme lettres, livres de comptes, photographies, papiers divers. Comme ce que je prenais n'avait pas de valeur marchande, je n'avais pas l'impression de voler mais de sauver du désastre et de la nuit de l'oubli un irremplaçable témoignage.

Le vent ou les visiteurs avaient ouvert les fenêtres. On voyait des fientes d'oiseaux. Des nocturnes, probablement des effraies qui aiment les maisons désertes, venaient s'y réfugier. C'était le désordre d'un cambriolage hâtif. La cuisine était intacte avec tous ses ustensiles probablement jugés trop pauvres. Des réserves, il ne restait maintenant au fond des pots qu'une poussière grise mêlée de crottes de souris. Sur l'évier, la dernière vaisselle était encore posée dans l'égouttoir. Les toupines étaient rangées par ordre décroissant, comme les plats, les gobelets, les moules à gâteaux. La première pièce, celle dans laquelle on entrait directement derrière la porte aux scellés, était la salle des domestiques. À son immense table une vingtaine d'ouvriers agricoles avaient dû s'asseoir. Ils se levaient et venaient présenter à la flamme, sur la pointe de leur laguiole, leur *taillon*[1] de saucisse ou leur morceau de jambon. Puis ils venaient se rasseoir et le posaient sur leur morceau de pain comme sur une assiette. C'était avant 1914.

Les papiers m'apprirent certaines choses. Les papiers confrontés à ce que j'avais vu de la maison. Firmin G. était un grand seigneur rustique. Il était riche, ne se promenait qu'à cheval. Ses enfants : sa fille Marinette, son fils Pierre, avaient eu la meilleure éducation. Le lait de brebis coulait à flots, il y avait deux bergers. Il y avait des bœufs, des vaches, sans compter les chevaux qui ne servaient qu'à l'agrément. La maison était pleine de linge, les tables bien garnies, les trois tables : celle des ouvriers, celle du fermier, celle du propriétaire.

1. Talhon *[talyou] : morceau.*

Mais il aurait fallu se moderniser, comme on dit, aux approches de la Seconde Guerre ou, au plus tard, tout de suite après, passer au tracteur, aux engrais. Les petites exploitations familiales, sans personnel, avaient paradoxalement mieux tenu le coup et avaient pu arriver à se frayer un chemin désuet à travers les grandes transformations du monde. Saint-E… avait commencé à crouler ; un naufrage dont je possède un des derniers signaux de détresse : un mot que Firmin envoyait au percepteur. « Je suis veuf, ma fille est à l'asile de Cayssiols. Je fais ce que je peux avec quelques brebis, aidé par mon fils handicapé. Je vous demanderais de bien vouloir m'exonérer… » Le percepteur avait répondu sur cette même lettre dont il avait plié le bord.

Les bâtiments étaient rangés autour d'une cour carrée. Sur un côté il y avait la maison, sévère, monumentale, sur un autre la forge et le portail d'entrée, tout au moins l'arcade de ce portail car la porte avait été arrachée, on avait clos l'ouverture hâtivement d'un fil de fer barbelé. Sur le côté qui faisait face on voyait les écuries, leurs portes arrondies, plusieurs portes qui se suivaient comme des arcades. Au fond on voyait les mangeoires et les anneaux de fer. Là aussi les battants étaient partis. Sur le dernier des côtés : des communs, des bâtiments aux formes inégales, petites maisons de saisonniers, chambres de bergers, de palefreniers. La maison, elle, frappait par sa taille, ses balcons, sa porte d'entrée où l'on voyait les cachets rouges des scellés. À droite et à gauche de cette porte le long du mur, deux abreuvoirs de pierre où coulaient deux sources, d'un jet vigoureux, de deux forts becs de fer. Les abreuvoirs taillés en pleine pierre étaient pleins de mousse et de tritons dorés. Comme l'évacuation ne se faisait plus depuis longtemps, bouchée par la terre et les cailloutis – il était prévu qu'au rythme où les sources emplissaient les naucs gigantesques, un trou dans la pierre assurait le vidage et le surplus partait par un canal, lui-même aujourd'hui noyé dans les herbes, les feuilles et la boue – l'eau débordait des auges, coulait sans arrêt par-dessus les bords arrondis, se répandait dans la cour qui était presque devenue une sagne.

J'y revins plusieurs fois dans les trois mois que je passai là, après ma libération d'Algérie. Là-bas aussi j'avais vu des maisons pillées, j'avais vu l'avidité et l'appât du gain, et j'établissais un rapport profond et peu clair entre cette terre colonisée, mon pays et la chute des empires. Saint-E... en était un, petit il est vrai, mais complet, du maître à la vieille souveraine vêtue de soie noire, qui partit à l'hôpital la première de tous, bleue des coups que lui avait donnés sa fille, s'interrogeant elle aussi, peut-être, comme je le faisais là-bas sur le pouvoir des seigneurs, la possession des sols, les droits à posséder la terre, la domesticité et la richesse, sur la désagrégation de ce qu'on avait cru plus solide que le roc.

Juste après la salle des domestiques, séparée par une double porte, c'était la salle à manger du fermier aux meubles de noyer foncé, de style Directoire, luisants et sévères. Cette salle prenait jour sur une serre par une grande porte-fenêtre vitrée.

On montait l'escalier. À l'étage autour du palier s'organisaient les appartements des maîtres. Dans une petite salle à manger, avec un piano, la table était encore recouverte d'une nappe en « richelieu », toute crottée car la fenêtre était arrachée et la mousseline des rideaux effilochée au vent des jours et des nuits depuis – combien ? – cinq, six ans ? Au fil de mes visites je remarquai la disparition progressive d'objets de moins en moins précieux. Après l'argenterie, tous les verres de cristal disparurent, puis toute la vaisselle de porcelaine blanche que j'avais vue intacte rangée dans le buffet. Une des dernières fois, c'est le piano qui n'était plus là, à son tour.

À côté de la salle à manger il y avait le bureau du maître : c'est là que je ramassai l'essentiel des papiers répandus sur le sol, les lettres, les photos, les livres de comptes. Certains papiers étaient irrécupérables, délavés de pluie et rongés par les rats. Je trouvai la carte de visite du propriétaire, imprimée dans une italique fine : « Firmin G… propriétaire à Saint-E… Aveyron. »

Les gendarmes furent avertis par un berger que depuis une semaine on n'avait pas vu la porte ouverte et qu'on n'avait pas vu Pierre qui d'habitude déambulait dans les champs. Il n'avait rien à faire. Il y avait longtemps, depuis la mort du père, qu'il n'y avait plus une seule bête à Saint-E… Mais il se promenait silencieux ; c'est ce que son père voulait dire lorsqu'il parlait d'un fils handicapé. Vers l'âge de vingt-cinq ans Pierre avait cessé de parler. On ne savait trop pourquoi. Certains disent que son père le battait, qu'ils se disputaient souvent depuis que le bien tombait.

Les gendarmes l'avaient trouvé dans son lit, à demi mort de faim, et l'avaient embarqué à l'hôpital d'abord, à Cayssiols ensuite, avant de poser les sceaux de cire à la porte, comme un secret de plus, comme cette bouche qui ne s'était pas ouverte depuis si longtemps, quelque quarante ans. Je me suis toujours demandé quelle dernière image Pierre avait emportée de Saint-E…, peut-être l'écurie où son père entrait, guêtré de blanc, la cravache à la main, craint de tous les serviteurs, détesté, suivi par son fils. Peut-être, oui, l'image de ce père orgueilleux et superbe.

À côté du bureau, donnant sur la façade comme la salle à manger et le bureau du maître, la chambre de Pierre. Elle était conçue comme une salle de travail avec une table pour écrire. Les gendarmes d'ailleurs ne l'avaient pas trouvé là mais en haut, près du grenier, dans une des chambres de domestique.

À côté, mais donnant sur l'arrière, la chambre de sa sœur Marinette, une vraie chambre de femme, sans table de travail. L'armoire, le lit, la commode. C'était tout. Le lit était encore fait avec des draps de toile fine, une couverture de piqué, un édredon. Au mur il y avait l'énorme chapelet aux grains de buis, pendu à deux clous, et au centre un reliquaire ovale, en bois noir où, sur un fond de velours rouge, au milieu de papiers dorés, roulottés, on voyait de petits bouts d'os presque invisibles – saint Jean-Baptiste, saint Paul apôtre, saint François, saint Justin, sainte Marie-Madeleine – autour d'un morceau du voile de la Sainte Vierge. Derrière le cadre, deux rubans rouges croisés et quatre sceaux aux armes du diocèse de l'Aveyron attestaient l'inviolabilité et l'authenticité du reliquaire.

Dans un des tiroirs de la commode, je trouvai classée la correspondance de Marinette avec une jeune fille de Strasbourg : Marguerite.

Sur le palier où donnaient toutes ces pièces, dans un placard, je découvris toute une collection du *Petit Écho de la mode* énorme, parfaitement pliée et rangée. Elle était intacte. Auprès, des torchons avaient été bousculés.

À l'étage au-dessus, c'étaient les chambres des domestiques. Dans l'une d'elles, Pierre était venu se terrer.

Au-dessus encore, les greniers dont les armoires étaient pleines de linge, de chemises, de draps de lin rude, de tabliers, de mouchoirs, d'essuie-mains. Le linge des serviteurs et des servantes.

Tant que la vieille et Marinette avaient vécu, vaille que vaille la maison s'était maintenue. Lorsque Pierre la quitta, il quitta une ruine non ruinée, une maison déjà morte dans sa poussière, déjà sans femme, sans jardin. Il y avait partout des récipients rouillés, des escabeaux, les mangeoires où achevait de s'effriter un peu de paille, les licous, les selles des chevaux, les badines, les bottes de cuir. Il fallait que Pierre passe à côté de tout cela, il lui fallait traverser la salle des domestiques, monter l'escalier, laisser à sa gauche la souillarde pleine de pots vides ou remplis de pourriture, passer près de la chambre de sa sœur déjà partie chez les fous, monter encore, monter toujours.

Que reste-t-il d'autre que de se cacher comme un oiseau de nuit et de décider d'achever là ? C'est bien malgré lui qu'on le sauva. Aujourd'hui à Cayssiols il est jardinier et s'est même remis un peu à parler.

J'avais approché la vie dans son épaisseur, dans le mystère qu'elle recèle et le peu de traces qu'elle laisse si une société tout entière, comme un flot puissant, ne rebouche les ruines et ne rebâtit à la place des incendies. Des fortunes chues de façon spectaculaire, il y en avait eu. Le châtelain d'Aubignac était bien parti en Argentine sans un sou. Mais alors Antoine avait repris l'exploitation. À la génération suivante, Sylvain, sans enfants, passerait-il sa propriété à d'autres mains ou se fermerait-elle, devenant la proie des voleurs ?

Je restai trois mois. À errer, à me refaire en braconnant un peu, dans une extraordinaire solitude, au milieu de la chute des choses

Puis je repartis à Paris. En montant dans le train, à Séverac, je vis Roger. Il venait d'être libéré. Il descendait à la gare suivante. En quelques minutes, je sus que je l'avais sottement manqué au camp d'Alger, que la deuxième fois il était là et que le gardien m'avait renseigné à tort.

Mais déjà il fallait partir, les trains s'arrêtent peu dans les petites gares de mon pays, jusqu'au jour où l'on ferme les lignes, où l'on vend les maisons des gardes-barrières comme résidences d'été, minuscules et trop neuves encore, près de la saignée dont on a enlevé les rails, cette voie que les hommes de chez moi, par milliers, contribuèrent à faire, joyeusement, croyant porter le progrès. La végétation en aura raison un jour.

Une étreinte et tout ce qu'on voudrait se dire.

Je ne devais plus revoir Roger pendant vingt ans. Vingt ans d'errances.

VIII

Et s'était défait le monde

7 FÉVRIER 1983

« L'ANNÉE A ÉTÉ EN TOUS POINTS extraordinaire, dit le vieux, quelqu'un qui voudrait observer devrait la marquer d'une pierre blanche, que ce soit pour les jardins, pour les cultures, pour le temps… »

Nous venons de boire son vin de la montagne, âpre et de peu de degrés. Je ne l'avais pas revu depuis que j'étais tout petit, à Corbières. Il a des yeux très bleus, commc certaines gens de ce pays, qui descendent des anciens Celtes. Il a cette peau d'une blancheur d'amande fraîche qui déteste le soleil, rougit et se tache sans se colorer, ce qui reste de sa chevelure est roux très sombre, au milieu des poils blancs de sa barbe quelques poils de cuivre rouge brillent dans le soleil. Il a l'âge du siècle, comme l'on dit. « Je n'ai jamais vu une année pareille », dit-il.

Elle avait commencé par l'hiver 1981 où il n'y avait pas eu du tout de froid. On pouvait s'attendre à des gelées tardives, mais ce ne fut pas le cas, le printemps fut précoce, la floribondité extraordinaire et les arbres tôt fleuris. Il y eut abondance des fruits de printemps, des cerises et des fraises. La chaleur vint tôt, et les chaleurs furent exceptionnelles. En juin, à cause de cela, il y eut une pénurie de fourrage. Ce fut la seule ombre de l'an. Puis, après les pluies qui vinrent à point, quatre ou cinq coupes d'herbe donnèrent des réserves uniques qui devaient être précieuses à l'automne. Août déplia chaque jour des jours d'or imperturbables. Il semblait que l'été allait durer toujours. On craignait de terribles orages, on craignait pour la récolte de fruits qui s'annonçait exceptionnelle. Puis rien de tout cela ne vint. C'est tranquillement, dans l'harmonie, que les jours se firent plus courts, les nuits plus fraîches, qu'insensiblement on changea de saison. Dès le mois d'août, les champignons sortirent et on en cueillit jusqu'en novembre. Puis vinrent les pommes, les raisins, les noix. Depuis longtemps on n'avait rien vu de pareil en quantité et qualité. Pas un parasite, des fruits sains, des joues de pommes roses et rondes. Les noix coulèrent des arbres comme le lait, pleines et goûteuses. Dans les jardins on garda les tomates longtemps. Même les dernières, qui ont toujours du mal à mûrir avant les gelées parce que les journées solaires sont courtes, restèrent lisses et ne se fendillèrent pas. C'est très rare. L'automne en plus était d'or, avec des journées d'une grâce printanière. Il y eut cette année-là les trois printemps de novembre. Celui de Toussaint, celui de la Saint-Martin, celui de la Saint-André. On ne manqua pas de rappeler que l'année de l'Armistice de 1918 il faisait aussi doux.

Il fit si beau que l'état de dormance des plantes n'arrivait pas à commencer. Les abeilles sortirent très tard, les néfliers purent fleurir en paix. Il y eut des châtaignes, luisantes dehors blanches dedans, si grosses qu'elles faisaient éclater les bogues.

C'est cette année-là que je revins au pays pour la troisième fois depuis vingt ans. Je gardais le souvenir un peu angoissant du hameau désert et de la propriété de Saint-E..., non parce qu'elle avait été pillée – je n'en avais pas été surpris, ayant vu C... – mais parce qu'elle s'était écroulée en peu de temps, elle qu'on avait crue indestructible, dans son patrimoine de maisons et de terres, comme dans l'ancienneté de sa famille et la fortune amassée.

Cette fois-là je revis longuement mon cousin, marié et père de famille, commençant à réaliser son rêve de paysan, je veux dire de paysan qui possède sa terre. Avec sa mère ils avaient quitté le Bousquet où ils n'étaient que fermiers et ne possédaient à eux que quatre ou cinq hectares. Il avait passé un an à Saint-Geniez à faire de petits paniers de lamelles de bois blanc où seraient déposées les fraises. En général, ceux qui avaient essayé un autre travail ne revenaient pas à la terre, mais lui, il partit prendre un fermage à Rieupeyroux. L'odeur du bois frais, la proximité de Corbières, les travaux qu'il effectuait toujours sur les terres qui étaient siennes, gardèrent peut-être son désir. Après quoi il revint là, défrichant des puechs pentus, fou des travers où son tracteur faisait de l'équilibre.

La fidélité s'était faite à cette génération encore par les femmes et les fils des femmes longtemps « serrés » du royaume maternel. Apollonie et Henri. Rose et Roger.

Pour y traiter une affaire de veau, il m'amena dans un de ces bouts du monde contre le ciel où, paradoxalement, la vie s'est maintenue plus longtemps que sur des terres plus faciles. Là, on dirait que les hommes restent jusqu'à la limite, cette limite n'est pas seulement celle de la mort, est parfois celle de l'âge, parfois celle de la folie, parfois la maladie. Après, les toits s'écroulent sur les maisons où se rouillent des outils inutiles.

C'est l'année exceptionnelle que j'entrai chez M… un jour de bise très raide sous un ciel de perle de verre. Dans les creux du sol, il restait des poignées de neige. Elle n'arrivait pas à fondre parce que, malgré le soleil, les journées étaient glacées. J'entrai dans une maison très peu éclairée, le fenestrou semblait petit par rapport à la taille de la pièce, encore me dit-on que la fenêtre d'origine avait été agrandie.

Une lumière d'un noir bleuté descendait par l'énorme conduit de l'énorme cheminée – elle contenait un séchoir à châtaignes – qui tenait tout un pan de mur. De telles dimensions étaient le signe d'une ancienne prospérité. Les murs n'étaient pas crépis, mais on voyait que les pierres avaient été autrefois passées au blanc. Le feu était au niveau du sol, comme du temps des arrière-grands-parents, alors que partout ailleurs, dès la génération d'Apollonie, on avait élevé les feux de vingt ou trente centimètres. Au fond de la pièce une arcade de pierre isolait une souillarde où l'on voyait une immense pierre d'évier. Mais elle ne servait plus à cet usage et étaient entassées sur elle des boîtes rouillées, des boîtes en carton poussiéreuses, des bouteilles vides, une multitude de bouteilles de pétrole, car on vient tout juste de mettre l'électricité dans cette maison.

Deux frères habitent là, jeunes encore. L'aîné a cinquante-cinq ans. Depuis une vingtaine d'années que la mère est morte, comme ils n'ont pas trouvé à se marier, il n'y a plus de femme dans la maison. Un rideau antédiluvien, noir de suie et plus noir encore aux plis, comme si on ne le bougeait jamais, isole la souillarde.

Toute la pièce, tout ce qui s'y trouve est couvert de cette poussière grasse du feu, qui a mis sur toutes choses une couche qui en mange la couleur. Dans un angle, classiquement, il y a le lit. Du plafond descendent autour de lui des rideaux en belle indienne à fond rouge, accrochés à une couronne de bois. Autrefois, dans le jour ils isolaient le lit, la nuit ils gardaient sa chaleur. Seule une couverture en coton blanc dépassait, chef-d'œuvre de femme. La belle indienne est effilochée de vieillesse. Une couverture en piqué, hâtivement rabattue, cache à peine des draps gris de crasse. Partout, dans un désordre de brocante, sont posés à même le sol, au point qu'on peut à peine passer, des paniers, des *grésales*[1] de terre brunes, des pots vernissés coiffés de leur petit couvercle, des seaux, des bouteilles encore, de vin cette fois. Au beau milieu, un autre lit, de fer, mais il semble ne pas servir, tant sont accumulés sur lui journaux, paquets informes, paniers vides, troués, sans anse, dont le bois parfois est rongé de charançons, paillassous à la paille éclatée, réduite en

1. Gresala *[grésalo],* grasal *ou* grasala : *récipient de terre cuite tronconique à la base très étroite, au bord très évasé. Une grande terrine.*

poussière. Une table, une autre, encore une autre, toutes encombrées. Sur la mach, alignés contre un des murs, encore un chargement de boîtes rouillées, des objets sales, en mauvais état, empoussiérés, qui visiblement ne servent plus. On ne sait où passer pour s'approcher du feu. Sur la table du centre, celle où sûrement mangent les deux frères, un petit espace est dégagé, des verres sont alignés, où l'on voit, au fond et sur les bords, un dépôt de vin : ils doivent servir de repas en repas. La maison est complètement dégradée, pourtant celle-là n'a pas été mise à sac par un cambriolage.

Le plus jeune des frères, celui qui nous reçoit, est un très grand homme roux, au teint de lait, aux larges yeux verts. Il est beau, tant qu'il ne révèle pas des dents terriblement abîmées.

Ces visages des Celtes de haute terre sont doux et un peu puérils. Il est en train, lorsque nous arrivons, de faire du fromage. Il nous explique qu'il a un jeune veau et que jusqu'à ce que l'équilibre se fasse entre ce que produit la vache et ce que tète son nourrisson, il y a du lait en plus. Une quinzaine de fromages, à peine plus petits qu'un roquefort, sèchent sur l'une des étagères à claire-voie du plafond. Ils sont la seule blancheur de la pièce. Ils sont tellement blancs qu'ils semblent briller.

À propos de cette cuisine, on ne peut même pas parler de désordre. C'est l'ordre domestique dont tous les éléments sont là, reconnaissables, mais un ordre parti à vau-l'eau, c'est l'impossibilité de maîtriser les choses qui se défont, abandonnées à elles-mêmes, sans femme pour mener ce difficile attelage, sans sa vigilance de tous les instants. Dans cette pièce, il n'y a que le feu au ras du sol, bien économe à la cime des trois ascles.

Lorsque nous arrivons l'homme, par courtoisie – cette exquise hospitalité ancienne que le baron de Goyon, en 1810, dit être une des caractéristiques des gens de Saint-Geniez et qui faisait du visiteur, peut-être, on ne savait pas, et même sous les traits de quelqu'un de connaissance, une sorte de divinité en visite, avec laquelle on échange le vin, les sentiments et les angoisses –, l'homme met du petit bois sur la braise et ranime la flamme. Il possède entièrement la connaissance du feu. Il n'y a pas eu solution de continuité depuis des temps immémoriaux, rien n'est venu perturber ni interrompre le savoir-faire, ni le rendre moins habituel. Il n'y a même pas ici la fameuse cuisinière, il n'y a pas le gaz. Ainsi le geste qui met le bois est-il d'une étonnante efficacité, d'une juste précision pleine de grâce. Il n'y a pas non plus l'eau courante. Alors, pourquoi avoir déserté l'ancienne pierre d'évier, pourquoi dans un coin, sur une caisse retournée, une grande grésale de terre est-elle posée, encore pleine d'eau savonneuse, avec, près d'elle, un seau d'eau claire, et de l'autre côté une brosse en chiendent, et une « pierre » cubique de savon de Marseille posée dans une assiette ?

Au pied de la caisse, un chaudron d'eau bouillante. Il fume dans cette pièce, froide dès qu'on a quitté le rayonnement de la cheminée. L'eau fume, d'une fumée bleue, à contre-jour entre moi et le fenestrou. L'homme pour faire son fromage va poser le pot de lait dans le chaudron. Ainsi il atteindra en douceur la température idéale pour l'introduction de la présure. Étrangement, dans cette pièce si sale, le chaudron, le pot de lait, la faisselle à petits trous qui doit demain recevoir le caillé, sont parfaitement propres. À travers le désordre et la saleté accumulés, à travers l'abandon, la surcharge, des savoir-faire se sont tracé leur voie, méticuleuse, imperturbablement à travers le temps, en dépit du temps, et continuent malgré la vieille chaussette trouée et seule qui pend à un landier, malgré elle, contre elle pourrait-on dire. Quelques savoirs, eux, ne seront pas dégradés, ils s'arrêteront, dans la perfection, avec la mort de ceux qui les possèdent, comme s'arrêtera leur occitan intact qui, pur depuis le Moyen Âge, s'était fait un chemin aux franges de l'histoire.

L'homme est pieds nus dans ses galoches. Il porte la chemise d'hiver en flanelle, à carreaux, par l'échancrure de laquelle on voit la base d'un cou frais. Il n'a même pas de cheveux blancs. Il nous dit que, si nous voulons voir son frère, nous pourrons monter sur le plateau d'Aubrac, jusqu'à B… où ils ont acheté une ferme pour y loger leurs veaux. Ils n'ont ni voiture ni tracteur. Leur exploitation s'est arrêtée il y a cinquante ans. Le frère est parti à pied à travers l'étendue des prés, dans cette bise glacée qui porte aujourd'hui des poignées de neige arrachée aux arbres et aux fossés, car le ciel est tout bleu, une neige qui passe horizontalement.

Malgré le soleil, aux abreuvoirs, aux toits, pendent de longs glaçons. Le frère boite, il est petit, maigre et tout noir. Il a marché jusqu'ici et rit d'une bouche sans dents lorsque nous disons qu'il fait froid. Il montre alors le chemin d'accès à son étable, raconte qu'un jour il ne pouvait arriver jusqu'à la porte tant la bise était forte et le coupait en deux.

Tous les jours il vient jusqu'ici panser – penser ? – ses veaux. On parle de lui dans les villages et les fermes alentour, il est connu. Parce qu'il tient sa propriété à la manière ancienne ? Parce que chez lui il n'y a pas l'eau courante et jusqu'à une date récente pas l'électricité ? Parce qu'il est un original ? (Ne coupe-t-il pas de l'herbe en hiver ?) Parce qu'à la demande il se met à réciter, à débiter par cœur sur un ton plus élevé et en parlant légèrement « pointu » des chapitres entiers d'histoire ou d'astrophysique ? Curieux homme laid, dont le visage brille de vivacité et dont le cerveau garde, comme en pointillé, des traces de savoir de pierre dure, qu'aucune fêlure de doute ne traverse. Il porte une veste véritablement en lambeaux, en croisé noir, luisante de crasse épaisse, de boue, de suint d'animal, de tout ce qu'il touche quotidiennement.

Quelques jours plus tard, quand je revins à Corbières, la neige était de nouveau tombée. Bienfaisante neige qui m'empêchait de voir un désordre semblable à celui de cette maison, mais répandu sur tout un village.

Les murs montés par Apollonie et les siens, que je savais écroulés, elle m'empêchait de les voir, ainsi que les couvertures en tôle ondulée et fibrociment, ainsi que les pneus et les plastiques jetés, la croix qui s'écroule et le nauc cassé. Les maisons devenues clapas étaient de blancs tumulus et ce *campet dels fraisses* de mon enfance, on pouvait penser qu'une fois la neige fondue et les bourgeons éclatés il serait le même, alors que je le savais plein de décombres, débarras entre les maisons. Je redevenais léger et sans mémoire, j'oubliais qu'on mangeait ici maintenant le blé de la ville et que certains gestes avaient trouvé leur fin tandis que d'autres, miraculeusement, continuaient leur chemin, mais jusqu'à quand ?

Très peu de chose avait survécu. Mon oncle Henri est toujours là, mais il n'a eu que deux filles et elles sont parties. Il fait le strict nécessaire et touche l'I.V.D. : il n'y a pas de demain. Il tue encore un porc qu'il n'élève plus. Les meubles de la maison, beaux dans leur simplicité, les chaises des artisans itinérants en cerisier sauvage, bien galbées, rouge sombre, paillées de paille blonde, sont partis à la ville petit à petit, chez l'un ou l'autre, partagés, remplacés vaille que vaille ou pas du tout : la pendule, le buffet, la fontaine d'émail, les chandeliers de cuivre, les lampes à pétrole. Il ne reste que ce que les jeunes dédaignent : les crucifix, l'image du Sacré-Cœur toute piquée de moisi, les chapelets au fond des tiroirs. Lorsqu'on plante le mai quelque part dans le coin, Henri prend son harmonica, danse la bourrée toute la nuit, et rentre, s'il peut, à Corbières. On dit de lui, comme des autres autrefois, qu'il a dormi dans une grange. Il continue la tradition d'Antoine d'Aubignac et de son fils Sylvain. Mais Antoine avait tout, la jument blanche et le château, les bergères et la faconde, à Sylvain il restait tous les dons dont j'ai parlé, à Henri demeurent des savoirs inutiles et le feu du vin.

À la fontaine du Terron, la pierre est écroulée et Henri s'est fait mal en essayant de la remettre en place : il a reçu sur les jambes une avalanche de cailloux. Il n'y avait plus, c'est vrai, depuis longtemps, les linges qui séchaient, signe de beau temps, mais on aimait aller y chercher une eau que l'on trouvait plus fraîche et de meilleur goût.

Je me demandais si sur les carreiroles il y avait toujours les petites âmes des limbes qui attendaient les voyageurs nocturnes et leur réclamaient le baptême avec des voix minuscules et inarticulées. J'en doutais. Je doutais aussi de pouvoir couper les orages en deux avec la cloche d'Aurelle, je doutais de sainte Barbe pour me protéger de la foudre. Et c'est parce que je n'avais plus la foi que les pouvoirs ne s'exerçaient plus.

Des choses étaient arrivées qui avaient défait le monde et moi-même.

Je n'avais pas su voir les premiers signes de la maladie et le processus de la mort que je constatais.

J'avais accusé le feu du ciel tombé sur la maison de mon oncle, je m'étais indigné de l'arrivée des pilleurs d'épaves comme d'une immoralité ponctuelle. Mais j'avais vu de mes yeux la fin d'Aurelle. J'avais connu la dernière famille. Un soir, nous nous étions perdus, la dame avec une lampe nous avait sauvés du précipice, Rose, Roger et moi, en nous conduisant jusqu'au-dessus de la vallée. Maintenant l'église de grès rose s'écroulait un peu plus à chaque saison. Mais j'avais vu partir ceux de la Vidalerie, hier ceux de Rascoual, vers des terres plus faciles, mais j'avais eu sous les yeux la mathématique inexorable des départs – administration, commerce des vins et des charbons – que les vingt dernières années n'avaient cessé d'accélérer encore par le peu de naissances. À la génération des Sales, sauf Pigüe, tous les enfants sont là. Des enfants d'Apollonie, deux sur trois sont encore là, de ses petits-enfants seuls restent ceux de Rose. Mais j'avais feint d'oublier que les pilleurs arrivent lorsque sont là les épaves, lorsque plus rien de sacré ne protège le bien d'autrui, les statues de saints et les ors des églises, et qu'on est obligé de barricader Sainte-Foy de Conques derrière tout un système électronique, avec sirènes, alors que des millions d'hommes ont touché ses joues d'or massif, son voile d'or et son trône de pierreries.

En 1951, au centre d'un bonheur sans faille, dans la rondeur d'un temps où quelqu'un de pas trop lourd, femme ou enfant, pouvait aller chez le voisin, à la messe, au bourg, porté comme un ange sur la croûte glacée de la neige, les grands chocs qui allaient défaire ma vie étaient en marche depuis longtemps, depuis l'enfance d'Apollonie, sans grandes conséquences encore, comme un cancer à son début, à peine plus gros qu'un grain de blé.

Joseph, seul avec sa moissonneuse, remplace la colle ancienne, capitaine et meneur, sans modifier toutefois le nombre des lieuses. Mais l'impression de moissons néolithiques qui était la mienne était fausse.

Une voiture monte la côte de Saint-Geniez, sans cheval, sans attelage et celui qui a vu ça court jusqu'à la maison pour essayer de raconter le miracle à sa mère, et on riait parce qu'on croyait que l'immortalité des essences absorberait le prodige. On admirait comme je le fis le moteur et ses maîtres, on se moquait de celui qui le soir, machinalement, menait son tracteur à l'abreuvoir et lui criait « Où ! Où ! » pour qu'il s'arrête. On préférait l'audace des hommes grimpés sur leurs machines, en équilibre sur les pentes – un jeu de mort – payant cette audace de leur vie, comme on sacrifiait des jeunes gens au dieu Moloch. Mais était-ce neuf ? Depuis le début du siècle, chez ceux d'Argentine, il y avait des moissonneuses-lieuses. Seul le relief du terrain avait préservé mon pays, un certain temps, d'une avancée technique qu'il considérait comme bonne, et qui allait vider les campagnes de leurs hommes, accentuer la différence entre les grandes exploitations et les petites, et introduire la notion de rentabilité, inconnue lorsqu'on ne mesurait pas en argent, mais en quantité de travail. Un cheval, des bœufs, un homme qui travaille ne se jaugent pas forcément à un taux horaire. Un âne mange, chargé ou pas, un individu aussi. Cela n'a rien à voir avec la machine qui « doit » travailler et rapporter, car les mensualités se suivent.

J'avais vu sous mes yeux l'arrivée de la radio, du téléphone, des gratte-ciel, de la bombe atomique, de l'argent, des produits de l'autre bout du monde. Mais déjà la société dont s'occupait Cabanette était « pantéléphonique » et avec la pension d'Apollonie un surplus d'argent était arrivé dans l'économie familiale, ce surplus, elle le dépensait pour le plaisir de ses enfants et de ses petits-enfants, en gâteaux, pièces glissées, cadeaux divers. Déjà, elle, elle n'économisait plus cet argent qu'elle n'avait pas gagné.

J'avais vu vendre les noyers à des marchands de bois itinérants. Le prix qui en était offert paraissait une aubaine. Comme le reste du monde était riche, ils pouvaient venir acheter à prix d'or dans le monde ancien des meubles ou des bois. Ainsi, invisibles, d'autres structures le pénétraient qui allaient le rendre dépendant donc fragile ; avec un congélateur, la privation de l'électricité met en péril les provisions de l'année. La colonisation arrivait sous forme de vin d'Algérie, d'huile d'arachide, de café, d'essence, petit à petit, et sans retour. Il fut un temps où les gens d'Aurelle étaient célèbres par leur autarcie, on disait d'eux qu'ils « n'achetaient que le fer et le sel », mais c'était si loin ! On acheta les épices, l'huile, le riz d'ailleurs, le café, les toiles, le pétrole des lampes, les fusils et leurs munitions, les souliers, le sucre ; tant que la quantité de choses achetées entra pour une infime proportion dans la consommation, tant qu'elle fut freinée par une capacité légendaire à épargner, réparer et récupérer, elle ne rompit aucun des équilibres et c'est progressivement que s'intégrèrent les objets manufacturés, les produits qui n'étaient pas du pays, les choses un peu luxueuses.

Tout ce qui devait être payé était l'objet d'une intense réflexion active, peut-être pouvait-on le fabriquer, tous les artisans domestiques dispensaient de la fréquentation des marchands – on vit des gens fabriquer leur courant électrique – sinon on pouvait toujours en comprendre le mécanisme et réparer, arranger, refaire une pièce, s'en rendre maître autant que possible. Longtemps, devant une technique nouvelle on garda non seulement l'outil mais l'ancien savoir-faire capable de le réparer, d'en fabriquer un autre, aussi bien que de s'en servir. Aussi, on était à l'abri d'une soudaine pénurie, ayant très peu de chose à faire pour substituer au manque un geste efficace et parfait, c'est ce qui arriva au moment des restrictions, on put rouir le genêt, filer la laine, cueillir les plantes sauvages, refaire des sélections de graines, tailler et coudre des vêtements, pétrir, bâtir, substituer le miel au sucre, faire du savon avec les vieilles graisses, se servir à nouveau de la graisse fine à la place de l'huile, revenir à l'huile de noix, et même à l'huile de noisette, retrouver le « lessif » de cendres, se passer d'électricité, reprendre l'élevage de la chèvre, de l'âne, atteler un cheval à la voiture ressortie de l'écurie, marcher à pied dans les vieux chemins pour aller à la foire. Cela avait été possible tant que l'on ne jetait pas, tant qu'un monde sans poubelles ni dépôts d'ordures avait fonctionné. J'ai vécu en son centre, pétasser, garder, soigner, ne pas faire périr, utiliser, réutiliser, ravoir, « profiter », faire durer, épargner, *tant d'esparnbat*[1], faire resservir, mettre de côté, ressemeler, repriser, teindre, retourner étaient des mots de tous les jours.

Au niveau de la table, tout ce que ne mangeaient pas les hommes allait aux animaux. C'est bien vite dit, compte tenu qu'un reste devait être bien inutilisable pour finir dans le badiniou du porc, qu'une poêle n'était jamais lavée, le jus servait pour la cuisson suivante, il donnait du goût et épargnait le gras. Les os allaient aux chiens et aux chats, les

1. Tant d'esparnbat : *[tan d'esparnyat] « Tant d'économisé ». Expression-clé des gens modestes.*

coquilles d'œuf et certains végétaux – restes de la salade triée – aux volailles, les épluchures aux lapins. Les autres débris végétaux, fine peau sèche des oignons, plumailles d'ail allaient au feu, parce que vraiment on ne pouvait rien en faire d'autre ; les fanes, si on n'en faisait pas la soupe du porc, et les feuilles pourries, au fumier végétal du jardin ; la couenne, la graisse rance étaient réservées pour graisser les outils.

Tout vêtement était entretenu, ravaudé, mis de côté dans les armoires. Même en ruine, on le gardait un temps encore « pour rester par là » ou faire un travail particulièrement salissant. Entre-temps on avait mis des pièces, teint, ajouté des bandes ou retricoté des morceaux. Les sacs de jute eux-mêmes, les grands *borràs* qui servaient à porter l'herbe, étaient réparés de pièces soigneusement posées, les draps de lit retournés pour répartir l'usure.

Mais la notion de *petas*[1] allait bien au-delà de l'habillement. On mettait au bois des pièces de cuir clouées, de même qu'on en refaisait des charnières. Même une boîte de conserve – du peu de boîtes qu'il y avait – ne serait pas allée à la poubelle – il n'y en

1. Petaç *[pétas] : une pièce, posée sur un vêtement, comme raccommodage.*

avait pas –, elle était conservée, en particulier les boîtes de sardines et celles de thon des grandes circonstances, puis aplatie au marteau, découpée avec des cisailles et clouée pour boucher une infinité de trous : dans les buffets, les caisses, l'arche du grain, les cages à lapins ou à poules, les sabots, pour faire une couverture d'écailles aux ruches, pour renforcer un coin de porte, un brancard à l'endroit de l'usure.

Aucun journal, papier divers, boîte ou carton ne finissait au feu. On les gardait. Ils serviraient, et dans un premier temps ni pour l'allumage du feu, ni pour se torcher. Cette utilisation n'arriverait qu'en fin de course et comme un signe de la fin de l'économie, quand, à la mode de la ville, on commencerait à faire à l'extérieur des maisons des constructions rudimentaires, espèces de cabanes en planches dont le trou donnait sur un *rèc* – c'est à ce moment-là que l'on pendrait à un clou le journal débité en petits rectangles.

Dans mon enfance, tous les journaux étaient pliés et mis de côté en attendant des utilisations multiples et ingénieuses. Roulés en boule, on en bourrait les souliers du dimanche pour qu'ils gardent leur forme. On en remplissait sabots et galoches s'ils étaient mouillés et ils séchaient plus vite. On en étalait un morceau sur la table pour que l'enfant puisse faire ses devoirs et ne tache pas ses cahiers de gras, ni d'encre la toile cirée. On en posait sur les étagères des buffets en découpant un feston au bord pour que cela fasse « plus propre », plus joli. On en étendait de grandes pages avec des nouvelles qui jaunissaient sur tout ce qui craignait la poussière et les mouches – les fromages et les grandes pièces de lard sur les étagères entre les poutres, la lampe à pétrole –, un grand cornet sur l'abat-jour de l'électricité, sur un panier dont on voulait protéger le contenu qui séchait, sur une grande seille pleine de lait. On en bouchait les trous du plancher, un espace entre les lambris du toit, entre les planches de la porte, aux charnières des fenêtres. On en plaçait une épaisseur entre le plancher et le linoléum qui venait de faire son apparition et que l'on trouvait propre et élégant : elles éviteraient la condensation et la moisissure.

On s'était aperçu de son pouvoir d'isolation thermique, alors les femmes le faisaient chauffer en le présentant à la flamme et en mettaient plusieurs épaisseurs entre la chemise et le tricot des enfants qui partaient à l'école dans le froid, ou sur le dos et la poitrine du chasseur, ou de tous ceux qui devaient affronter la bise.

L'été on s'en faisait un chapeau en le pliant en forme de bateau à voile. On en prenait un morceau, on le froissait pour essuyer la poêle.

Avec le journal on relevait des patrons de vêtements et les femmes se passaient ces papiers tout percés de petits trous d'épingles. Il s'agissait de ces vêtements simples que l'on faisait à la maison, blouse, tablier d'enfant, tablier de devant, chemisier, chemise de nuit, dans un de ces tissus déployés dans la lumière printanière par les marchands ambulants et achetés parce que le monde était neuf, ou alors dans ces tissus mis en réserve autrefois et sortis des armoires avec les premières pluies aigres, les brouillards matinaux, la première gelée. Tissus épais et sombres comme l'hiver, qu'on avait gardés pour une utilisation inconnue, cette veste de velours aux manches tout usées aux coudes et aux poignets, mais dont on pouvait tirer un manteau d'enfant, une paire de pantoufles, des semelles chaudes pour les sabots.

Le tissu était étalé bien à plat sur la table et on posait dessus le patron épinglé, puis on taillait avec de grands ciseaux qui mordaient le tissu dans un crissement qui dépendait de la matière. On taillait avec soin et joie dans les toiles neuves, brillantes d'empois, parce que travailler du neuf c'était bien rare.

Les autres papiers étaient gardés aussi, le papier fin qu'on appelait « papier de soie » et où l'on « plierait » des choses fragiles : une boucle de cheveux, quand on coupait aux petits garçons les boucles de l'enfance et qu'on troquait la robe pour le pantalon, une natte de fille morte, une boucle d'enfant mort. On y « pliait » des images pieuses, des photos.

On en emballait des objets fragiles : une statuette de Lourdes, un verre de lampe, les santons de la crèche, les boules argentées de l'arbre. Bien repassé, il servait de papier à décalquer. On en mettait un tout petit morceau au fond des étuis à chapelets ou au fond des chaussons tricotés que l'on apportait à un nouveau-né. On en faisait des patrons pour les tissus fragiles qu'il ne fallait pas salir, la mousseline des robes de communiantes, des guimpes de jeunes filles. On y aurait « plié » une dentelle, une rose de sainte Thérèse, une fleur artificielle ou séchée rapportée d'une noce. On s'en servait pour rouler les cheveux sur les bigoudis.

On gardait les rares papiers gras des boucheries pour enrouler la saucisse avant de la mettre sur la braise ; le « papier d'argent » du chocolat était précieux. Les fillettes le réclamaient pour jouer, mais on le lissait soigneusement du gras des doigts pour ne pas le déchirer et on le gardait pour y « plier » les tranches de jambon des repas en plein air, les pommes de terre qu'on voulait mettre dans la braise. Il était beau et paraissait précieux.

Le carton était encore plus rare que le papier. Il y avait ceux, assez légers, des boîtes d'épicerie. Ils gardaient longtemps l'odeur particulière des produits qu'ils avaient contenus, comme le Phoscao. Les autres boîtes, comme les boîtes à chaussures, les boîtes de remèdes, les boîtes en métal, je pense à ces grandes boîtes carrées en métal qui contenaient des biscuits et devenaient boîtes à couture, boîtes à boutons – à boutons, à pressions, à agrafes récupérés sur les vêtements mis au rebut – servaient pour mettre autre chose, tisanes, gimbelettes et biscotins faits à la maison, nécessaires à nettoyer les chaussures, boîtes pour les aiguilles à tricoter, boîtes à photos, boîtes pour les papiers de famille. On ne débitait les boîtes que lorsqu'elles étaient abîmées. Ce carton léger servait à enrouler le fil récupéré lui aussi sur les vêtements quand on décousait, par aiguillées qui serviraient à faufiler, à bâtir.

Le carton le plus épais, le plus rigide, le plus utile était celui du calendrier des P.T.T. qui en plus a l'avantage d'être glacé. Ce calendrier qui par sa nature n'aurait dû durer qu'un an n'avait rien d'éphémère. On le gardait dans sa totalité. À date récente, l'image était exposée, cette image longuement choisie : tableau familier, chiens, chats, enfants, scènes de chasse, reproductions de peintures comme *l'Angélus* de Millet. On le mettait parfois sous verre et au fil des ans on avait une sorte de miroir d'images. Les cartes, carte de France, carte des régions militaires qu'il contenait étaient données une fois à l'un, une fois à l'autre.

Le reste, le carton fort et lisse, on en faisait une visière pour les enfants, on en tirait une languette pour glisser dans le ruban d'un chapeau trop grand. On y découpait des formes pour broder un feston, une lettre, l'épaisseur permettrait de s'en servir comme d'une règle courbe et de passer la pointe du crayon finement au bord, pour marquer le mouchoir, le drap, la chemise du trousseau. Les artisans des maisons y découpaient une forme élégante pour le bois, une courbure de dossier, un pied de buffet. On en faisait des semelles pour garnir un soulier, celui de l'aîné passé au cadet, du cousin passé au cousin plus jeune, ou le soulier agrandi par l'usage. Les pêcheurs s'en servaient pour tailler une forme de navette pour leurs bas de ligne.

Il n'y avait rien de « pas cher », rien dont on put dire : « ne le ménageons pas, cela coûte peu ». Tout subissait la pression de l'économie, la nécessité d'économiser.

Sur d'autres plans on récupérait et on faisait resservir. Une expérience quelconque comme un voyage était utilisée jusqu'à la trame, repensée, ruminée. On ne jetait rien de ce qui pouvait servir, on n'accumulait pas inutilement, on suçait, on grignotait les restes, jusque dans les souvenirs.

Puis on s'était mis à acheter, à jeter, et au coin des maisons les tas d'ordures avaient fait leur apparition, encombrant les abords, s'accumulant partout.

Même des carcasses de voitures, après les brabants et les charrettes, pourrissaient au coin des champs.

Il est vrai que depuis peu les femmes nous manquaient. Nous leur avions fait la guerre.

C'est parce que nous avions peur que nous les avions dites superficielles. Nous savions bien pourtant qu'elles étaient fendues, donc profondes, comme les grottes, les coffres, le sommeil et les eaux. Nous savions bien que nous n'arrêtions pas de fouiller dans cette profondeur à la recherche de mystères dont nous étions exclus. C'est parce que nous savions qu'elles parlaient d'or que nous les avions dites bavardes, elles qui étaient notre mémoire. C'est parce que nous les rêvions douces et tendres que nous les avons déclarées telles, vivant au bout de leur cœur, nous qui avions si peur de leur force, de leur patience de femelles, de leur obstination, de leur optimisme, de leur froide raison raisonnable, de leur capacité à dominer les passions charnelles. Leur tendresse féroce et dents dehors n'était pas pour nous mais pour ces enfants que nous avions fait pousser dans leur ventre. Elles avaient jeté au fond d'un puits sans fond les clés des cuisines, des placards et des armoires, perdu leur couronne et leur charge, abandonné l'ordre et le feu devenu inutile. Elles nous avaient livrés à des nourritures d'usine venues de loin pour notre mort corporelle.

Même la mort, je l'avais vue changer. La mort subite, qui avait été la crainte suprême, était sentie maintenant comme le suprême bienfait et plonger sans conscience dans le noir, sans se rendre compte, sans avoir à ranger ses affaires, apparaissait à présent le sort le plus enviable.

Mouisset est mort à l'hôpital des vieux, à Saint-Geniez. Sylvain aussi. Son père avait eu une « belle mort » dans un monde en place : le jour de la messe anniversaire d'Apollonie il se coucha pour la première fois de sa vie et expliqua à ses enfants qu'il était inutile de faire venir le médecin. Huit jours après il passait. Mais Sylvain mourut seul, sans pouvoir transmettre ni ce secret qu'il avait pour faire partir les verrues et faire fuir le feu des brûlures, ni ce savoir des doigts devant le bois qui le faisait si habile.

Il nous reste encore les cimetières. Ceux de Paris, ceux d'ailleurs veulent venir là, près des leurs, être ramenés dans leur propre lignée, et non dans celle de leur mari ou de leur femme. On continue chez nous à ne pas « partir seul ». Ceux qui restent remplissent l'église. On n'est pas encore expédié sans escorte. Les vivants se tiennent à ce devoir. Les jardinières des morts continuent à entretenir ces jardins et quand leurs tombes à elles sont propres, elles passent à la suivante parce qu'encore pour elles les noms sur les tombes sont des livres ouverts pleins de visages, de regards, de paroles. Dans des hameaux désertés, anciens et oubliés des vivants qui sont si loin, une femme reste parfois qui prend les tombes en charge, accomplit les gestes tendres et paisibles, arpente le cimetière, fait une prière et se souvient.

Un jour la ronce croît avec les herbes folles. C'est le signe que la ronce a depuis longtemps gagné sur les terres et que les morts abandonnés de la mémoire sont morts pour la seconde fois.

Quand le Raynalou de Saint-Martin ne sera plus là, personne ne sonnera l'angélus. Son beau-fils déjà lui dit : « À quoi ça sert papé ce que vous faites ? » Pour qui cette cloche sonne-t-elle, pour qui faites-vous le *campanaire dels trepassats*[1] ? Que deviennent les sons qui n'ont atteint aucune oreille humaine ?

Même le facteur, motorisé, qui devrait avoir plus de temps qu'aux époques où il marchait à grandes enjambées dans la neige, ne s'arrête plus pour bavarder. On a mis sous sa voiture un mouchard qui sait s'il s'est arrêté trop longtemps. Comment s'établirait autour du verre d'eau de noix le silence propice aux paroles ?

Faudra-t-il que l'homme ait traversé tant de siècles pour que soit interrompue la continuité qui

1. *[campanayré dès trépassach] : le sonneur de cloche des morts.* Campana *: cloche.*

hersait la terre, la dépierrait et lui faisait porter graine ?

À l'âge du fer, ici, les hommes étaient vifs, intelligents, de petite taille. Ils avaient, comme moi, la main et le pied petits, et je me plais à les voir rieurs.

Avec un groupe d'enfants de Lunet où il y avait Roger – d'enfants, d'adolescents plutôt, nous avions dans les quinze ans, c'était peu de temps avant mon départ du pays – un jour, du côté de Corbières où il y a des filons de blende, nous avons trouvé un bracelet de métal, un simple anneau décoré de hachures. Il passa de main en main, tout le monde l'essaya comme la pantoufle de Cendrillon. Je fus le seul à pouvoir le glisser à mon poignet. J'aime à penser qu'il est un bracelet de chef, que ce chef était une femme, une de ces femelles encore plus petites que nous, patiente et indestructible.

C'était un signe, de cette terre à moi, des sortes de noces à travers les siècles, une obligation.

Alors en cet hiver 1983, malgré les rues où se succèdent les maisons aux volets clos, malgré l'école fermée qui sert de foyer du troisième âge, malgré le silence, l'église qui ne s'ouvre plus pour aucun baptême et le cimetière qui n'accueille plus que les morts, malgré tous les enfants aimés qui ont fui, j'essaie à contre-courant de l'histoire présente, comme une truite, de faire confiance à cette haute terre, aux forces étranges qu'elle contient, moi, l'époux du chef ancien, si petite parcelle du temps. Je me dis que ce point minuscule où j'existe est pris dans la grande marche des âges qui mettent en place, broient, nettoient, conservent ou éliminent suivant des critères qui m'échappent et de mystérieux tamis.

Je me souviens de ces villes toutes surprises en creusant leur sol de se découvrir construites à la place de vieilles cités oubliées. Au Mas-Nouvel où Roger m'a amené voir ses veaux, je regarde son fils qui se roule dans la neige et retrouve deux siècles après ce geste qu'eut l'enfant sauvage de l'Aveyron de la manger à poignées.

Et je confie ces vestiges au futur.

Table des matières

Dans la même collection

Les textes de la collection Terre de Poche nourrissent la mémoire collective à travers l'histoire d'une famille ou d'un village de nos régions, un récit de voyage, un document historique ou une chronique intime. Grâce à ces destins croisés, ces descriptions animées, ces analyses précises, le lecteur voit resurgir à chaque page ses souvenirs de jeunesse, la reconstitution de la vie de ses aïeux, des paysages contrastés : autant de témoignages précieux en ce début de siècle.

1 - *La Bête du Gévaudan*, François Fabre et Jean Richard.
2 - *Voyages avec un âne dans les Cévennes*, Robert Louis Stevenson.
3 - *Le Pain de Lamirand*, Jean Anglade.
4 - *La Montagne aux sabots*, Georges Rey.
5 - *La Dernière Estive*, Antonin Malroux.
6 - *Clémentine*, Jean-Louis Chantelauze.
7 - *Tintinou, paysan*, Justin Bourgeade.
8 - *Le Pain de cendre*, Paule Valette.
9 - *Le Retour de Rose*, Yveline Gimbert.
10 - *Le Troisième Prétendant*, Jean-Pierre Fournier la Touraille.
11 - *Les Porteurs de terre*, Jean Rosset.
12 - *Les Galoches rouges*, Paul Perrève.
13 - *La Meule éclatée*, Paule Valette.
14 - *La Tondue*, Marie de Palet.

15 - *Julien, berger des collines*, Julien Ventre.
16 - *Le Secret de Marie*, Jean Chauvigné.
17 - *La Roque-Basse*, Claude-Rose Touati.
18 - *Le Refus*, Christian Marcon.
19 - *Les Arbres de mai*, François Cognéras.
20 - *La Tuile à loups*, Jean-Marc Soyez.
21 - *Le Sentier aride*, Marie de Palet.
22 - *La Petite Fadette*, George Sand.
23 - *La Vallée des forges*, Joseph Gourgaud.
24 - *Antoinette, une vie de femme en 1900*, René Proriol.
25 - *La Demoiselle du presbytère*, Yvette Frontenac.
26 - *Jacquou le Croquant*, Eugène Le Roy.
27 - *La Belle Ouvrage*, Gérard Boutet.
28 - *Mémoires de femmes*, Gérard Boutet.
29 - *Saisons paysannes*, Gérard Boutet.
30 - *Les Encriers de porcelaine*, Jean-Paul Malaval.
31 - *Comme le scorpion sous la lauze*, René Évrard et Aimé Vielzeuf.
32 - *L'Étoile rousse*, Yvette Frontenac.
33 *La Rosée blanche*, Jean-Paul Malaval.
34 - *Là où les chèvres sont pires que les loups*, Michel Verrier.
35 - *Adieu lou païs*, Micheline Boussuge.
36 - *Les Mains au dos*, Jean Anglade.
37 - *Le Destin des Vanbergh*, Gilberte-Louise Niquet.
38 - *L'Enfant oublié*, Marie de Palet.
39 - *Les Forestiers*, Gérard Boutet.
40 - *Métiers insolites*, Gérard Boutet.
41 - *Nos grands-mères aux fourneaux*, Gérard Boutet.

42 - *Les Jours derrière la montagne*, Paule Valette.
43 - *Les Années buissonnières*, Roger Bichelberger.
44 - *La Batteuse*, Charles Briand.
45 - *L'Empreinte du dieu*, Maxence Van Der Meersch.
46 - *L'Enfant de la Borie*, Jean Rouquet.
47 - *Le Dernier Regain*, Francis Grembert.
48 - *La Ferme des neuf chemins*, René de Maximy.
49 - *L'Enfant de la montagne noire*, Laurent Cabrol.
50 - *Les Enfants du beffroi*, Gilberte-Louise Niquet.
51 - *Des croix sur la mer*, Jean-François Coatmeur.
52 - *La Robe bleue d'Hélène*, Jean Mouchel.
53 - *La Bâtisse aux amandiers*, Henri Julien.
54 - *L'Ivraie et le Bon Grain*, Jean Anglade.
55 - *Mensonges*, Jacques Mazeau.
56 - *Au café de l'Église*, Jean-Marc Soyez.
57 - *La Passe-Vogue*, Simone Chamoux.
58 - *Le Bal des sabots*, Georges Rey.
59 - *Le Pensionnat*, Josette Alia.
60 - *Les Disparues de la Saint-Jean*, Laurent Cabrol.
61 - *Les Ombres du Léman*, Daniel Vigoulette.
62 - *Les Rustres*, Jacques Rouil.
63 - *Apollonie*, Henri Jurquet et Marie Rouanet.
64 - *La Ferme d'en bas*, Jacques Mazeau.
65 - *L'Atelier du vannier*, François Gardi.
66 - *Le Chat derrière la vitre*, Gilbert Bordes.
67 - *Le mal rôde*, Guy Sordelli.
68 - *Le Moulin des retrouvailles*, Bernadette Puijalon.
69 - *Les Lentilles vertes*, Henri-Antoine Verdier.
70 - *Orgueilleuse*, Suzanne Lardreau.

Poches pratiques

P1 - *Saints, anges et démons*
P2 - *Mots d'amour*
P3 - *Citations, proverbes et dictons de chez nous*
P4 - *Trucs et conseils à l'ancienne*
P5 - *Grandes et petites histoires de la gourmandise française*
P6 - *Aux plaisirs du jardin – Jardinez à l'ancienne avec la météo*
P7 - *Confitures et gourmandises – Conserves et boissons à faire soi-même*
P8 - *Vertus et bienfaits des plantes – Tisanes, infusions, décoctions*
P9 - *La Cuisine sauvage au jardin*
P10 - *La Cuisine sauvage des haies et des talus*
P11 - *Le Saisonnier – Guide du jardinage naturel*
P12 - *Secrets de beauté*

Photocomposé par Nord Compo
à Villeneuve-d'Ascq